中 华 经 典 诗 话

诗镜总论

〔明〕陆时雍 撰 李子广 评注

中华书局

图书在版编目(CIP)数据

诗镜总论/(明)陆时雍撰;李子广评注. —北京:中华
书局, 2014.4(2019.4 重印)
(中华经典诗话)
ISBN 978 - 7 - 101 - 10007 - 5

Ⅰ.诗… Ⅱ.①陆…②李… Ⅲ.古典诗歌 – 诗歌评
论 – 中国 Ⅳ. I207.22

中国版本图书馆 CIP 数据核字(2014)第 026096 号

书 名	诗镜总论	
撰 者	〔明〕陆时雍	
评 注 者	李子广	
丛 书 名	中华经典诗话	
责任编辑	宋凤娣	
出版发行	中华书局	
	(北京市丰台区太平桥西里 38 号 100073)	
	http://www.zhbc.com.cn	
	E-mail:zhbc@zhbc.com.cn	
印 刷	北京市白帆印务有限公司	
版 次	2014 年 4 月北京第 1 版	
	2019 年 4 月北京第 2 次印刷	
规 格	开本/787×960 毫米 1/16	
	印张 15¾ 插页 2 字数 170 千字	
印 数	6001 – 9000 册	
国际书号	ISBN 978 - 7 - 101 - 10007 - 5	
定 价	32.00 元	

前　言

　　在众声喧哗的明代文坛上，陆时雍是生活在这个王朝末世的一位颇具特色的学者和诗论家。

　　陆时雍（1612—?），字仲昭，号澹我，后又自署字昭仲。桐乡（今属浙江）人。崇祯癸酉（1633）贡生。祖父陆明，一生无功名。父陆吉，万历壬午（1582）举人。曾历兴化、高密知县，昌平州太守等职。陆时雍少年聪颖好学，性情兀傲而与世寡合。"意苟相许，风雨话言无倦意；所不可，终日接不交一言"（周拱辰《圣雨斋集·陆征君仲昭先生传》）。尝醉心科举，却每每失意。"每下第，辄嗷然而哭曰：'孺子雍，而忘而父之食无糜乎！'知己为之流涕。"（同上）其伤痛之深，可以想见。其好友周拱辰《陆征君仲昭先生传》记两人交游读书情形后说："吾两人穷愁著书，冀藏名山。"又可见其志业所在。陆时雍生当末世，才情卓越却沦落不偶，百感交集而歌哭无端，"常对影恸哭，望空漫骂，室人知友进软语侑之不可得"。崇祯年间被荐举入京，却"意殊不属，卒以沦落"。后因事牵连，死于狱中。其著作除所编《诗镜》外，见于著录的尚有《韩子注》、《扬子注》、《淮南子注》、《法言新注》、《楚辞新疏》（一名《楚辞疏》）、《陆昭仲诗集》等。

陆时雍《诗镜》包括《古诗镜》三十六卷，《唐诗镜》五十四卷，凡九十卷。选录汉魏以迄晚唐诗歌，略施评点。卷首列《诗镜总论》一篇，共一百一十九则，阐明其总体诗学主张。近人丁福保继清人何文焕辑《历代诗话》后，辑有《历代诗话续编》一书，收录《诗镜总论》一卷，并言："其论汉魏迄唐各家诗，确有见地，非拾人牙慧者所可比拟。"

《诗镜》作为明代最后一个大型诗歌选本，"其采撷精审，评释详核，凡运会升降，一一皆考见其源流，在明末诸选之中，故不可不谓之善本矣"（《四库全书总目提要》）。这与其"大旨以神韵为宗，情境为主"（同上）的论诗主张或选诗标准关系密切。

陆氏《诗镜总论》由于是其大型诗歌选本前的标明宗旨之作，故与一般传统诗话大多内容驳杂不同，而多议论感悟，孤发独明之见。或评骘诗人，或衡定作品、诗句，或作诗史把握；指点利病，赏心析疑。凡此都一以神韵为宗，情境为主。诗道一贯而具统系，断语片言时见珍异。

第一，以神韵为核心，独标天然真素，主情而斥意，主韵而不主法。

陆时雍明确提出："绝去形容，独标真素，此诗家最上一乘。"还举出杜甫"桃花一簇开无主，不爱深红爱浅红"的诗句，表明"余爱其深浅俱佳，惟是天然者可爱"。崇尚真诚无饰的天然之致，不假外在人力的刻意经营，所谓"人力不与，天致自成"。素朴也好，艳丽也罢，只要"真"就好。因此他反对"过求"："每事过求，则当前妙境，忽而不领。""诗之所以病者，在过求之也，过求则真隐而伪行矣"。李白"不真"在于逞才，杜甫"不真"在于用意，高适、岑参、元稹、白居易等都有"过求"之弊，都未臻天然真素之境。

　　与独标真素的主张一致，陆氏极力崇"情"而斥"意"。他说："一往而至者，情也；苦摹而出者，意也。若有若无者，情也；必然必不然者，意也。意死而情活，意迹而情神，意伪而情真。情意之分，古今所由判也。"在陆氏看来，诗歌应该表现创作主体的性情之真，是本之自然而生，而与刻意经营或表现某种主观意图判然有别。因此他极力反对有意为诗，这在其具体评论中鲜明地体现出来。

　　陆氏强调情真的同时，又拈出了"韵"字。所谓"诗之可以兴人者，以其情也，以其言之韵也"。认为"情欲其真，而韵欲其长"，二者是诗道的根本。而"韵"尤为重要："有韵则生，无韵则死；有韵则雅，无韵则俗；有韵则响，无韵则沉；有韵则远，无韵则局。"韵之特点在于其如丝竹钲磬的悠然不尽的韵味。创造诗韵则"物色在于点染，意态在于转折，情事在于犹夷，风致在于绰约，语气在于吞吐，体势在于游行，此则韵之所由生矣"。诗歌之佳，全在这种神韵流动。所谓"凡情无奇而自佳，景不丽而自妙者，韵使之也"。"诗之佳，拂拂如风，洋洋如水，一往神韵，行乎其间"。这隐约流动的神韵自然不是执着于某种具体诗法可以获致的，它贯注于作品之中，超然于诗法之外。陆氏不无辩证地说："余谓万法总归一法，一法不如无法。水流自行，云生自起，更有何法可设？"

　　第二，从其核心的论诗主张出发，陆氏品评自汉魏迄晚唐的诗歌创作，构建了一道灵光络绎的诗学风景。

　　陆氏标举神韵，并以此建立相关的审美标准来评判诗人诗作。大略而言，它主要包括了对诗人、诗派、诗史的批评和诗篇品评及摘句褒贬两大方面。

　　陆氏说诗，能从大处把握诗人性情才力，进而论其诗情诗艺。柳宗元、韩愈诗歌创作不同，他却由诗观人："读柳子厚诗，知其人无与偶。读韩昌黎诗，知其世莫能容。"孔融性情抗直，以"鲁国之男子"自诩，而其《临终诗》却无生气。李白、杜甫性情才力不同，"放浪诗酒，乃太白本行。忠君忧国之心，子美乃感辄发"。对一人一派的诗艺概括，多能得其神髓而洞悉要害。"初唐四杰"之不同为："王勃高华，杨炯雄厚，照邻清藻，宾王坦易。"其同则在于"调入初唐，时带六朝锦色"。

　　陆氏对诗之作诗史性批评，主要表现在对一人或一派的纵向评论和对诗（体）之艺术风格的宏观的阶段性把握上。傅玄诗歌大多是拟汉魏乐府之作，而"傅玄得古之神。汉人朴而古。朴之至，妙若天成；精之至，粲若鬼画"。这是就一人诗歌的拟古与变古的描述。"四杰"诗歌中的律诗，"多以古脉行之"，不如汉魏六朝的风华烂漫，则是就一派一体的评说。而对唐诗之初、盛、中之艺术嬗变，则有"初唐承隋之余"、"盛唐铺张已极，无可复加，中唐一反而之敛也"的精要概括。在作诗史性评论时，陆氏或溯源或对比，体现出无比精微而又宏阔的审美感受力。

　　对诗篇的品评或摘句褒贬，尤能见出陆氏的精鉴妙赏、审美趣味和批评眼光。如对《白头吟》"寄兴高奇，选言简隽"的评价，对班固《明堂》诸篇"质而鬼"的批评，对杜甫《饮中八仙歌》"格力超拔"的赞语，等等，不一而足，均大多切中要害而洞彻艺理。至于摘句褒贬，更是所在多有。如对"相去日以远，衣带日以缓"，评之曰"其韵古"；对"携手上河梁，游子暮何之"，评之曰"其韵悠"；对"高台多悲风，朝日照北林"，评之曰"其韵亮"；等等，可说一语破的而识见不凡。

总括言之，陆氏以"真"、"情"、"韵"的论诗观构筑其诗学统系，品评诗人、诗作或诗歌发展等诸多方面，纵横交织为陆氏独具个性的批评风景和美的网络。

许多论者已经指出，一方面，在明人诗歌批评好立门户、喜欢标榜，拟古之风盛行的情形下，陆时雍生当此风犹烈的明末，而能不坠宗风，摆落讲究诗法格套的窠臼，重在探究诗歌的审美特征和审美趣味，直指诗歌的艺术本质，确实是一位富有独见和个性的诗论家；另一方面，明代后期由格调说向神韵说的转化已是大势所趋，陆氏远承司空图韵味说、严羽妙悟说，近取胡应麟、公安派、竟陵派一些观点，折衷融会而建立其以神韵为宗的诗学观，很好地完成了这一转化，而与清人王士禛的"神韵说"接轨。

但尽管如此，我们也应看到，陆氏在某些方面仍存在着偏弊而未尽公允。四库馆臣曾对其评价《孔雀东南飞》一诗，"讥其情词之纰缪"（《四库全书总目提要》）就致以不满。此外如对杜甫的多有贬斥、对唐诗的整体指摘等等，凡此种种，不一而足。

《诗镜总论》原文以中华书局版丁福保《历代诗话续编》本为底本，以上海古籍出版社影印文渊阁《四库全书》集部本对比参校，遇有异文，在相关注释中予以说明。分段一仍其旧。为便于读者检索，取每一节开首几字为题编成目录。注释部分包括字词句的注解和古代文化常识的诠释及诗人简介。同时为便于读者理解陆氏对一些诗篇的评点，对所涉诗篇或诗句进行全篇注录，个别长篇或组诗作了简化处理。具体而言，注释力求准确、简明，不作繁琐引证。

诗人简介主要参考中华书局出版的《中国文学家大辞典·先秦汉魏晋南北朝卷》(曹道衡、沈玉成编撰)、《中国文学家大辞典·唐五代卷》(周祖馔主编)二书。对所涉及的诗篇,以中华书局版《先秦汉魏晋南北朝诗》(逯钦立辑校)和《全唐诗》为主要文本依据,复参考相关的别集、名家选本,参订字句,而大体以通行为原则。

　　陆氏行文,本自简洁而又妙悟精微;加之以神韵说诗,益增幽眇。故对其意会差可,而言传匪易。本书评析部分,就每一则的主旨先提其要,然后进行具体解析。在解析时,除就其文本内涵逐层分解外,时作必要引证:或明其"来龙",以溯其立说之源;或略补"去脉",以证其立说之异代回应。对于所涉及的诗篇、诗句,略作赏析。再者,有时联系《诗镜》中的评语,力图相互贯通。至于对陆氏立说的具体评判,尽量持"理解之同情"的态度,说明其所以如此立说之故,然后略作评价。总的持论原则是,陆氏立说之偏失固有其必然原因,而其独至之处更足以使我们对诗歌之美有深切的解悟。

　　对于这样一部诗学经典,向无完整的注解和评析,研究论著也十分有限。笔者不揣谫陋,敢献真愚,对之注释评析,自觉以蚊力负山,聊黾勉为之。在写作过程中,尽量吸纳已有研究成果,融入相应的注解与评析当中。在此,一并对这些研究者致以诚挚的谢意。至于本书的错谬之处一定不少,期盼方家与读者批评指教,因为这是出于我们对这部经典的共同敬畏。

李子广

2013 年 8 月于呼和浩特市竹园小区

目　录

　　诗有六义^①，《颂》简而奥^②，敻哉尚矣^③。《大雅》宏远，非周人莫为。《小雅》婉娈^④，能或庶几^⑤。《风》体优柔^⑥，近人可仿。然体裁各别，欲以汉魏之词，复兴古道，难以冀矣^⑦。西京崛起^⑧，别立词坛，方之于古觉意象蒙茸^⑨，规模逼窄，望湘累之不可得^⑩，况《三百》乎^⑪？

【注释】

①六义：诗经学名词。语出《诗·大序》："故诗有六义焉：一曰风，二曰赋，三曰比，四曰兴，五曰雅，六曰颂。"一般认为风、雅、颂是诗的分类；赋、比、兴是诗的表现手法。

②简而奥：简约而深微。

③敻（xiòng）哉尚矣：意谓距今久远。敻，辽远。

④婉娈：委婉美好。

⑤能或庶几：意谓有才能的作者或许能达到《小雅》的境界。

⑥优柔：优雅和谐。

⑦冀：企图。

⑧西京：指西汉。

⑨蒙茸：杂乱的样子。

⑩湘累：指屈原。《汉书·扬雄传》"钦吊楚之湘累"颜师古注引李奇曰："诸不以罪死曰累……屈原赴湘死，故曰湘累也。"

⑪《三百》：是《诗经》的代称。相传《诗》三千余篇，经孔子删订存

三百一十一篇。内六篇有目无诗，实有诗三百零五篇，举其成数称三百篇。《论语·为政》："子曰：'诗三百，一言以蔽之，曰：思无邪。'"

【评析】

古人论诗，往往远溯风雅。陆时雍开篇即标举《诗经》的六义，概括了《颂》、《大雅》、《小雅》及《风》诗的不同风格特点，进而说明复兴四言诗之难，所谓"欲以汉魏之词，复兴古道，难以冀矣"。即使是西汉诗坛，去古未远，但在意象、规模上也呈现出"蒙茸"、"逼窄"的面貌。

陆氏论诗有尊古倾向，但更注重神韵情致，而不泥于古。和大多的诗论家一样，陆氏为了阐释一己的诗学主张与诗美理想，遂"从头说起"而在《诗经》、楚骚中挹其芳润，引申发挥，于传统中求变立极。这正如钱锺书所说："新风气的代兴也常有一个相反相成的表现。它一方面强调自己是崭新的东西，和不相容的原有传统立异；而另一方面更要表示自己大有来头，非同小可，向古代也找一个传统作为渊源所自。"（《中国诗与中国画》）

作为总论的第一则，标风雅，重楚骚。一方面是从诗之源头立论，以构建一个诗史秩序，为神韵说赋予深远的传统意蕴；另一方面针对明代诗坛拟古的弊端隐作针砭，主张在内在精神层面复兴古道，因此在看似复古的表述中实具标新之意。

十五国风①，亦里巷语②，然雍雍和雅③，骚人则萧萧清远之音④。西京语迫意緜⑤，自不及古人深际⑥。

【注释】

①十五国风：指《诗经》中的《周南》、《召南》、《邶风》、《鄘风》、《卫风》、《王风》、《郑风》、《齐风》、《魏风》、《唐风》、《秦风》、《陈风》、《桧风》、《曹风》、《豳风》等，合称十五国风。

②里巷语：出自朱熹《诗集传序》："凡诗之所谓风者，多出于里巷歌谣之作。"

③雍雍和雅：指诗风雍容，和平雅正。雍雍，犹"雍容"，从容大方。和雅，指诗的风格和平雅正。

④骚人：泛指忧愁失意的文人、诗人。此处指以屈原为代表的楚辞作家。萧萧清远：凄冷寂静，清美幽远。

⑤西京语迫意锓（qīn）：指西汉诗歌（四言诗）多语气急迫，情感造作。锓，雕刻。

⑥深际：深远的境界。

【评析】

承上则论诗之义，具体拈出"雍雍和雅"、"萧萧清远"的风骚典范，标举大义。《诗经》之十五国风出于民间，汉儒以"温柔敦厚"的诗教加以阐释，发挥了春秋季札审乐观诗的传统。季札说《周南》、《召南》："美哉！始基之矣。犹未也，然勤而不怨矣。"认为二南是周代教化的基础，周代政教虽未尽善，但其民心仍是劳而不怨。先秦时期，诗、乐合一，后人由此言诗而仰慕宗周风教，往往借古观今，以正时弊。陆时雍以古鉴今，借风骚之和雅清远表明自己的诗学观，而批评西汉四言诗"语迫意锓"，就不难理解了。

　　陆氏论诗有重雅倾向，他对风骚精神的体认和提炼，就偏重这一方面。在他看来，两者在韵致上是相近或一致的。《诗经》之"《风》体优柔"自是"雍雍和雅"，而楚骚的最高境界也大抵如此。陆氏《读楚辞语》说："宋玉所不及屈原者三：婉转深至，情弗及也；婵娟妩媚，致弗及也，古则彝鼎，秀则芙蓉，色弗及也。"从情、致、色三方面概括屈骚风貌，而其与十五国风一样，都可归于雅。

　　诗人一叹三咏，感寤俱存①，庞言繁称②，道所不贵。韦孟《讽谏》③，恺直有余④，深婉不足⑤。韦玄成《自劾》诗⑥，情色未宣⑦，末段数语，庶为可诵。

【注释】

①感寤：同"感悟"。

②庞言繁称：浮词很多。多指文风浮华不实。

③韦孟（生卒年不详）：西汉诗人。彭城（今江苏徐州）人。汉初为楚元王刘交傅，历任楚元王子楚夷王刘郢客及孙刘戊傅。刘戊荒淫无道，在汉景帝二年（前155）因被削王，与吴王刘濞通谋作乱，次年事败自杀。韦孟在刘戊乱前，作诗讽谏，然后辞官迁家至邹（今山东邹城），有诗咏其事。后逝于邹。其《讽谏诗》云："肃肃我祖，国自豕韦。黼衣朱绂，四牡龙旂。彤弓斯征，抚宁遐荒。总齐群邦，以翼大商。迭彼大彭，勋绩惟光。至于有周，历世会同。王赧听谮，寔绝我邦。我邦既绝，厥政斯逸。赏罚之行，非繇王室。庶

尹群后，靡扶靡卫。五服崩离，宗周以坠。我祖斯微，迁于彭城。在予小子，勤唉厥生。厄此嫚秦，耒耜斯耕。悠悠嫚秦，上天不宁。乃眷南顾，授汉于京。於赫有汉，四方是征。靡适不怀，万国攸平。乃命厥弟，建侯于楚。俾我小臣，惟傅是辅。矜矜元王，恭俭静一。惠此黎民，纳彼辅弼。享国渐世，垂烈于后。乃及夷王，克奉厥绪。咎命不永，惟王统祀。左右陪臣，斯惟皇士。如何我王，不思守保。不惟履冰，以继祖考。邦事是废，逸游是娱。犬马悠悠，是放是驱。务此鸟兽，忽此稼苗。蒸民以匮，我王以媮。所弘匪德，所亲匪俊。唯囿是恢，唯谀是信。睮睮谄夫，谔谔黄发。如何我王，曾不是察。既藐下臣，追欲纵逸。嫚彼显祖，轻此削黜。嗟嗟我王，汉之睦亲。曾不夙夜，以休令闻。穆穆天子，照临下土。明明群司，执宪靡顾。正遐由近，殆其怙兹。嗟嗟我王，曷不斯思？匪思匪监，嗣其罔则。弥弥其逸，岌岌其国。致冰匪霜，致坠匪嫚。瞻惟我王，时靡不练。兴国救颠，孰违悔过？追思黄发，秦缪以霸。岁月其祖，年其逮者。於赫君子，庶显于后。我王如何，曾不斯览。黄发不近，胡不时鉴！"

　　④恺（kǎi）直：恳切直率。

　　⑤深婉：含蓄委婉。

　　⑥韦玄成（?—前36）：西汉诗人。字少翁。鲁国邹（今山东邹城）人。少好学，谦逊下士，以父任为郎，又以明经擢谏大夫，迁大河都尉。父贤死，玄成佯狂让爵于兄。朝议高其节，拜河南太守。元帝永光初（前43），遂继父相位，封侯。玄成为相七年，守正持重不及父，而文采过之。玄成好为四言诗，有《自劾》及《戒示子孙》。其《自劾》云："赫矣我祖，侯于豕韦。

赐命建伯，有殷以绥。厥绩既昭，车服有常。朝宗商邑，四牡翔翔。德之令显，庆流于裔。宗周至汉，群后历世。肃肃楚傅，辅翼元夷。厥驷有庸，惟慎惟祗。嗣王孔佚，越迁于邹。五世旷僚，至我节侯。惟我节侯，显德遐闻。左右昭宣，五品以训。既耇致位，惟懿惟奂。厥赐祁祁，百金洎馆。国彼扶阳，在京之东。惟帝是留，政谋是从。绎绎六辔，是列是理。威仪济济，朝享天子。天子穆穆，是宗是师。四方遐迩，观国之辉。茅土之继，在我俊兄。惟我俊兄，是让是形。於休厥德，於赫有声。致我小子，越留于京。惟我小子，不肃会同。媢彼车服，黜此附庸。赫赫显爵，自我队之。微微附庸，自我招之。谁能忍愧，寄之我颜。谁将遐征，从之夷蛮。於赫三事，匪俊匪作。于蔑小子，终焉其度。谁谓华高，企其齐而。谁谓德难，厉其庶而。嗟我小子，于贰其尤。队彼令声，申此择辞。四方群后，我监我视。威仪车服，唯肃是履。"

　　⑦情色未宣：指情韵、辞采未能充分显露。

【评析】

　　诗歌之美应该婉转而富有韵味，所谓"一叹三咏，感寓俱存"，而最忌拉杂直露。陆氏认为西汉韦孟《讽谏》、韦玄成《自劾》二诗，都未达到这一境界。

　　韦孟汉初为楚元王刘交傅。又任元王子夷王及孙刘戊傅。刘戊荒淫不遵道，韦孟作《讽谏》诗加以规劝。对于此诗，历来评价不一。刘勰《文心雕龙·明诗》说："汉初四言，韦孟首唱，匡谏之义，继轨周人。"肯定了此诗的首唱之功与继承《诗经》的讽谏传统。清沈德潜《说诗晬语》卷上说："四言诗缔造良难，于《三百篇》太离不得，太肖不得。太离则失其源，太肖只袭其貌也。韦孟《讽谏》、《在邹》之作，肃肃穆穆，未离雅正。"并在《古诗源》中评此诗说："汉诗中有此拙重之作，去变雅未远。"不同的是，明人谢榛《四溟诗话》卷一却说："韦孟《讽谏》诗，乃四言长篇之祖，忠鲠有余，温厚不足。"在指出其为"四言长篇之祖"的同时，不讳言其缺点。陆氏从其审美趣味出发，批评其"恺直有余，深婉不足"，与谢榛意见相近，而更注重诗之深永蕴藉的意味。《讽谏》叙列刘氏祖先的功绩，直刺楚王戊的荒淫无道，其心耿耿。但艺术上过于质实激切，不足取法。韦玄成《自劾》诗与之相似，"情色未宣"，缺少生气。

汉儒言诗，注重美刺；以诗进谏，形成传统。清人潘德舆《养一斋诗话》卷一概括《诗经》之"神理意境"有四种表现方法："关系寄托"、"直抒己见"、"纯任天机"、"言有尽而意无穷"。汉初学《诗经》者主要是"直抒己见"，以直陈为特点。韦孟、韦玄成的诗作即反映了这种时代风气。

诗四言优而婉①，五言直而倨②，七言纵而畅③，三言矫而掉④，六言甘而媚⑤，杂言芬葩⑥，顿跌起伏。四言《大雅》之音也⑦，其诗中之元气乎⑧？风雅之道，衰自西京，绝于晋宋⑨，所由来矣。

【注释】

①优而婉：优雅美好而婉曲和顺。

②直而倨：朴直而曲折。

③纵而畅：不拘而尽情。

④矫而掉：有力而转接灵活。

⑤甘而媚：甘甜而美好。

⑥芬葩：盛美的样子。

⑦《大雅》之音：指宏达雅正之音。

⑧元气：原指构成天地万物的原始物质，或指阴阳二气混沌未分的实体。这里指诗的生命本原。

⑨晋宋：指两晋（265—420）和南朝宋（420—479）。

【评析】

明代文坛复古思潮占据主流，而对诸种诗体的体制风格特征较为关注。陆时雍以神韵论诗，尤重对各体诗歌风格的审美把握。

陆氏分别对四言、五言、七言、三言、六言及杂言诗的体性风格加以概括。在他看来，四言诗优柔和顺，是"《大雅》之音"、"诗中之元气"，即具有宏达雅正的传统血脉和本原性的精神特质。这种诗体所承载的传统自西汉衰微，由来已久了。陆氏崇尚四言诗及其所代表的诗之道，一方面固然与一般诗论家追溯诗之本原的风气有关，另一方面也和他论诗主神韵的观点一致。《古诗镜》卷二说："四言诗徘徊委折，吞吐含情。汉人创为五言，体直易就，指陈叙述，率意以之矣。"所谓"徘徊委折，吞吐含情"，即"四言优而婉"的意思。将四言诗作为诗体的本原性最佳范本，由此概括五言诗"体直易就"、"率意"云云，就与一般诗论家的看法大为不同。此外对其他诸种诗体的把握，都源于此而体现出陆氏对诗体审美特性的个人诠解。

不难看出，陆氏对诗歌诸体的审美特质的解释和把握是独具只眼的，对诗之形态体性的揭示大体切合某种实际，但他独推四言诗的认识就不免偏失。而只有从陆氏核心的论诗观做通盘考虑，才可以获得对陆氏具体说法的完整理解。

　　五言在汉，遂为鼻祖①。西京首首俱佳，苏李固宜②，文君一女耳③，胸无绣虎④，腕乏灵均⑤，而《白头吟》寄兴高奇，选言简隽⑥，乃知风会之翊人远矣⑦。

【注释】

①鼻祖：始祖。比喻最早出现的某一事物。

②苏李：西汉苏武、李陵二人的合称。苏武（？—前60），字子卿。京兆（今陕西西安）人。李陵（？—前74），字少卿。陇西成纪（今甘肃秦安）人。后世有托名其二人所作的五言诗十余首，最早见于萧统《昭明文选》"杂诗"类，被认为是五言诗早期的佳作。

③文君：卓文君（生卒年不详），西汉临邛（今四川邛崃）人。卓王孙女，司马相如之妻。善鼓琴，通音律。丧夫家居，私奔司马相如。据《西京杂记》载，相如将聘茂陵人之女为妾，卓文君作《白头吟》以自绝，相如乃止。其《白头吟》云："皑如山上雪，皎若云间月。闻君有两意，故来相决绝。今日斗酒会，明旦沟水头。蹀躞御沟上，沟水东西流。凄凄复凄凄，嫁娶不须啼。愿得一心人，白头不相离。竹竿何袅袅，鱼尾何簁簁。男儿重意气，何用钱刀

为。”按，此诗当从《宋书·乐志》、《玉台新咏》作“古辞”，为无名氏作。

④绣虎：指曹植。《玉箱杂记》：“魏曹植，号绣虎。”绣，谓其词采隽美。虎，谓其才气雄杰。后遂以“绣虎”称擅长诗文、辞藻华丽者。

⑤灵均：战国楚文学家屈原的字。

⑥选言简隽：言辞简约隽永。

⑦翊（yì）：辅助，帮助。

【评析】

五言诗始创于汉代，继四言之后而兴盛于诗坛，这是文体发展的一个重要变化。其演进过程大抵是由民间歌谣乐府而至文人拟作，然后逐渐流行起来。锺嵘《诗品序》说：“五言居文词之要，是众作之有滋味者也，故云会于流俗。岂不以指事造形，穷情写物，最为详切者耶！”所谓“滋味”是指其“指事造形，穷情写物”的“详切”。具体说，“五言之所以能取代四言，因为它多了一个音节，就多了回旋余地，诗的风韵也更趋完美，作者才情也可得更好地发挥”（潘善祺《诗体类说·古体编》）。

相传卓文君所作的《白头吟》，即是一篇完整的五言佳作。全诗十六句，每四句一节。首节以山上白雪、云间皎月起兴，比喻自己的明洁纯净，所以听到丈夫移情别恋，便与之决绝。次节以御沟流水喻两人的正式分手。第三节以自身被弃的遭际警世，并抒写了心心相印、白头偕老的爱情理想。最后一节以竿钓游鱼喻爱情之乐，谴责丈夫的不重情义。全诗以女性口吻出之，表现了她坚贞刚毅而又富于深情的性格特点。诗多比兴，语言典丽隽永，确乎做到了"寄兴高奇，选言简隽"。

　　《十九首》近于赋而远于风①，故其情可陈，而其事可举也。虚者实之，纡者直之②，则感寤之意微，而陈肆之用广矣③。夫微而能通④，婉而可讽者⑤，风之为道美也。

【注释】

①《十九首》：《古诗十九首》的简称。汉无名氏作。非一时一人所为，一般认为大都出于东汉末年。南朝梁萧统合为一组，收入《文选》，题为《古诗十九首》。其六云："涉江采芙蓉，兰泽多芳草。采之欲遗谁？所思在远道。还顾望旧乡，长路漫浩浩。同心而离居，忧伤以终老。"其十云："迢迢牵牛星，皎皎河汉女。纤纤擢素手，札札弄机杼。终日不成章，泣涕零如雨。河汉清且浅，相去复几许？盈盈一水间，脉脉不得语。"

②纡：弯曲。

③陈肆：铺陈叙述。

④微而能通：隐微却能够贯通。

⑤婉而可讽：意致深婉却能够起到劝告作用。

【评析】

《古诗十九首》代表了汉代文人五言诗的最高成就。陆氏就其艺术表现特点加以概括，指出了它具有赋事直陈而又婉曲深微的绵长意味。

《古诗十九首》受到历代诗论家的称赞。锺嵘《诗品》认为它的风格源自《国风》："文温以丽，意悲而远。惊心动魄，可谓几乎一字千金。"是说它文辞温和美好，情意悲哀令人回味无穷，能够引起读者极大的震动，简直是一字值千金。刘勰《文心雕龙·明诗》谓："观其结体散文，直而不野，婉转附物，怊怅切情，实五言之冠冕也。"是说它结构文体、铺陈文采，做到了朴实而不浅薄，委婉曲折地比附事物（即善用比兴），将惆怅的感情深切地表达出来，是五言诗中第一位的。胡应麟《诗薮》继承上述说法，称《古诗十九首》"兴象玲珑，意致深婉，真可以泣鬼神，动天地"。

《古诗十九首》主要抒写"逐臣弃妻，朋友阔绝，游子他乡，死生新故之感"（沈德潜《说诗晬语》卷上）。陆氏认为它"近于赋而远于风"，即言情务尽、叙事显明，表面与风诗委婉达情不同。固然，一般而言，诗之太实、太直，缺乏虚纡之致，少感兴之微妙，而徒多陈述铺张，是不美的。但《古诗十九首》却在铺陈中实中有虚、直中寓曲，能做到"微而能通，婉而可讽"，即它的感发与意象之间能够贯通，意致深婉，味之不尽，实又具有了风诗之美。其根本在于，它的赋事言情做到了情真、景真、事真，又善于运用比兴手法婉转达情，浑成自然。它的切情、尽情，表现为人人共有之情而能言之恳切动人。陈祚明《采菽堂古诗选》卷三说："此诗（《古诗十九首》）所以为性情之物，而同有之情，人人各具，则人人本自有诗也。但人有情而不能言，即能言而言不能尽，故特推《十九首》以为至极。"同时它常常借胡马、越鸟、陵柏、涧石、江芙、泽兰、孤竹、女萝等随手寄兴，妙在善托。总之是做到了自然朴厚。这恰如张中行先生所说："内容写一般人的境遇以及各种感受，用平铺直叙之笔，情深而不夸饰，但能于静中见动，淡中见浓，家常中见永恒。或用一个字形容，是'厚'，情厚，味厚，语言也厚。……因为平和温厚如陶诗，我们读，还有'知'的味道，《古诗十九首》是憨厚到'无知'，这是文人诗无论如何也赶不上的。"（《诗词读写丛话》）

苏李赠言①，何温而戚也②！多唏涕语③，而无蹙蹙声④，知古人之气厚矣。古人善于言情，转意象于虚圆之中，故觉其味之长而言之美也。后人得此则死做矣。

【注释】

①苏李赠言：指传为汉苏武、李陵赠答的五言诗七首。苏武四首，李陵三首，俱载萧统《昭明文选》。锺嵘、萧统信为苏、李之作，宋以降多指为后人伪托，遂成定案。李陵与苏武诗其三云："携手上河梁，游子暮何之。徘徊蹊路侧，悢悢不能辞。行人难久留，各言长相思。安知非日月，弦望自有时。努力崇明德，皓首以为期。"苏武诗其三云："结发为夫妻，恩爱两不疑。欢娱在今夕，嬿婉及良时。征夫怀往路，起视夜何其。参辰皆已没，去去从此辞。行役在战场，相见未有期。握手一长叹，泪为生别滋。努力爱春华，莫忘欢乐

时。生当复来归，死当长相思。"

②温而戚：温婉而哀愁。

③唏涕：哀叹哭泣。

④蹴蹙（jué cù）：局促，不自然。

【评析】

苏李赠答五言诗，后人断为伪作，但艺术上颇有可称道之处。陆氏就其艺术风格及深长韵味加以把握，并触及了诗之情韵创造的普遍原则。

锺嵘《诗品》认为李陵五言："其源出于《楚辞》，文多凄怆，怨者之流。"说其文辞多凄凉怨恨一流，大体不错，但认定其源出于《楚辞》，未必确切。陆氏则将苏李赠答诗一并概括为"温而戚"，赞其"气厚"，是指其情感表现温婉而悲伤的特点取决于深厚沉挚的内蕴，而无一般悲啼的急迫、浮躁。《古诗镜》卷二谓"苏武缠绵，李陵简挚"，也是着眼于诗之情感而言的。总之，二人均善于言情。

陆氏的所谓善于言情，从创作角度而言就是"转意象于虚圆之中"，即将诗之意象用一种虚圆灵动的艺术手段表现出来，以获致味长言美的艺术效果。诗人应有情，还要善于言情。这意象运转的灵动，就是运实为虚而造成了一种韵味，从而生机无限。否则即僵滞呆板，流于"死做"了。如李陵《别诗》其三开头"携手上河梁，游子暮何之"两句，写两人执手河梁，于暮色苍茫中惘然无绪，别情依依而无限伤怀。携手、河梁、游子、暮色，在特定的别离氛围中组成一幅情景交融的画面。似平平道出，却衷怀深挚。陆氏《古诗镜》卷二评道："神境自然，语更饶韵"，就很好揭示了这一善于言情的特点。

班婕妤说礼陈诗^①，姱修嫭佩^②，《怨歌行》不在《绿衣》诸什之下^③。

【注释】

①班婕妤（前48?—前6?）：西汉女辞赋家。祖籍楼烦（今属山西）人，是汉成帝的妃子。初为少使，不久立为婕妤。她的作品很多，但大部分已佚失。现存作品仅三篇，即《自伤赋》、《捣素赋》和一首五言诗《怨歌行》，亦称《团扇歌》。

②姱（kuā）修嫭（hù）佩：意指行为端庄容颜俊美。姱，美好。嫭，古同"嫭"，美貌。

③《怨歌行》：传为班婕妤所作，其诗云："新裂齐纨素，皎洁如霜雪。裁成合欢扇，团团似明月。出入君怀袖，动摇微风发。常恐秋节至，凉飙夺炎热。弃捐箧笥中，恩情中道绝。"《绿衣》：即《诗经·邶风·绿衣》，诗云："绿兮衣兮，绿衣黄里。心之忧矣，曷维其已？绿兮衣兮，绿衣黄裳。心之忧矣，曷

维其亡？绿兮丝兮，女所治兮。我思古人，俾无讹兮。绤兮绤兮，凄其以风。
我思古人，实获我心。"

【评析】

班婕妤作为后宫女子中有德有言的典范而备受后人称颂。曹植《班婕妤
赞》云："有德有言，实为班婕。"傅玄《班婕妤画赞》亦云："斌斌婕妤，履
正修文。"陆氏赞美班婕妤的"说礼陈诗，娉修娉佩"，言其继承前人诗礼传
统而养成了她的美德淑质。所谓《怨歌行》与《诗经》之《绿衣》不相上下，
大体如锺嵘《诗品》云"《团扇》短章，辞旨清捷，怨深文绮，得匹妇之致"，
亦如后来沈德潜《古诗源》卷二评点此诗所谓"用意微婉，音韵和平；《绿衣》
诸什，此其嗣响"的意思。

《怨歌行》全诗托物寄意，借团扇抒写宫怨，微婉动人。诗表面上句句写
扇，实则句句有"人"。扇之材料取自齐地出产的洁白如雪的丝绢，裁成绘有
合欢图案的双面圆扇。以"霜雪"喻扇之鲜洁，可以想见其人的明洁美丽；以
圆月喻扇之形状，又加之以合欢图案，可以想见其人的美好心愿。有扇如此，
自然受到君王恩宠，得以与之时时相伴。但炎凉节候的变换使她心生恐惧，终
至秋扇见捐，恩断情绝。其体物之妙在不离不即之间，而对其心理的刻画尤为
深细婉曲，咏物寄情怨而不怒。故《古诗镜》卷二评曰："情检语素，绝去矜
饰，所称雅音，可想见其为人矣。""雅音"是指嗣响《诗经》之《绿衣》篇，
《绿衣》是卫庄姜夫人伤媵妾僭己而失位之作，主旨与此诗大体相同；诗之"以
衣之表里为色失常，喻妻妾之礼遇厚薄"（陈子展《诗经直解》）起兴，亦与
这首《怨歌行》一脉相通。但不同的是，《怨歌行》通体以扇为喻，是一首地

道的咏物诗，且以五言出之，弥觉情味深永。

　　王昭君《黄鸟》诗^①，感痛未深。以绝世姿作蛮夷嫔^②，人苟有怀^③，其言当不止此。此有情而不能言情之过也。

【注释】

①王昭君：名嫱，字昭君，晋朝时为避司马昭讳，又称"明妃"。南郡秭归（今属湖北）人。汉元帝时期宫女，远嫁匈奴，称宁胡阏氏。《黄鸟》：一名《怨旷思惟歌》或《怨诗》。诗云："秋木萋萋，其叶萎黄。有鸟处山，集于苞桑。养育毛羽，形容生光。既得升云，上游曲房。离宫绝旷，身体摧藏。志念抑沉，不得颉颃。虽得委食，心有徊徨。我独伊何，改往变常。翩翩之燕，远集西羌。高山峨峨，河水泱泱。父兮母兮，道里悠长。呜呼哀哉，忧心恻伤！"按，此诗实为后人伪托。

②蛮夷嫔：此处指王昭君嫁与匈奴呼韩邪单于，为其嫔妃，并被封为"宁胡阏氏"。蛮夷，古代泛指华夏中原民族以外的少数民族。

③人苟有怀：指一般人如果有这样的遭际情怀。

【评析】

陆氏论诗主情主韵，主张诗之情真，且应善言其情而具绵绵不尽的韵味。后人（东汉）托名王昭君的《黄鸟》诗，则是"有情而不能言情"的一个例证。

《黄鸟》应是《怨旷思惟歌》的另一名称。此诗始见于传为蔡邕所著《琴操》。根据诗前题解所述，是昭君不见遇于汉元帝，"心思不乐，心念乡土"，

而作此歌。草木枯黄的秋天，一只黄鸟栖止于山中，或飞落在桑树之上。它羽毛光鲜，外表亮丽，却内心悲苦。这是昭君感物起兴的自况，她自悲身世遭遇不幸而内心徬徨，于是自请远嫁，来到遥远的边地。远离家乡，远离父母，她发出了如此的怆呼："高山峨峨，河水泱泱。父兮母兮，道里悠长。呜呼哀哉，忧心恻伤！"这首诗或运用比兴或直抒胸臆，流荡着一种不可遏制的强烈情感，艺术上有一定特点。清沈德潜《古诗源》卷二评这首诗说："若明诉入胡之苦，不特说不尽，说出亦浅也。呼父呼母，声泪俱绝，下视石季伦拟作，琐屑不足道矣。"陆氏却认为此诗"感痛未深"，"有情而不能言情"，大概是不满于这种感情表现的强烈外放而乏含蓄蕴藉之致，与其论诗主张不合的缘故。这当然是不够公允的。

　　诗之佳，拂拂如风，洋洋如水，一往神韵①，行乎其间。班固《明堂》诸篇②，则质而鬼矣③。鬼者，无生气之谓也。

【注释】

①神韵：指一种理想的艺术境界，其美学特征是自然传神，韵味深远，天生化成而无人工造作的痕迹，体现出清空淡远的意境。通俗地说，就是传神或有味。

②班固（32—92）：东汉官吏、史学家、文学家。史学家班彪之子。字孟坚。扶风安陵（今陕西咸阳）人。除兰台令史，迁为郎，典校秘书。潜心二十余年，修成《汉书》，当世重之。撰《白虎通德论》，现一般称《白虎通义》。善辞赋，有《两都赋》等。其《明堂诗》云："於昭明堂，明堂孔阳。圣皇宗祀，穆穆煌煌。上帝宴飨，五位时序。谁其配之，世祖光武。普天率土，各以其职。猗欤缉熙，允怀多福。"按，此外班固尚有《辟雍诗》、《灵台诗》、《宝鼎诗》、《白雉诗》，与此诗均系于《东都赋》后。

③质而鬼：指枯质而无生韵。

【评析】

陆时雍在这里明确提出了"诗之佳""一往神韵"的诗美标准。"他以风与水喻神韵，即是刻画其一本自然而生，来并不知其所来，去不知其所去，拂拂洋洋，流动飘忽的特质。"（袁震宇、刘明今《明代文学批评史》第九章）并以班固《明堂》诸篇作反面例证，指出其"质而鬼"的了无鲜活生气的缺憾。

四言诗延及汉室已然衰微。陆氏前面说到，西汉韦玄成《自劾》诗，情色未宣；韦孟《讽谏》，恺直有余，而深婉不足。至东汉，如白狼王唐菆的《乐德歌》、《慕德歌》、《怀德歌》，东平王刘苍的《武德舞歌诗》，傅毅的《迪志诗》等，殊乏文采神韵。班固的《明堂》诸诗本系其《东都赋》后，只是颂诗的翻版，质木无文。胡应麟《诗薮·内编》卷一谓："《明堂》五章，太质无文。"如其中《辟雍诗》，《重订文选集评》卷一引孙月峰评语云："纯用'三百篇'声响，或用全句，或稍点窜，或剪摘一二字凑泊来，意调自高雅，第境界终觉太熟。"班氏只是得《诗经》之皮毛，摹拟其腔调，无真情实感，更乏自然形象的美质神髓，自然被陆氏所诟病。

　　东京气格颓下①，蔡文姬才气英英②。读《胡笳吟》③，可令惊蓬坐振，沙砾自飞④，直是激烈人怀抱。

【注释】

①东京：指东汉。

②蔡文姬（177—?）：名琰，原字昭姬，晋时避司马昭讳，改字文姬。东汉末年陈留圉（今河南开封杞县）人，东汉大文学家蔡邕的女儿。献帝时，为胡骑所获，没于南匈奴左贤王，在匈奴十二年，生二子。后为曹操赎归，嫁与董祀。善诗赋，兼长辩才与音律。代表作有《胡笳十八拍》、《悲愤诗》等。英英：奇伟的，杰出的。

③《胡笳吟》：指《胡笳十八拍》。《胡笳十八拍》是一篇长达一千二百九十七字的骚体叙事诗，原载于宋郭茂倩《乐府诗集》卷五十九及朱熹《楚辞后语》卷三，两本文字小有出入。对这首诗是否为蔡文姬所作，学术界争议颇大。

④惊蓬坐振，沙砾自飞：出自鲍照《芜城赋》："孤蓬自振，惊沙坐飞"。

【评析】

从东汉诗史着眼，陆氏认为其整体"气格颓下"，而不能自振。蔡文姬以其卓越才华特立诗坛，由《胡笳十八拍》之感慨悲壮的吟唱可见一斑。

蔡文姬从小受其父蔡邕陶育，博学有才辩，又妙善音律。但末世佳人迭遭不幸，兵荒马乱中，慈父死于非命，自己又身陷异域，其情可悲。当她归汉时，邺下文人作赋者众多。丁翼《蔡伯喈女赋》中一段说："伊大宗之令女，禀神惠之自然，在华年之二八，披邓林之曜鲜，明六列之尚致，服女史之话言。参过庭之明训，才朗悟而通玄。"她生有异禀又幼承庭训，朗悟通神而明艳多姿。大抵是"国家不幸诗家幸"（赵翼诗句）吧，不幸的遭际加于闺中弱质，旷世才女的一生便成就了一部生命的传奇。但从严格的学术意义上考量，历来对其仅存的三篇诗作都有质疑。其中《胡笳十八

拍》，因为郭沫若先生 1959 年创作了历史剧《蔡文姬》，并发表了《谈蔡文姬的〈胡笳十八拍〉》，认为这篇作品确为蔡文姬所作，引发学术界热烈讨论而聚讼一时。郭沫若先生认为此诗"是用整个的灵魂吐诉出来的"，"没有那种亲自经历的人，写不出那样的文字来"。这首诗无论真伪如何，但确是一篇优秀的长篇抒情诗。全诗写其身遭乱离之惨酷，流落匈奴之苦楚，归汉改嫁之悲喜无奈，借助十八节琴曲，淋漓尽致地抒写出来，将乱世背景、异域风物与自身遭际打成一片，"十八拍矢音成响，凭胸摅写，语自高岸"（《古诗镜》卷三），给人以"惊蓬坐振，沙砾自飞"的冲击力。清人沈德潜《古诗源》卷三评蔡琰五言《悲愤诗》说："激昂酸楚，读去如惊蓬坐振，沙砾自飞，在东汉人中，力量最大。"将这一评语加诸《胡笳十八拍》也是合适的。

孔融①，鲁国一男子，读《临终诗》②，其意气恹恹欲尽③。

【注释】

①孔融（153—208）：东汉文学家，鲁国（今山东曲阜）人，字文举，是孔子的二十世孙，曾为北海太守，故世称他为"孔北海"。因与曹操政治上颇有分歧，每多乖忤，建安十三年（208）被曹操所杀。其创作不长于诗而长于文。张溥辑有《孔少府集》，收入《汉魏六朝百三家集》中。

②《临终诗》："言多令事败，器漏苦不密。河溃蚁孔端，山坏由猿穴。涓涓江汉流，天窗通冥室。谗邪害公正，浮云翳白日。靡辞无忠诚，华繁竟不实。人有两三心，安能合为一。三人成市虎，浸渍解胶漆。生存多所虑，长寝

万事毕。"

③恹恹：精神萎靡的样子。亦用以形容病态。

【评析】

《临终诗》是孔融被杀前的绝唱，与其平生思想性格似难达成一致，表现了为人与为文间的复杂关系。"意气恹恹欲尽"，是陆氏的一种解读。

汉末魏初时期，群雄并起，天下扰攘。在建安文人中，孔融、祢衡、杨修都与曹操有着严重冲突，均不得善终，是建安文士中的"非主流派"。（徐公持《魏晋文学史》第六章）。孔融"天性气爽，颇推平生之意，狎侮太祖"（《三国志·魏书·崔琰传》裴注引张璠《汉纪》）。建安三年（198），曹操要杀掉与袁术有姻亲关系的杨彪，孔融力谏其不可，并扔下话说："今横杀无辜，则海内观听，谁不解体？孔融，鲁国男子，明日便当褰衣而去，不复朝矣。"（同上引）孔融与曹操作对的事还有几起为人乐道。如曹操破了袁氏兄弟，曹丕将袁熙的妻子甄氏据为己有，孔融写信给曹操说，过去武王伐纣时将妲己给了周公。曹操不解其意，他便说，以今观之，恐怕那时也是如此了吧。又如曹操要禁酒，理由是酒可以亡国，孔融便反对说，女人亡国，何以不禁止婚姻，等等。最后曹操借"不孝"的罪名把他杀了。具体地说，是他"违天反道，败伦乱理"。说他"以为父母与人无亲，譬若瓿器，寄盛其中。又言若遭饥馑，而父不肖，宁赡活余人"（《三国志·魏书·崔琰传》裴注引《魏氏春秋》）。孔融恃才傲物，放言无惮，由于太过于刚直任性，而不见容于曹操。

《临终诗》是诗人被杀前的检点平生之作。诗中深悔多言招祸，又以河堤山丘溃坏于蚁孔、猿穴作比，表明渐渐积成今日之果。而"谗邪害公正，浮云翳白日"两句，隐指曹操之不明，人言之情伪莫辨。所以谗毁加之，而不免一死。最后以劳生多忧，只有死亡如长眠结束所有的一切作结，包含深深的无奈。人之将死，其情可悲。诗中虽多用比兴，但主要是言人生世情之理，哀飒哀感中具彻悟洞察的觉解，与其往日"鲁国一男子"的凌厉使气似乎不同，故"意气恢恢欲尽"。但在无奈的背后实难掩其一腔激愤，所以明胡应麟一方面认同有人对孔融此诗似箴铭语而议论过多的指责，另一方面又说："至结句'生存多所虑，长寝万事毕'，词理宏达，气骨苍然，可想见其人，不容以瑕掩也。"（《诗薮·外编》卷一）

焦仲卿诗有数病①：大略繁絮不能举要，病一；粗丑不能出词，病二；颓顿不能整格②，病三。尤可举者，情词之讹谬也，如云"妾不堪驱使，徒留无所施。便可白公姥，及时相遣归"，此是何人所道？观上言"非为织作迟，君家妇难为"，斯言似出妇口，则非矣。当县令遣媒来也，"阿女含泪答，兰芝初还时，府吏见丁宁，结誓不别离。今日违情义，恐此事非奇。自可断来信，徐徐更谓之"。而其母之谢媒，亦曰"女子先有誓，老姥岂敢言"，则知女之有志，而母固未之强也。及其兄怅然，兰芝既能死誓，何不更申前说大义拒之，而云"兰芝仰头答，理实如兄言。处分适兄意，那得自任专"？意当时情事，断不如是。诗之不能宛述备陈③，亦明矣。至于府君订婚，阿母戒日，妇之为计，当有深裁④。

或密语以寄情，或留物以示意，不则慷慨激烈，指肤发以自将⑤，不则纤郁悲思⑥，遗饮食于不事⑦。乃云"左手持刀尺，右手执绫罗，朝成绣袂裙，晚成单罗衫"，其亦何情作此也？"晻晻日欲暝，愁思出门啼。府吏闻此变，因求假暂归。未至二三里，摧藏马悲哀。新妇识马声，蹑履相逢迎。"当是时，妇何意而出门？夫何缘而偶值⑧？诗之未能当情又明矣。其后府吏与母永诀，回身入房，此时不知几为徘徊，几为惋愤？而诗之情色，甚是草草⑨，此其不能从容摅写又甚矣。或曰："诗，虚境也，安得与纪事同论？"夫虚实异致，其要于当情则一也⑩。汉乐府《孤儿行》⑪，事至琐矣，而言之甚详。傅玄《秦女休行》⑫，其事甚奇，而写之不失尺寸。夫情生于文，文生于情，未有事离而情合者也。

【注释】

①焦仲卿诗：指《孔雀东南飞》。焦仲卿，是诗中一个艺术形象，乃东汉末年的一个庐江小吏，与妻子刘兰芝一同殉情而死。其小序云："汉末建安中，庐江府小吏焦仲卿妻刘氏，为仲卿母所遣，自誓不嫁。其家逼之，乃投水而死。仲卿闻之，亦自缢于庭树。时人伤之，为诗云尔。"

②颓顿：衰疲委顿。整格：严整诗格。

③宛述备陈：指详细地陈述说明。

④深裁：周密地裁定。

⑤自将：自杀。将，同"戕"。

⑥纡郁悲思：抑郁不振，愁苦哀思。

⑦遗饮食于不事：不吃不喝，指绝食。

⑧偶值：恰巧相遇。

⑨诗之情色，甚是草草：意谓诗中情状描述，极其简率。

⑩当情：合于情理。

⑪《孤儿行》："孤儿生，孤子遇生，命独当苦。父母在时，乘坚车，驾驷马。父母已去，兄嫂令我行贾。南到九江，东到齐与鲁。腊月来归，不敢自言苦。头多虮虱，面目多尘。大兄言办饭，大嫂言视马。上高堂，行取殿下堂。孤儿泪下如雨。使我朝行汲，暮得水来归。手为错，足下无菲。怆怆履霜，中多蒺藜。拔断蒺藜肠肉中，怆欲悲。泪下渫渫，清涕累累。冬无复襦，夏无单衣。居生不乐，不如早去，下从地下黄泉。春气动，草萌芽。三月蚕桑，六月收瓜。将是瓜车，来到还家。瓜车反覆。助我者少，啖瓜者多。愿还我蒂，兄与嫂严，独且急归，当兴校计。乱曰：里中一何譊譊，愿欲寄尺书，将与地下父母，兄嫂难与久居。"

⑫傅玄（217—278）：字休奕，北地郡泥阳（今陕西铜川耀州区）人，魏、晋间文学家、思想家。出身于官宦家庭，祖父傅燮，东汉汉阳太守。父亲傅幹，魏扶风太守。著有《傅子》、《傅玄集》等。明人张溥辑有《傅鹑觚集》，收入《汉魏六朝百三家集》中。《秦女休行》："庞氏有烈妇，义声驰雍凉。父母家有重怨，仇人暴且强。虽有男兄弟，志弱不能当。烈女念此痛，丹心为寸伤。外若无意者，内潜思无方。白日入都市，怨家如平常。匿剑藏白刃，一奋

寻身僵。身首为之异处，伏尸列肆旁。肉与土合成泥，洒血溅飞梁。猛气上干云霓，仇党失守为披攘。一市称烈义，观者收泪并慨忼：'百男何当益，不如一女良！'烈女直造县门，云：'父不幸遭祸殃。今仇身以分裂，虽死情益扬。杀人当伏法，义不苟活隳旧章。'县令解印绶：'令我伤心不忍听！'刑部垂头塞耳：'令我吏举不能成！'烈著希代之绩，义立无穷之名。夫家同受其祎，子子孙孙咸享其荣。今我作歌咏高风，激扬壮发悲且清。"

【评析】

《孔雀东南飞》是汉乐府中的名篇，受到历代诗评家的称道。而陆氏却从艺术上指出了它三方面的不足：叙事烦琐不得要领；语言粗鄙难称雅训；格调衰顿不能严整。尤为陆氏所不满的是，它在情理词句上的错谬不通。陆氏对此一一加以指点批评，最后亮明了他情文相生、情事结合的论诗标准。

陆氏对这首诗的艺术几乎做了全盘否定。他的主要根据是情理不合、详略失当，未能做到情事与艺术表现的高度统一，因而乖谬百出。陆氏还举出了汉乐府《孤儿行》和傅玄《秦女休行》两篇，分别作为"事至琐矣，而言之甚详"、"其事甚奇，而写之不失尺寸"的范例以作对照。一般而言，陆氏所标举的主张是不错的，但以此施之《孔雀东南飞》而横加责求，则大都与实际不合，失之偏颇。

《孔雀东南飞》作为一首长篇叙事诗，其艺术成就是相当杰出的。首先，对兰芝坚请辞归一节，陆氏指其为非，是不恰当的。联系全诗来看，焦母对兰芝是"吾意久怀忿，汝岂得自由"，不满这位媳妇已非一日，兰芝深知其势不能挽回，所以才不得不向仲卿严词提出辞归的请求。再者，从兰芝的性情

看，其辞归也是合乎逻辑的。陈祚明《采菽堂古诗选》卷二对此评道："大抵此女性真挚，然亦刚。唯性刚，始能轻生。遣归乃其自请，不堪受大人凌虐耳。"其次，对阿母劝嫁、阿兄逼婚一节，陆氏认为兰芝的前后表现不一致，诗之叙写不合情理，交代不细致。这一看法也有问题。对于母亲，兰芝申明与仲卿盟誓之义；而对阿兄的逼迫，兰芝不与之争而倒顺从兄意，是兰芝明智的表现。母亲与阿兄的态度毕竟不同。母亲主要是"劝"，阿兄主要是"逼"。所以在阿兄面前，已无申辩的必要。第三，兰芝应允太守的求婚，刘母在其出嫁前劝她准备嫁衣，兰芝亲操刀尺的情景，陆氏认为这些描写与兰芝此时的悲伤心境不合，并设计出种种他认为合理的行为细节。这一看法也流于皮相。与顺从阿兄一样，这其实也是其明智的表现。陈祚明《采菽堂古诗选》卷二对此分析道："至下文移榻裁衣，亦更不作不欲状，使人不疑，始得断然引决，勿令觉而防我，即难遂意。此直情事如此，不谓作者能曲曲写出，但览者或反不解耳。"如此写，还表现了她待死的从容。第四，兰芝许嫁后悲啼出门与仲卿相遇一节，陆氏认为事出无因，不合情理。从表面看，这确实是个问题：兰芝为何出门又怎么能够恰好听到和认出是仲卿的马声？但从艺术创作而言，两人情感相通，兰芝不觉出门，必然与仲卿相遇而有死别一节。它符合艺术之真。第五，仲卿与兰芝相约殉情，仲卿还家后与母诀别，陆氏认为诗中没有充分写出他痛苦复杂的心情，过于仓促草率。其实，如果联系诗歌开始仲卿与其母的冲突，及后来一系列表现，加之与母诀别时的坚定、怨愤，足以写出了他的性情，不必再着意详写其徘徊、惋愤之情。

陆氏论诗重神韵而排斥以叙事、议论为主的作品，所谓"叙事议论，绝非诗家所需"。《古诗镜》卷一说："《焦仲卿妻作》，绝不尔雅，抑更繁絮，谓世之传奇可。"此与上述的批评意见一致，都很难成立。但他提出的问题，仍有助于我们深化对这首诗艺术性的认识和把握。

古之为尚，非徒朴也，实以其精①。今人观宋器②，便知不逮古人甚远③。商彝周鼎④，洵可珍也⑤。不求其精，而惟其朴。以疏顽为古拙⑥，以浅俚为玄淡⑦，精彩不存⑧，面目亦失之远矣⑨。

【注释】

①精：工致，细密。

②宋器：宋代的器物。

③不逮：不及，比不上。逮，及。

④商彝周鼎：指商周的青铜礼器。泛指极其珍贵的古董。彝、鼎，古代祭祀用的鼎、尊等礼器。

⑤洵可珍：确实值得珍视。洵，实在，确实。

⑥疏顽：强硬，固执。

⑦玄淡：清高淡泊。

⑧精彩：形容事物佳妙出色。这里指作品的精神韵味。

⑨面目：比喻事物呈现的景象、状态。

【评析】

以古之"商彝周鼎"既"朴"又"精"来喻诗，针砭后人拟古失去前人的精彩面目，表明了陆氏的诗史观和诗歌审美情趣，亦具有一定的现实针对性。

中国诗歌发展史向来有尚古的传统，而明代尤甚。"就主流而言，明代诗学以古典主义思潮的汹涌澎湃为基本特征。它的一系列前后贯穿的流派，如闽中诗派、茶陵派、前七子、后七子、广五子、几社，绵延相续，与整个明代相始终。而另立旗号的反对派，如吴中四才子，公安派，竟陵派，也是以古典主义思潮为其存在的前提的"（陈文新《明代诗学》）。陆氏崇古，认为越古越好，即是这种时代风会的反映。但他能摆落"以疏顽为古拙，以浅俚为玄淡"，只得其皮毛的模古习气，强调不唯其朴，还要存其"精彩"，则是从主"情"求"真"出发的公允识见。明代张大复《梅花草堂笔谈》讲了一则笑话讥讽好古之士：有一好古至于贫困者，披着杏坛之席，拿着虞氏之器，挂着邓禹之杖，拖着东郭之履，却在街市乞讨说："谁与我圜府钱？"一挑担者投之李而不理不睬，担者说："是仲子李。"他瞪大眼睛谢道："我始以为王戎李，所以不要，以为是汉以下的东西呢。"尚古而为古所役，以至内在贫薄而失掉自家面目，与这位好古者相似。

古乐府多俚言①，然韵甚、趣甚。后人视之为粗，古人出之自精，故大巧者若拙②。

【注释】

①俚言：方言俗语。

②大巧者若拙：出自《老子》：“大直若屈，大巧若拙，大辩若讷。”谓真正灵巧的人，不自炫耀，外似笨拙。

【评析】

从“古人”与“后人”的时间维度相比照，具体到古乐府的形态，陆氏揭出了“精粗”与“巧拙”的关系，而以“韵”、“趣”标示其诗美观。

古乐府虽多俚言，但“韵甚、趣甚”，后人目之为“粗”而实则“精”。关键是“韵”和“趣”弥漫在古乐府中，而使其俚而不俗。陆氏重雅卑俗，论诗颇重《风》、《骚》之“雍雍和雅”、“萧萧清远”的“大雅之音”或“中和之则”，其内涵着一种“韵”和外散着一种“趣”；或者说是情韵、真趣的浑然一气。此关乎古今之变与诗艺本身的展开。一般而言，诗中由“拙”趋“巧”在表现层面是历史的必然，所以陆机《文赋》这段话也适用于诗：“其为物也多姿，其为体也屡迁。其会意也尚巧，其遣言也贵妍。”由于物“多姿”，体“屡迁”，不巧、不妍就难曲尽其妙。但物极而必反，过于贵巧、尚妍实有碍于真情的表达，所以尚拙、尚朴也为古人不断提起。严羽《沧浪诗话·诗评》说：“盛唐人有似粗而非粗处，盛唐人有似拙而非拙处。”陈师道《后山诗话》则说：“宁拙毋巧，宁朴毋华，宁粗毋弱，宁僻毋俗，诗文皆然。”所谓“朴”、“粗”、“僻”之类，都近于“拙”；所谓“华”、“弱”、“俗”，则与“巧”相关。“巧”、“拙”几成对立之势。而吴骞《拜经楼诗话》卷四却说：“昔人论诗，有用巧不如用拙之语。然诗有用巧而见工，亦有用拙而逾胜者。同一咏杨妃事，玉谿云：'夜半燕归宫漏永，薛王沉醉寿王醒。'此用巧而见工也。马君辉云：'养子早知能背国，宫中不赐洗儿钱'。此用拙而逾胜也。然皆得言外不传之妙。"看来"巧"、"拙"不是截然对立而在于如何"用"。袁枚《随园诗话》卷五对此发挥道："诗宜朴不宜巧，然必须大巧之朴；诗宜淡不宜浓，然必须浓后之淡。譬如大贵人，功成宦就，散发解簪，便是名士风流。若少年纨绔，遽为此态，便当笞责。富家雕金琢玉，别有规模；然后竹几藤床，非村夫贫相。"这似可作为"大巧若拙"的注脚。

魏人精力标格①，去汉自远，而始髟之华②，中不足者外有余，道之所以日漓也③。李太白云："自从建安来，绮丽不足珍④。"此豪杰阅世语。

【注释】

①精力标格：精神风范。标格，风范，风度。风节，风格。陈善《扪虱新话》："诗有格有韵，格高似梅花，韵胜似海棠花。"

②始髟（piāo）之华：指诗风开始趋向华丽。髟，画饰。

③漓：浅薄，浇薄。

④自从建安来，绮丽不足珍：出自李白《古风》（其一）："大雅久不作，吾衰竟谁陈？王风委蔓草，战国多荆榛。龙虎相啖食，兵戈逮狂秦。正声何微茫，哀怨起骚人。扬马激颓波，开流荡无垠。废兴虽万变，宪章亦已沦。自从建安来，绮丽不足珍。圣代复元古，垂衣贵清真。群才属休明，乘运共

跃鳞。文质相炳焕，众星罗秋旻。我志在删述，垂辉映千春。希圣如有立，
绝笔于获麟。"

【评析】

建安时期的诗歌创作出现了新的时代特点，情调慷慨高昂，风格遒劲刚
健，辞采渐趋华茂，与汉代古诗有所不同。陆氏特就其"始彰之华"深致不
满，认为"中不足者外有余"而致诗道衰薄，这与其论诗的核心主张是颇为
一致的。

细致分疏，仅就曹氏父子而言，诗分汉魏的趋向已十分明显。"曹操的诗
是古诗向建安诗风转变的较早的一个层次，表现为激昂发扬而又十分古朴；曹
丕的诗介于文质之间，一方面保持着古代的质朴，一方面开始有些文采；曹
植的诗就整个文采华丽了。"（叶嘉莹《汉魏六朝诗讲录》第三章）一般而言，
诗之由古朴至华丽是诗歌演进的必然结果，无足多怪。而陆氏论诗标举神韵，
所以才有诗道之衰的看法。《古诗镜》卷四关于魏诗总评的几句话透出了此中
消息："建安诗高华胜而沉挚稀，物色繁而情性寡。""诗以婉而深，婉则多风，
直则寡致，建安多坐此病"。总的意思是说，建安诗歌之"病"在于激昂外露，
物色繁密，缺乏内在情韵和深婉的风致。这其实就是"中不足而外有余"的具
体表述。正是着眼于这一点，他赞赏李白"自从建安来，绮丽不足珍"的诗论
为"豪杰阅世语。"

曹孟德饶雄力①，而钝气不无②，其言如摧锋之斧③。

【注释】

①曹孟德：曹操（155—220）字孟德，小字阿瞒。沛国谯（今安徽亳州）人。东汉末年著名政治家、军事家、文学家、诗人。曹操的诗作具有创新精神，开启并繁荣了建安文学，给后人留下了宝贵的精神财富，史称建安风骨。鲁迅评价其为"改造文章的祖师"。明代张溥辑其遗文为《魏武帝集》，辑录入《汉魏六朝百三家集》中。饶雄力：多雄健有力。饶，丰富，多。

②钝气不无：指文辞质朴沉厚。

③摧锋之斧：喻指语言有力。

【评析】

陆氏以"雄力"和"钝气"评价曹操诗歌，指出了其劲健壮烈的主体风格特点。这两点合起来，达到了"摧锋之斧"的艺术效果，亦大致如敖陶孙所谓"魏武帝如幽燕老将，气韵沉雄"（敖器之《敖陶孙诗评》）的意思。

杜甫《丹青引》说曹操后人曹霸："英雄割据虽已矣，文采风流今尚存。"而"英雄割据"和"文采风流"应是曹操武功文治的两个主要方面。曹操生当汉末，平定中原，建立三分格局的事业，此之谓"英雄"。后来钟惺说："老瞒生汉末，无坐而臣人之理，然其发念起手，亦自以仁人忠臣自负，不肯便认作奸雄。如'瞻彼洛城郭，微子为哀伤'，'生民百遗一，念之断人肠'，'不戚年往，忧世不治'，亦是真心真话，不得概以'奸'之一字抹杀之。"（《古诗归》卷七）。谭元春亦云："此老诗歌中有霸气，而不必其王；有菩萨气，而不必其佛。"（《古诗归》卷七）这些都点出了其人与其诗的关系。所谓诗中"霸气"，即如陆氏所说的"雄力"，与曹操吞吐天下之心相关。而其悯时伤乱、忧世不治的一面，即形成了他诗歌内在的沉厚而表现出一种"钝气"。顾随谈到曹操乐府诗的悲、哀、壮、热时说："曹诗表面是'悲'，骨子里却是'壮'；表面是'凉'，骨子里却是'热。'"（《东临碣石有遗篇》）由这种内在的"壮"、"热"肆口发而为诗，就形成了"如摧锋之斧"的力量。总之，曹操外定武功，内兴文学，所谓"昼携壮士破坚阵，夜接词人赋华屋"（张说《邺都引》），开启了邺下文风。而他的投戈赋诗，息鞍吟咏，则以气雄力坚的风骨表率后世。

　　子桓王粲①，时激《风》、《雅》余波②，子桓逸而近《风》③，王粲庄而近《雅》④。子建任气凭材⑤，一往不制⑥，是以有过中之病⑦。刘桢棱层⑧，挺挺自持⑨，将以兴人则未也⑩。二应卑卑⑪，其无足道。徐幹清而未远⑫，陈琳险而不安⑬。邺下之材⑭，大略如此矣。

【注释】

　　①子桓：曹丕（187—226）字子桓，三国时期著名的政治家、文学家，曹魏的开国皇帝。由于文学方面的成就而与其父曹操、其弟曹植并称为"三

曹"。明代张溥辑录其遗文为《魏文帝集》，辑入《汉魏六朝百三家集》中。

王粲（177—217）：字仲宣，山阳郡高平（今山东微山）人。初仕刘表，后归曹操。东汉末年著名文学家，建安七子之一。由于其文才出众，被称为"七子之冠冕"。

②时激《风》、《雅》余波：指发扬了《诗经》中《风》、《雅》的传统。

③逸：安雅闲逸。

④庄：庄重，典雅。

⑤子建：曹植（192—232）字子建，沛国谯（今安徽亳州）人。三国曹魏著名文学家，建安文学代表人物。魏武帝曹操之子，魏文帝曹丕之弟，生前曾为陈王，去世后谥号"思"，因此又称陈思王。与曹操、曹丕合称为"三曹"。南朝宋文学家谢灵运有"天下才有一石，曹子建独占八斗"的评价。任气凭材：逞才而纵任意气，不加约束。

⑥一往不制：一去而不可控制，一发而不可收拾。

⑦过中：超过适当限度。

⑧刘桢（?—217）：字公幹，东平宁阳（今山东东平）人。东汉末诗人，建安七子之一。博学有才，与魏文帝友善。所作五言诗，风格遒劲，语言质朴。有《刘公幹集》。棱层：高峻突兀的样子。比喻才气、品格等超越寻常。

⑨挺挺自持：刚正自守。挺挺，正直的样子。

⑩兴人：感动人。兴，兴发感动。

⑪二应：三国时魏文学家应玚、应璩兄弟的并称。应玚（?—217），字德琏。南顿县（今河南项城）人。东汉末文学家，建安七子之一。擅长作赋，有

文赋数十篇。今存诗六首，见逯钦立《先秦汉魏晋南北朝诗》。应璩（190—252），字休琏。博学好作文。应璩原有集十卷，已散佚。明代张溥辑有《应休琏集》，入《汉魏六朝百三家集》中。卑卑：平庸，微不足道。

⑫徐幹（171—217）：字伟长。北海郡（今山东昌乐）人。建安七子之一。以诗、辞赋、政论著称。徐幹作品，《隋书·经籍志》著录有集五卷，已佚。明代杨德周辑、清代陈朝辅增《徐伟长集》六卷，收入《汇刻建安七子集》中。《中论》二卷，《四部丛刊》有影印明嘉靖乙丑青州刊本。清而未远：指清雅而不深远。

⑬陈琳（156—217）：字孔璋，广陵射阳（今江苏宝应）人。东汉末年著名文学家，建安七子之一。陈琳诗、文、赋皆能。诗歌代表作为《饮马长城窟行》，散文有《为袁绍檄豫州文》等。明代张溥辑有《陈记室集》，收入《汉魏六朝百三家集》中。险而不安：怪异而不安和。

⑭邺下：曹操建都邺城。这里聚集了大量名流学士，形成了以曹氏父子为中心的"邺下文人集团"。中坚力量有建安七子：孔融、王粲、刘桢、徐幹、陈琳、阮瑀、应场；重要成员有杨修、吴质、邯郸淳、繁钦、丁仪兄弟、女诗人蔡琰等。

【评析】

建安、曹魏以三曹与建安七子为核心的文人集团，鼎盛时达百人之多，先后荟萃邺城，挥翰洒墨，代表了当时诗文的最高成就，揭开了中古文学史的序幕。陆氏就其中代表人物的诗作在总体上一一点评，虽三言两语，却多能抓住要害而有独得之妙。

　　陆氏对曹丕、王粲的诗歌持有肯定态度，认为他们分别继承了《风》、《雅》传统。曹丕为曹操次子，后继曹操做了大魏皇帝。他的诗歌成就主要体现在其继位前的创作上。政治家的权术和文学家的深情的奇妙结合，儒家的治政之本与黄老思想的杂糅，是其为人的总体特征。史载他因王粲生前爱听驴叫，遂率众文士于王粲墓前学驴鸣为之送葬，即表现了他通脱、放达而富于深情的一面。其诗赋多咏离愁，风格清和玄远，情词哀婉，即是这一面的反映。而以游子行役、思妇怨别一类内容居多的诗作，大多深情绵邈，清新脱俗，饶有谐婉清逸的自然风致，而与慷慨任气的时代风会有所不同。刘勰称："魏文之才，洋洋清绮。"（《文心雕龙·才略》）又称其"乐府清越"（同上引）。清沈德潜说："子桓诗有文士气，一变乃父悲壮之习矣。要其便娟婉约，能移人情。"（《古诗源》卷五）大概是从这一点上，陆氏认为曹丕诗歌"逸而近《风》"。王粲被刘勰称为"七子之冠冕"（《文心雕龙·才略》），以写于乱离中的《七哀诗》三首为代表。其"西京乱无象"一首，写汉末乱离，生灵涂炭，"出门无所见，白骨蔽平原"的景象，触目惊心。而"路有饥妇人，抱子弃草间"的人间惨剧，尤令他不堪。他由北到南，目睹种种民生惨象而哀悯丛集，杂以独在异乡的羁旅之愁，时代气氛与苍凉景色交织迭现，质朴自然的风格中难以遏抑的仁心热肠跃然纸上。王粲后期诗歌多四言的雅颂旧体，挚虞赞其"文当而整，皆近乎雅"（《文章流别论》）。

　　除曹、王而外，陆氏对其他几位诗人皆有指摘。曹植自小即崭露才华，长期处于邺下文人集团的宴游赋咏活动中，使其成为这一群体的核心人物之一。他在伴随父亲动荡的军旅生活中成长并树立了建功立业的志向，虽至后期艰危

处境而此志亦未曾消泯。加之他任性而行、简易放达的个性气质，其前期的
《白马篇》、《赠徐幹》等诗作，多具有一种雄迈豪健、慷慨多气的特点。陆氏
认为其逞才使气而乏节制，不免"过中"之病。刘桢少时即以才学知名，但
他个性倔强、敏感、自尊。在曹丕招诸文士宴集令其夫人甄氏出拜而众人伏
地时，他独敢"平视"并因此获罪。诗如其人，他的《赠从弟诗》三首即表
现出傲岸清刚的气骨。其二可为代表："亭亭山上松，瑟瑟谷中风。风声一何
盛，松枝一何劲。冰雪正惨凄，终岁常端正。岂不罹凝寒，松柏有本性。"锺
嵘《诗品》评道："其源出于古诗。仗气爱奇，动多振绝，真骨凌霜，高风跨
俗。但气过其文，雕润恨少。然陈思以下，桢称独步。"陆氏的"棱层"、"挺
挺自持"与锺嵘的"仗气爱奇"、"真骨凌霜"的评语一致，但认为其诗没有
达到"兴人"的效果，则与锺嵘的见解不同。此外，陆氏对应玚、应璩、徐幹、
陈琳的评价都不太高。

　　陆氏标举风雅而对曹丕、王粲以外的诸人一一指出其"过中"、"卑卑"、
"清而未远"、"险而不安"的缺陷，与一般诗评家存在着不少差异，不无独特
的启发意义。但这毕竟是其个人审美趣味的一种体现。

　　晋多能言之士，而诗不佳，诗非可言之物也。晋人惟
华言是务①，巧言是标②，其衷之所存能几也③？其一二能诗
者，正不在清言之列④，知诗之为道微矣。嵇、阮多材⑤，然
嵇诗一举殆尽⑥。

【注释】

①华言是务：致力于浮华之言。

②巧言是标：追求言辞工巧。

③衷：内心。

④清言：指魏晋时期何晏、王衍等崇尚《老》、《庄》，摈弃世务，竞谈玄理的言论。

⑤嵇、阮：指嵇康、阮籍。嵇康（224—263），字叔夜，三国时期魏国谯郡铚（今安徽宿州）人，世称嵇中散。著名思想家、音乐家、文学家。正始末年与阮籍等竹林名士共倡玄学新风，主张“越名教而任自然”、“审贵贱而通物情”，为“竹林七贤”的精神领袖。后因得罪钟会，为其构陷，而被司马昭处死。明汪士贤、张溥均辑有《嵇中散集》，见《汉魏诸名家集》、《汉魏六朝百三家集》。阮籍（210—263），字嗣宗。陈留尉氏（今河南开封尉氏）人。是建安七子之一阮瑀的儿子。三国魏诗人。曾任步兵校尉，世称阮步兵。崇奉老庄之学，政治上则采谨慎避祸的态度。与嵇康、刘伶等七人为友，常集于竹林之下肆意酣畅，世称竹林七贤。明代汪士贤辑《阮嗣宗集》，辑录在《汉魏诸名家集》中；张溥辑《阮步兵集》，辑录在《汉魏六朝百三家集》中。

⑥一举殆尽：指作诗只求一下子罄尽所有而逞才使意。

【评析】

魏晋之际的文学发展一方面是渐染玄思而明道说理，另一方面是结藻清英、流韵绮靡的倾向弥见浓烈。陆氏标举“诗非可言之物”，排抑晋人崇尚华巧的殊乏情韵之作，都不无卓见而表现出自觉清醒的诗美意识。

　　这里实际触及了什么是诗的问题。西晋文士多发为玄言清谈，智性的成分多而以此形之于诗却殊少佳作，关键在于诗断非理性的言说。陆氏的"诗非可言之物"即相当于严羽的"诗有别材，非关理也"的意思，当然严羽之"别材"主要是以情兴为核心。因此玄谈清言有妨诗情，而华巧之言则损伤诗意。以此论诗，陆氏对嵇康的诗歌提出了批评。在肯定嵇之多才的同时，也对其"一举殆尽"的缺陷有所指摘。嵇康是正始时期玄学思潮在人生追求上的典范人物。在文士多有忧生之嗟的险恶政治处境中，他以厌恶仕途政治的兀傲姿态转而将个人世界诗意化，或"抱琴行吟，弋钓草野"，或"守陋巷，教养子孙；时与亲旧叙阔，陈说平生，浊酒一杯，弹琴一曲"（《与山巨源绝交书》）。但如火的刚肠又时时喷吐峻刻的言辞，"越名教而任自然"，"非汤武而薄周孔"，"而且这些他都认真实行了，他与名教取一种完全对立的态度，不是狂放，不是放诞，而是一种严肃的傲然，而且对于仕途有一种本能的厌恶情绪"（罗宗强《玄学与魏晋士人心态》第二章）。他撕碎了司马氏假名教以欺世的漂亮的外衣，最终被杀。临刑时三千太学生请以为师，他索琴抚弄，顾视日影，感慨《广陵散》绝。清人谢启昆咏嵇康诗将其比作一只孤傲的鹤："鹤在青霄罗未远，琴弹白日影初移。"

　　昔人评嵇康诗歌的总体风格为"峻切"。锺嵘谓其"颇似魏文，过为峻切，讦直露才，妨渊雅之致。然托喻清远，良有鉴裁，亦未失高流矣"（《诗品》卷中）。刘勰谓"嵇志清峻"（《文心雕龙·明诗》）。"峻切"、"讦直露才"、"清峻"云云，大抵是指其诗乏含蓄蕴藉之致。陈祚明说得更明白："叔夜衷怀既然，文笔亦尔。径遂直陈，有言必尽，无复含吞之致。故知诗诚关乎性情。

婞直之人，必不能为婉转之调，审矣。"（《采菽堂古诗选》卷八）嵇康诗歌确有不少作品有此弊病，横议过多而杂以玄思。恐怕正是从这一点上，陆氏谓"嵇诗一举殆尽"。但也应看到，嵇康也确有颇为可诵的诗作。如《赠秀才入军》之九："良马既闲，丽服有晖。左揽繁弱，右接忘归。风驰电逝，蹑景追飞。凌厉中原，顾盼生姿。"气势飞动而豪侠壮丽，"兴高而采烈"（《文心雕龙·体性》）。而抒写玄学志趣的"目送归鸿，手挥五弦"（《赠秀才入军》之十四），也是"妙在象外"（王士禛《古夫于亭杂录》卷二）的佳句。

　　阮籍诗中之清言也，为汗漫语①，知其旷怀无尽②。故曰："诗可以观③。"直举形情色相，倾以示人。

【注释】
①汗漫：广大，漫无边际。
②旷怀：旷远的襟怀。
③诗可以观：出自《论语·阳货》："子曰：'小子，何莫学夫《诗》？《诗》可以兴，可以观，可以群，可以怨；迩之事父，远之事君；多识于鸟兽草木之名。'"观，郑玄注："观风俗之盛衰。"
【评析】
　　孟子讲究知人论世，颂其诗、读其书而知其人，进而论其世而尚友古人。陆氏以阮籍诗歌为"诗中之清言"，发言广远，即是论世之语；而"知其旷怀无尽"，又是知人之论。由此概括阮籍诗歌的特点是"直举形情色相，倾以示人"。

正始时期（240—248）以"玄学风流"著称。出现了以何晏、王弼、夏侯玄等人为主的"正始名士"和以阮籍、嵇康为主的"竹林名士"两大群体。后者的文学创作是在玄学风流的大背景上展开的，成为"正始诗风"的代表人物。与何晏、王弼等为代表的贵无派玄学思想不同，阮籍、嵇康则别立为重自然的玄学思想派别。由建安到正始的政局变化深刻影响了阮籍的思想与人生。登广武城而对楚汉古战场的一句"时无英雄，遂使竖子成名"的壮慨渐渐消歇，而

"率意独驾，不由径路，车迹所穷，辄恸哭而反"的弥天苦闷横塞胸中。或嗜酒任诞，颇疾礼法，母丧饮酒食肉，醉后卧于酒家妇侧等。醉酒昏酣只为全身远祸，而游心玄渺则希企心灵安顿。慎言乃至无言或言必玄远，而不涉具体政事，关锁了一扇隔离生命之虞的大门。而时作青白眼的心灵判断却又遭到礼法之士的疾恨。阮籍在矛盾的内心挣扎中发而为诗，意旨遥深，难以具体索解。

《咏怀诗》八十二首是诗人苦闷的象征。颜延之谓："嗣宗身仕乱朝，常恐罹谤遇祸，因兹发咏，故每有忧生之嗟。虽志在刺讥，而文多隐避，百代之下，难以情测。"（《文选》李善注引）锺嵘《诗品》亦谓："晋步兵阮籍，其源出于《小雅》，无雕虫之功。而《咏怀》之作，可以陶性灵，发幽思。言在耳目之内，情寄八荒之表。洋洋乎会于《风》、《雅》，使人忘其鄙近，自致远大，颇多感慨之词。厥旨渊放，归趣难求。"所谓"文多隐避"、"言在耳目之内，情寄八荒之表"云云，与陆氏的"为汗漫语"、"旷怀无尽"而在艺术表现上以"形情色相"示人是大体相近的。所谓"色相"，大致近于意象。如《咏怀》其一："夜中不能寐，起坐弹鸣琴。薄帷鉴明月，清风吹我襟。孤鸿号外野，翔鸟鸣北林。徘徊将何见？忧思独伤心。"陆氏评云："起何彷徨，结何寥落。诗之致，在意象而已。"（《古诗镜》卷七）具体而言，以《咏怀诗》为代表的阮籍诗风蕴藉含蓄而又自然飘逸，以比兴手法寄托深远之怀，与其独特的玄风生活方式密切相关，是时代与个性造就了他诗歌的独特品格。

傅玄得古之神。汉人朴而古，傅玄精而古。朴之至，妙若天成；精之至，黠如鬼画①。二者俱妙于思虑之先矣。

【注释】

①粲如鬼画：义同"鬼工"。这里指形象刻画鲜明生动。粲，鲜艳，灿烂。

【评析】

陆氏尚古倾向在第十四则中已有表现，此则评价傅玄诗作"得古之神"，做到了"精而古"。妙若天成的古朴之境，粲如鬼画的摹刻精工，是古朴的最高境界。而这境界的达成妙在"思虑之先"。

傅玄现存诗篇绝大多数是拟汉魏乐府之作。如《秋胡行》以乐府旧题咏秋胡戏妻故事，《艳歌行》拟乐府古辞《陌上桑》，《饮马长城窟行》来自同题乐府之作，《秦女休行》与左延年同题，等等。傅玄善于在原有词句上加以敷衍、变换，在乐府善于叙事的传统上转而重在摹写神情，形式典则趋于雅化。古辞《饮马长城窟》："青青河畔草，绵绵思远道。远道不可思，宿昔梦见之。"傅玄则扩为八句："青青河边草，悠悠万里道。草生在春时，远道还有期。春至草不生，期近叹无声。感物怀思心，梦想发中情。"古辞"梦见在我旁，忽觉在他乡"。傅玄则增为四句："梦君如鸳鸯，比翼云间翔。既觉寂无见，旷如参与商。"大概陆氏正是从这一点上，在《古诗镜》卷八评此诗云："西汉情曲，邺中语致，所以华而婉。魏人径情直往，无此委折稠叠。"这就是陆氏所极度赞赏的傅玄拟古之作的"朴之至"与"精之至"的原因吧。

陆氏所谓"妙于思虑之先"的意思应该包括：摹古的自然浑成与描写的鲜活生动，善于生发想象，文随情转而能婉转自如，而非仅仅是"径情直往"。其《古诗镜》卷八对傅玄的总评说："古貌绮心，微情远境，汉后未睹其俦。乐府淋漓排荡，位置三曹，材情妙丽，似过之矣。"可以见出此中消息。傅玄在拟古手法上虽有新变，富于一定才情，但其总体诗歌成就并不太高。陈祚明评傅玄的一段话倒十分公允：“休奕乐府力摩汉魏，神到之语，往往情长，时代使然，每沦质涩。然矫健之气亦几几优孟之似叔敖矣。”（《采菽堂古诗选》卷九）

精神聚而色泽生，此非雕琢之所能为也。精神道宝①，闪闪著地，文之至也。晋诗如丛彩为花②，绝少生韵③。士衡病靡④，太冲病侨⑤，安仁病浮⑥，二张病塞⑦。语曰：“情生于文，文生于情⑧。”此言可以药晋人之病⑨。

【注释】

①精神道宝：《淮南子·精神训》：“故心者形之主也，而神者心之宝也。”

②丛彩为花：意谓剪彩为花，喻指只求工艺之美而缺乏生气。

③生韵：鲜活的韵致。

④士衡病靡：陆机的弊病在于衰弱不振。士衡，陆机（261—303）字士衡，吴郡吴县（今江苏苏州）人。西晋文学家、书法家，世称“陆平原”，与其弟陆云合称“二陆”。明人张溥所辑《汉魏六朝百三家集》有《陆平原集》。靡，衰弱不振。

⑤太冲病侨：左思的弊病在于骄矜。太冲，左思（252?—306?）字太冲，齐国临淄（今山东淄博）人。西晋著名文学家。其《三都赋》颇为时人称颂，形成“洛阳纸贵”的盛况。《三都赋》与《咏史》诗是其代表作。左思的作品

收录于清人严可均所辑《全上古三代秦汉三国六朝文》和逯钦立所辑《先秦汉魏晋南北朝诗》。㤭，骄傲，骄矜。㤭，同"骄"。

⑥安仁病浮：潘岳的弊病在于浮躁，轻浮。安仁，潘岳（247—300）字安仁，西晋著名文学家。明人汪士贤辑《潘黄门集》六卷，有《汉魏诸名家集》本；张溥《潘黄门集》一卷，有《汉魏六朝百三家集》本。浮，浮躁，轻浮。

⑦二张病塞：二张的弊病在于阻塞，不流畅。二张，是西晋文学家张载与其弟张协的合称。张载（生卒年不详），字孟阳。安平武邑（今河北安平）人。张载今存诗十余首，较可取的有《七哀诗》二首。张协（生卒年不详），字景阳。《隋书·经籍志》录张协有集四卷，已佚。明人张溥辑有《张孟阳景阳集》一卷，在《汉魏六朝百三家集》中。塞，阻塞，不流畅。

⑧情生于文，文生于情：语出刘义庆《世说新语·文学》："孙子荆除妇服，作诗以示王武子。王曰：'未知文生于情，情生于文，览之凄然，增伉俪之重。'"

⑨药：疗治。

【评析】

内在精神积聚而发于吟咏便可活色生香，不是人力雕琢所能奏效的。西晋诗人大多以外在形式竞胜，失落了生动的韵致而表现出种种弊端。诸般诗病之形成，在于真切情感的缺失与艺术表现的窒碍。陆氏从创作主体入手落实到艺术表现，揭示晋人之病，而归结为情与文的关系，确为探本之论。

儒道两家都将主体之神看做是心理活动中一种最高的精神体验和生命体验，精神境界就是道的境界，不同的是儒家"守仁"而道家"守素"。陆氏主要以道家的"纯素之道，唯神是守"的观念说诗。《庄子·刻意》云："纯素之道，唯神是守。守而勿失，与神为一。一之精通，合于天伦。野语有之曰：'众人重利，廉士重名，贤士尚志，圣人贵精。'故素也者，谓其无所与杂也；纯也者，为其不亏其神也。"专守"纯素"，不杂不亏，凝聚于一，即是"圣人贵精"之义。从审美活动看，只有精神凝聚，才能"神会于物，因心而得"（王昌龄《诗格》），才能创作出妙造自然的艺术境界，所谓"精神道宝，闪闪著地，文之至也"。因为"神会于物"是"因心而得"，所以诗人之情又是创作的核心，要"情生于文，文生于情"，才能使诗生韵淋漓。正是从此点出发，陆氏指出了西晋某些诗人的病症所在。陆机辞藻富艳，而流于芜杂。《古诗镜》卷九引孙绰"陆深而芜"之语说："诗缘情而绮靡，病所流于芜也。篇中累句，皆绮靡所为。"左思之病在"侨"，即情感骄纵不知拘检。《古诗镜》卷九说得更为具体："左思气粗，每发一言，努目掀唇，头颅俱动，时觉村气扑人。凡豪则易粗，豪而卓乃真豪矣。"此外，潘岳的浮华，张协、张载的实满、充塞等等，都未做到以情统文，缺少妙造自然的生韵。当然这是陆氏从自己的艺术旨趣出发的诗歌批评论，不免一偏之蔽。但就其基本观点而言，不无启示意义。

　　素而绚①，卑而未始不高者②，渊明也③。艰哉士衡之苦于缛绣而不华也④。夫温柔悱恻⑤，诗教也⑥。恺悌以悦之⑦，婉娈以入之⑧，故诗之道行。左思抗色厉声⑨，则令人畏；潘岳浮词浪语⑩，则令人厌，欲其入人也难哉！

【注释】

①素而绚：质地纯素而文采绚美。

②卑而未始不高：平凡而未必不高华。

③渊明：即陶渊明（365—427），字元亮，号五柳先生，世称靖节先生，入刘宋后改名潜。东晋浔阳柴桑（今江西九江）人。东晋末期南朝宋初诗人、辞赋家、散文家。初为州祭酒，不久解归。复为镇军参军，迁彭泽令。以"不能为五斗米折腰"，去官隐居。田园生活是陶渊明诗的主要题材。后人辑有《陶渊明集》。

④缛绣：绚丽的锦绣。亦用以喻文采。

⑤温柔悱（fěi）恻：指文章温和柔顺，情思婉转。

⑥诗教：指《诗经》怨而不怒、温柔敦厚的教育作用。

⑦恺（kǎi）悌：和乐平易。

⑧婉娩（wǎn）：婉转含蓄。

⑨抗色厉声：脸色、声音严厉。这里指左思的作品情感抗激，语气强烈。

⑩浮词浪语：虚饰浮夸的言词和不切实际的妄说。

【评析】

标举温柔悱恻、柔顺安雅的诗歌风格，以陶诗的境界为典范来指摘西晋诗坛之弊，是本则诗论的要害。其实质在于借传统诗教阐发其神韵学说，反对浮丽过激之风，自是诗学守正的开新之论。

陶渊明的诗歌创作与文学成就经历了一个被逐渐认识的过程。他活着的时候是寂寞的，死后的宋代、齐代也默默无闻。刘勰的《文心雕龙》没有提到他，至梁代的昭明太子萧统虽推崇其"文章不群，辞采精拔"（《陶渊明集序》），但在其《与湘东论文书》中又特将陶置于潘、陆、颜、谢之下。梁代锺嵘《诗品》将渊明放到中品。到唐代虽有所改观，但也未将他当做一流诗人看待。到了宋朝，陶渊明的崇高地位才得以真正确立。这种情况的出现除了尚靡丽的时代风气之外，与陶渊明诗歌创作的独特美质不易获得准确把握极有关系。陶诗平淡自然的风格特点往往被人视为枯淡无文，而忽略其内在的醇厚之味。北宋诗人苏轼与陶渊明旷代相感，遍和陶诗。如《和陶饮酒二十首》其一："我不如陶生，世事缠绵之。云何得一适，亦有如生时。寸田无荆棘，佳处正在兹。纵心与事往，所遇无复疑。偶得酒中趣，空杯亦常持。"他称赞渊明为人说："欲仕则仕，不以求之为嫌；欲隐则隐，不以去之为高……古今贤之，贵其真也。"（《苕溪渔隐丛话·前集》引）说渊明的诗"质而实绮，癯而实腴"（《与苏辙书》）。这"质而实绮，癯而实腴"八字，确实道破了陶诗之朴素中见风华，单纯中寓丰厚的美质。陆氏"素而绚，卑而未始不高"的评语与此接近。

　　值得注意的是，陆氏在标举陶诗的同时，与传统诗教打通并进而推重温柔婉曲之风。他批评陆机的辞藻繁丽而没有达到高华的境界，左思诗歌的抗色厉声的过分用力，潘岳诗歌的浮词浪语，认为都难以感动人心。由此可见，其衡诗标准是以真素、神韵等观念一以贯之的。

　　读陶诗，如所云"清风徐来，水波不兴"①，想此老悠然之致。

【注释】

①清风徐来，水波不兴：出自苏轼《前赤壁赋》："壬戌之秋，七月既望，苏子与客泛舟，游于赤壁之下。清风徐来，水波不兴。"

【评析】

陶渊明的田园诗在描绘田园生活的同时实在是陶写他的一片心灵风景，如宋代陈师道所说："渊明不为诗，写其胸中之妙尔。"（《后山诗话》）其人、其诗浑然莫辨，即表现出陆氏所说的如清风慢慢拂过水面，波澜不惊的悠然之致。

陶渊明的性格特征是"任真自得"（萧统《陶渊明传》），一切都能想得开、放得下，自然率真而伪饰不存。仕与隐，穷与达，乃至生与死，彻悟得清明见底。他宗尚"抱朴含真"（《劝农》），厌倦尘网役役，终于逃禄归耕田园守拙，如羁鸟归林、池鱼入海。《饮酒》第五"结庐在人境"一首，抒写雅人心中胜概，尤具悠然之致。诗人不脱尘世而能做到"心远"，一无挂碍得不滞不留，胸无渣滓。"采菊东篱下，悠然见南山"，是平凡中的超越，自然中的风流。一举首之间，心与山悠然相会，是无言的妙合。而日夕的山气与归巢的飞鸟都尽入诗人悠然的怀抱，默示人生的真谛。"此中有真意，欲辩已忘言"，

用以形容陶渊明其人其诗也是合适的。

诗被于乐①，声之也②。声微而韵③，悠然长逝者，声之所不得留也。一击而立尽者，瓦缶也④。诗之饶韵者，其钲磬乎⑤？"相去日以远，衣带日以缓"⑥，其韵古；"携手上河梁，游子暮何之"⑦，其韵悠；"高台多悲风，朝日照北林"⑧，其韵亮；"晨风飘歧路，零雨被秋草"⑨，其韵娇；"采菊东篱下，悠然见南山"⑩，其韵幽；"皇心美阳泽，万象咸光昭"⑪，其韵韶⑫；"扣枻新秋月，临流别友生"⑬，其韵清⑭；"野旷沙岸净，天高秋月明"⑮，其韵洌⑯；"天际识归舟，云中辨江树"⑰，其韵远⑱。凡情无奇而自佳，景不丽而自妙者，韵使之也。

【注释】

①诗被于乐：将诗配上乐曲。被，配，合。

②声之：用声音来表现。

③声微而韵：声音隐约不明而又有韵致。

④瓦缶：古代陶土制的打击乐器。

⑤诗之饶韵者，其钲磬乎：这里说的是古典诗歌所追求的一种类似音乐的审美感受，因为这是心灵化的艺术，内容和形式最为浑融的艺术。钲，古代军中用的一种乐器，形如圆盘，为铜质乐器。磬，以玉、石等材料制成的形如曲尺，悬挂在架子上的一种打击乐器。

⑥相去日已远，衣带日已缓：出自东汉无名氏《古诗十九首·行行重行行》："行行重行行，与君生别离。相去万余里，各在天一涯。道路阻且长，会面安可知？胡马依北风，越鸟巢南枝。相去日已远，衣带日已缓。浮云蔽白日，游子不顾返。思君令人老，岁月忽已晚。弃捐勿复道，努力加餐饭。"

⑦携手上河梁，游子暮何之：出自李陵《与苏武诗》其三："携手上河梁，游子暮何之。徘徊蹊路侧，悢悢不能辞。行人难久留，各言长相思。安知非日月，弦望自有时。努力崇明德，皓首以为期。"

⑧高台多悲风，朝日照北林：出自曹植《杂诗·高台多悲风》："高台多悲风，朝日照北林。之子在万里，江湖迥且深。方舟安可极，离思故难任。孤雁飞南游，过庭长哀吟。翘思慕远人，愿欲托遗音。形影忽不见，翩翩伤我心。"

⑨晨风飘歧路，零雨被秋草：出自魏晋诗人孙楚《征西官属送于陟阳候作诗》："晨风飘歧路，零雨被秋草。倾城远追送，饯我千里道。三命皆有极，咄嗟安可保。莫大于殇子，彭聃犹为夭。吉凶如纠缠，忧喜相纷绕。天地为我

炉，万物一何小。达人垂大观，诚此苦不早。乖离即长衢，惆怅盈怀抱。孰能察其心，鉴之以苍昊。齐契在今朝，守之与偕老。"

⑩采菊东篱下，悠然见南山：出自陶渊明《饮酒·其五》："结庐在人境，而无车马喧。问君何能尔，心远地自偏。采菊东篱下，悠然见南山。山气日夕佳，飞鸟相与还。此中有真意，欲辩已忘言。"

⑪皇心美阳泽，万象咸光昭：出自南朝谢灵运《从游京口北固应诏诗》："玉玺戒诚信，黄屋示崇高。事为名教用，道以神理超。昔闻汾水游，今见尘外镳。鸣笳发春渚，税銮登山椒。张组眺倒景，列筵瞩归潮。远岩映兰薄，白日丽江皋。原隰荑绿柳，墟囿散红桃。皇心美阳泽，万象咸光昭。顾己枉维絷，抚志惭场苗。工拙各所宜，终以反林巢。曾是萦旧想，览物奏长谣。"

⑫韶：美丽的，美好的。

⑬叩枻新秋月，临流别友生：出自陶渊明《辛丑岁七月赴假还江陵夜行涂口》："闲居三十载，遂与尘事冥。诗书敦夙好，园林无俗情。如何舍此去，遥遥至南荆。叩枻新秋月，临流别友生。凉风起将夕，夜景湛虚明。昭昭天宇阔，晶晶川上平。怀役不遑寐，中宵尚孤征。商歌非吾事，依依在耦耕。投冠旋旧墟，不为好爵萦。养真衡茅下，庶以善自名。"

⑭清：清雅。

⑮野旷沙岸净，天高秋月明：出自谢灵运《初去郡》："彭薛裁知耻，贡公未遗荣。或可优贪竞，岂足称达生？伊余秉微尚，拙讷谢浮名。庐园当栖岩，卑位代躬耕。顾己虽自许，心迹犹未并。无庸方周任，有疾像长卿。毕娶类尚子，薄游似邴生。恭承古人意，促装返柴荆。牵丝及元兴，解龟在景平。负心

二十载，于今废将迎。理棹遄还期，遵渚骛修坰。溯溪终水涉，登岭始山行。野旷沙岸净，天高秋月明。憩石挹飞泉，攀林搴落英。战胜癯者肥，鉴止流归停。即是羲唐化，获我击壤情。"

⑯洌：寒凉的样子。此指语清气旷。

⑰天际识归舟，云中辨江树：出自谢朓《之宣城郡出新林浦向板桥》："江路西南永，归流东北骛。天际识归舟，云中辨江树。旅思倦摇摇，孤游昔已屡。既欢怀禄情，复协沧洲趣。嚣尘自兹隔，赏心于此遇。虽无玄豹姿，终隐南山雾。"

⑱远：悠远。

【评析】

陆氏论诗重"韵"。这里摘句为评，分别点到了诗之"韵古"、"韵悠"、"韵亮"、"韵矫"、"韵幽"、"韵韶"、"韵清"、"韵洌"、"韵远"等诸种形态。而"韵"又与"情"、"景"相关。

从诗之"韵生于声"出发，从钲磬之声喻诗歌悠然不尽的弦外之音，是陆氏标举的"韵"之特点。徐复观《中国艺术精神》说"韵就是音响的神"。又因"韵"在"声"之外，即明人谢兆申所说"韵在声音之表"（《刻商孟和黍珠楼诗稿序》），所以陆氏说"声之所不得留"却隐约可以感受得到。而只要诗歌具有了此种韵味，平常情景皆可自成佳妙，这就进而将"韵"与诗境联系起来。反过来说，从具体的诗句中可以求得某种情韵。"相去日已远，衣带日以缓"两句，以衣带宽松写人因相思而消瘦，平常的细节蕴含深情，具备了古朴的韵味。"携手上河梁，游子暮何之"，写李陵送别苏武时的怅惘之情，着一"何之"而悠长无尽。"高台多悲风，朝日照北林"，写曹植独立高台的孤绝之感，含蕴丰富，音节高亮。"晨风飘歧路，零雨被秋草"，为西晋孙楚咏别离之作的名句，"格力挺拔，似魏人语致"（《古诗镜》卷九）。"采菊东篱下，悠然见南山"，抒写了陶渊明无所挂碍的怀抱，自然幽雅。"皇心美阳泽，万象咸光昭"，为谢灵运写皇恩德泽的句子，光明美好。"扣枻新秋月，临流别友生"，为陶渊明写行役途中友人临流送别情景，韵调清雅。"野旷沙岸净，天高秋月明"，为谢灵运写景名句，语清气旷。"天际识归舟，云中辨江树"，为谢朓写景诗句，超绝悠远。

陆氏品味这些诗句的韵外之致，深具敏锐的审美感受力。

　　晋人五言绝，愈俚愈趣①，愈浅愈深②。齐梁人得之，愈藻愈真③，愈华愈洁④。此皆神情妙会，行乎其间。唐人苦意索之，去之愈远。

【注释】

①愈俚愈趣：越是俚俗而越有活泼趣味。

②愈浅愈深：越是浅近而越是含蕴深厚。

③愈藻愈真：越是辞藻华美而情感越加真挚。

④愈华愈洁：越是形式华丽而风格越是雅洁。

【评析】

从五言绝句的形式发展历史着眼，陆氏崇尚晋、齐、梁人的作品，认为其中有"神情妙会，行乎其间"，呈现一种特殊的趣味和风格，而反对唐人用力过深的做法。

绝句，又称截句或断句。这种形式可追溯到汉乐府民歌。"五言短古，七言短歌"，应是绝句的最早源头。魏晋南北朝时期，由于声律说的兴起和新体诗的实践，又出现了新的特点，至唐初才臻于成熟，出现了律绝。大体说，与五言律绝相对的体制上不完备的五言古绝，因不受律诗格律束缚，应笼统归入古诗一类。陆氏既推重晋人五言古绝的浅俚中含有趣味深隽的朴厚之作，也肯定了齐梁外呈华藻而不失真切简洁的五言绝，其所评判的依据是神韵贯注的内在精神，亦即"神情妙会"的特色。因此，他对唐人五言绝的刻意讲究提出了批评。这是陆氏诗史观的一种偏颇，而对唐人五言绝的指摘，还指向了明代前后七子一味尊崇盛唐的诗学主张和创作流俗。

　　诗至于宋，古之终而律之始也。体制一变，便觉声色俱开。谢康乐鬼斧默运①，其梓庆之镶乎？颜延年代大匠斫而伤其手也②。寸草茎，能争三春色秀，乃知天然之趣远矣。

【注释】

①谢康乐（385—433）：即谢灵运，陈郡阳夏（今河南太康）人。东晋名将谢玄之孙，袭封康乐公，故世称谢康乐。曾任永嘉太守、侍中、临川内史等职。喜邀游山水，每出游，随从之人数百。后因反抗刘宋王朝被杀。明张溥辑有《谢康乐集》，在《汉魏六朝百三家集》中。鬼斧：出自《庄子·达生》："梓

庆削木为镰，镰成，见者惊犹鬼神。"后用以形容技艺精巧神妙。

②颜延年（384—456）：即颜延之，字延年，琅邪临沂（今属山东）人。少年时孤贫好学，无所不览。喜饮酒，性偏激，好肆意直言。官至金紫光禄大夫。诗歌创作在当时与谢灵运齐名。明人汪士贤辑《颜延之集》一卷，有《汉魏诸名家集》本；张溥辑《颜光禄集》二卷，有《汉魏六朝百三家集》本。

【评析】

诗歌发展到南朝刘宋时期发生新变，所谓"古之终而律之始也"。与汉魏古诗不同，讲究偶对音声而"声色俱开"。但同时也失掉了古朴自然之致。

谢灵运与颜延之是这一时期的代表诗人，世称"颜谢"。赵翼《瓯北诗话》卷十二说："自谢灵运辈始以对属为工，已为律诗开端"。许学夷《诗源辩体》卷七说："太康五言，再流而为元嘉。然太康体虽渐入俳偶，语虽渐入雕刻，其古体犹有存者；至谢灵运诸公，则风气益漓，其习尽移，故其体尽俳偶，语尽雕刻，而古体遂亡矣。"这里拿"古体"与"律诗"相比照，以"俳偶"、"雕刻"的出现揭示诗歌体制之变，符合诗歌发展的实际。谢灵运的诗歌创作摹景状物，炼句用字，体用俳偶，表现为刻意为之的倾向，故其诗精工密丽。严羽《沧浪诗话·诗评》即说："谢所以不及陶者，康乐之诗精工，渊明之诗质而自然耳。"颜延之诗辞采繁密，好用典故，亦伤于自然。许学夷《诗源辩体》卷七云："颜延年诗，体尽俳偶，语尽雕刻。"颜、谢比较，似乎谢胜于颜。王世贞《艺苑卮言》卷三说："延之创撰整严，而斧凿时露。其才大不胜学，岂惟惠休之评，视灵运殆更霄壤。"所谓"惠休之评"是指汤惠休说的"谢诗如芙蓉出水，颜如错采镂金"（锺嵘《诗品》卷中）。王世贞认为二人有霄壤之别，即是承继了汤惠休的观点。陆氏对谢诗评价为"鬼斧默运"而许以神巧天然，自是高于颜延之"代大匠斫而伤其手"的拙劣。

颜、谢优劣论早已有之，汤惠休之语大概即承《南史·颜延之传》而来："延之尝问鲍照，己与灵运优劣。照曰：'谢五言如初发芙蓉，自然可爱；君诗若铺锦列绣，亦雕缋满眼。'"从"天然之趣"出发，陆氏判定颜、谢诗作的好坏，可以自成一说。

"池塘生春草"①，虽属佳韵，然亦因梦得传②。"林壑敛暝色，云霞收夕霏"③，语饶霁色④，稍以椎炼得之⑤。"白云抱幽石，绿筱媚清涟"⑥，不琢而工⑦。"皇心美阳泽，万象咸光昭"⑧，不淘而净⑨。"杪秋寻远山，山远行不近"⑩，不修而妍。"猿鸣诚知曙，谷幽光未显。岩下云方合，花上露犹泫"⑪，不绘而工。此皆有神行乎其间矣。

【注释】

①池塘生春草：出自谢灵运《登池上楼》："潜虬媚幽姿，飞鸿响远音。薄霄愧云浮，栖川怍渊沉。进德智所拙，退耕力不任。徇禄反穷海，卧疴对空林。衾枕昧节候，褰开暂窥临。倾耳聆波澜，举目眺岖嵚。初景革绪风，新阳改故阴。池塘生春草，园柳变鸣禽。祁祁伤豳歌，萋萋感楚吟。索居易永久，离群难处心。持操岂独古，无闷征在今。"

②因梦得传：《谢氏家录》云："康乐每对惠连，辄得佳语。后在永嘉西

堂，思诗竟日不就。寤寐间忽见惠连，即成'池塘生春草'。故常云：'此语有神助，非我语也。'"

③林壑敛暝色，云霞收夕霏：出自谢灵运《石壁精舍还湖中作》："昏旦变气候，山水含清晖。清晖能娱人，游子憺忘归。出谷日尚早，入舟阳已微。林壑敛暝色，云霞收夕霏。芰荷迭映蔚，蒲稗相因依。披拂趋南径，愉悦偃东扉。虑澹物自轻，意惬理无违。寄言摄生客，试用此道推。"

④语饶霁（jì）色：语言充满晴朗温和的格调。霁，雨后天晴。

⑤以椎炼得之：指雕琢而成。

⑥白云抱幽石，绿筱（xiǎo）媚清涟：出自谢灵运《过始宁墅诗》："束发怀耿介，逐物遂推迁。违志似如昨，二纪及兹年。缁磷谢清旷，疲苶惭贞坚。拙疾相倚薄，还得静者便。剖竹守沧海，枉帆过旧山。山行穷登顿，水涉尽洄沿。岩峭岭稠叠，洲萦渚连绵。白云抱幽石，绿筱媚清涟。葺宇临回江，筑观基曾巅。挥手告乡曲，三载期归旋。且为树枌檟，无令孤愿言。"

⑦不琢而工：指不用刻意雕琢而自然工丽。工，工丽，工整。

⑧皇心美阳泽，万象咸光昭：出自谢灵远《从游京口北固应诏诗》。见"诗被于乐"条中注。

⑨不淘而净：指不用耗费深思去修改、删减而自然明净。淘，耗费神思去淘汰其中不合适的成分。

⑩杪秋寻远山，山远行不近：出自谢灵运《登临海峤初发强中作与从弟惠连见羊何共和之》第一章："杪秋寻远山，山远行不近。与子别山阿，含酸赴修轸。中流袂就判，欲去情不忍。顾望脰未悁，汀曲舟已隐。"

⑪"猿鸣诚知曙"四句：出自谢灵运《从斤竹涧越岭溪行》："猿鸣诚知曙，谷幽光未显。岩下云方合，花上露犹泫。逶迤傍隈隩，迢递陟陉岘。过涧既厉急，登栈亦陵缅。川渚屡径复，乘流玩回转。苹萍泛沉深，菰蒲冒清浅。企石挹飞泉，攀林摘叶卷。想见山阿人，薜萝若在眼。握兰勤徒结，折麻心莫展。情用赏为美，事昧竟谁辨。观此遗物虑，一悟得所遣。"

【评析】

此则摘谢灵运诗句为评，具体阐发其不刻意琢饰而以神韵天然为妙的诗学主张。

"池塘生春草"句，据说是梦中得之而靠的是"神助"。谢氏在永嘉太守任上久病逢春，忽见楼外池塘春草繁生，春意盎然盈溢，欣然之情于景中传出，境界自然高妙。"林壑敛暝色，云霞收夕霏"，描写傍晚时分的山林溪谷笼罩着朦胧、模糊的气色。用"敛"、"收"二字状山色云气聚集之状，见出炼字之工。"白云抱幽石，绿筱媚清涟"，写故乡山水清秀美好，自然清新。"皇心美阳泽，万象咸光昭"，是谢氏陪宋文帝刘义隆游赏之作中的两句，以阳光水泽的照润万物颂美皇恩，光明纯净，气象不凡。"杪秋寻远山，山远行不近"，写深秋山中送别，切合山行感受，别饶趣味。"猿鸣诚知曙，谷幽光未显。岩下云方合，花上露犹泫"四句，写夏日一早沿山溪而行，猿鸟鸣晓，而谷中仍然幽暗；山下云气弥漫，花上露滴，景物真切。

陆氏拈出"神"字衡诸谢灵运的一些诗句。这"神"贯注于字里行间，是指创作者活泼思维的灵动之迹与外物妙合而不滞不留；它不靠文字的刻意炼饰而任乎天机，故而达到了某种不工而工的艺术效果。这无疑是其"神韵"主张的一种体现。

谢康乐诗，佳处有字句可见，不免硁硁以出之[1]，所以古道渐亡。

【注释】
[1]硁（kēng）硁：浅薄固执。

【评析】
陆氏指出谢灵运诗歌有佳句而少佳篇，是用力过深之故，并深感古诗之道渐渐不存，从诗歌发展立论而其见解亦大体公允。

谢灵运以大量山水诗创作独标诗坛，与陶渊明的澄怀静观不同，他移步换景、模山范水，将山林丘壑、烟云泉石之趣几乎描写殆尽，在诗歌发展史上具有不可忽视的贡献。但从诗歌艺术来看，其诗作已失掉汉魏古诗的深远兴寄，亦乏陶诗的真率自然，故遭到人们的批评。钟嵘《诗品》说他"尚巧似"，"颇以繁富为累"。意思是，他注重景物的外在形态的描写，而有繁富之病；又说他"名章迥句，处处间起；丽典新声，络绎奔会"，肯定他的"兴多才高"，而列名上品。从时代风会看，刘勰《文心雕龙·明诗》谓："宋初文咏，体有因革，庄老告退，而山水方滋；俪采百字之偶，争价一句之奇，情必极貌以写物，辞必穷力而追新，此近世之所竞也。"《物色》又说："自近代以来，文贵形似，窥情风景之上，钻貌草木之中。吟咏所发，志惟深远；体物为妙，功在密附。"所谓"宋初"或"近代以来"的诗风特征，也正是谢灵运诗风的特征。一方面其山水诗创作与玄言诗有相反而又相承的关系，即宋初山水诗的兴盛是对玄言诗的否定又与其不是一刀两断，谢灵运化庄老入山水而颇露痕迹；另一方面其雕镂偶对流于繁巧，又是矫枉过正的必然结果。于是谢诗时见佳句而少有古诗浑朴的整体境界，也就不足为怪。不过谢客山水对于后代山水诗的创作具有极大的影响和启示，又是毫无疑义的。

　　康乐神工巧铸，不知有对偶之烦。惠连枵然肤立①，如《捣衣》、《牛女》②，吾不知其意之所存，情之所在。

【注释】

　　①惠连：指谢惠连（397—433），南朝宋文学家。祖籍陈郡阳夏（今河南太康）人。谢方明之子，谢灵运族弟。他十岁能作文，深得谢灵运的赏识，见其新作，常感慨"张华重生，不能易也"。《诗品》引《谢氏家录》称："康乐每对惠连，辄得佳语。"据说谢灵运《登池上楼》中的名句"池塘生春草"，就是在梦中见到谢惠连而写出来的。明人汪士贤辑《谢惠连集》一卷，有《汉魏诸名家集》本；张溥辑《谢法曹集》一卷，有《汉魏六朝百三家集》本。枵

(xiāo) 然：空虚的样子。肤立：喻指缺乏骨力，内在贫弱。

②《捣衣》："衡纪无淹度，晷运倏如催。白露滋园菊，秋风落庭槐。肃肃莎鸡羽，烈烈寒螀啼。夕阴结空幕，宵月皓中闺。美人戒裳服，端饰相招携。簪玉出北房，鸣金步南阶。檐高砧响发，楹长杵声哀。微芳起两袖，轻汗染双题。纨素既已成，君子行未归。裁用笥中刀，缝为万里衣。盈箧自余手，幽缄候君开。腰带准畴昔，不知今是非。"《牛女》："落日隐檐楹，升月照帘枥。团团满叶露，析析振条风。蹀足循广除，瞬目眺曾穹。云汉有灵匹，弥年阙相从。遐川阻昵爱，修渚旷清容。弄杼不成藻，耸辔骛前踪。昔离秋已两，今聚夕无双。倾河易回斡，款情难久悰。沃若灵驾旋，寂寥云幄空。留情顾华寝，遥心逐奔龙。沉吟为尔感，情深意弥重。"按，诗题一作《七月七日夜咏牛女》。

【评析】

谢灵运与其族弟谢惠连并称"大小谢"。陆氏从对偶的运用状况比较二人诗歌创作优劣，称大谢诗偶对之神巧而对小谢多所贬抑，与历代诗评家看法很不相同。

谢惠连少年才俊，谢灵运每见其新作则称叹"张华重生，不能易也"。又说："每有篇章，对惠连辄得佳语。"其"池塘生春草"之句，据说即是痫寐间见惠连而得之。锺嵘《诗品》将其列入中品，称为才思富捷，遗憾其如芝兰玉树过早凋谢而未尽其才。又说他的《秋怀》、《捣衣》诸作，即使灵运精思结撰也难与之竞胜。陈祚明《采菽堂古诗选》卷十八评惠连诗"如秋空唳雁，风霜凄紧之中，飒沓寒声，偏能嘹亮。"《捣衣》诗通过对思妇秋日捣衣、裁衣行为的描写和心理刻画，表现其相思念远之情。张玉穀《古诗赏析》卷十六逐层分析道："前八，以流光易逝意起，便即时物铺叙秋景。'夕阴'十字，递落闺夜，总为捣衣发端。中八，正叙捣素，四句就其人说，四句就其事说，著色形容。后八，接写成衣，方点出君子不归，裁缝寄远，珍重迟疑心事，言情婉约。"《牛女》诗咏七月七日牛郎织女短暂相会的故事，从日落开篇而及于秋露秋风。怅望银河久隔两人相会匆匆，诗人感其情重而望空沉吟。两诗均涉及男女情事而展开铺排描写，有一定特色。

陆氏《古诗镜》卷十三对谢惠连总评说："真悃不足，繁饰有余。话多芜秽，气格亦厌厌颓落。"而"真悃不足，繁饰有余"，大致就是"枵然肤立"的意思。而"话多芜秽"大体指惠连之诗大都由错彩镂金的偶对构成，损伤了鲜活生动的韵致，令人难以妙会其内在情意。一般而言，陆氏的这些认识不无道理，但却忽略了诗歌发展的特定历史状况，亦不能免于横加贬责的武断之嫌。

　　鲍照材力标举①，凌厉当年②，如五丁凿山③，开人世之所未有。当其得意时，直前挥霍，目无坚壁矣④。骏马轻貂⑤，雕弓短剑，秋风落日，驰骋平冈，可以想此君意气所在。

【注释】

①鲍照（?—466）：字明远，东海（今山东郯城）人。出身贫寒，曾做过临海王萧子顼的前军参军，故世称鲍参军。后子顼作乱，鲍照为乱兵所杀。他在当时受到门阀制度的压抑，一生很不得意，作品中充满了怀才不遇的愤懑不

平之感。材力标举：能力超群。材力，才能，能力。标举，高超，超逸。

②凌厉当年：形容气势猛烈逼人。

③五丁凿山：战国时期，强大的秦国常想吞灭蜀国。但是蜀国地势险要，军队不容易通行。秦惠王知蜀王好色，许嫁五位美女于蜀王。蜀王遣五丁开山辟路迎之，返还到梓潼地界时，见一大蛇钻入石穴。其中一人掣住蛇尾，奋力拔之不出，于是五人齐力相拔，以致山崩地裂，五丁及五位美女同时被压入山下，山也分成五岭（《华阳国志·蜀志》）。五丁，历史传说中的五位大力士。

④直前挥霍，目无坚壁：指动作迅捷，目无一切坚固的壁垒和阻碍。直前，径直向前。挥霍，迅疾的样子。坚壁，坚固的壁垒。

⑤骏马轻貂：指骑着良驹宝马，身着轻软的貂裘。

【评析】

鲍照诗歌体气豪迈，俊逸不群，在刘宋诗坛独标一格。陆氏既指出了其在诗歌史上的创辟之功，又形象地概括了他的主体风格特征。

鲍照出身寒微，早负才名，但一生备受压抑，志不获展。钟嵘《诗品》说他的诗歌得张协的奇谲，含有张华的纤丽，具备强于谢混的骨力，拥有比颜延之更多的快捷，"总四家而擅美，跨两代而孤出"。并对其"才秀人微，故取湮当代"的不幸遭际深致叹惋。《南齐书·文学传论》讲到鲍照诗末流的缺点说："发唱惊挺，操调险急，雕藻淫艳，倾炫心魂。"倒恰恰道出了鲍照诗歌的主要特色与诗史上的独创地位。这些所谓缺点，正是其"材力标举，凌厉当年"的才调精神的必然体现。鲍照以其乐府诗创作最具特点，这表现在：一方面继承了汉魏乐府的传统主题如生死感叹、去乡远游、人情亲疏、离别相思、从军赴边、游览京洛等；另一方面更多地融入了属于他个人的遭遇与不平，直接抒发自我怀抱、内心激愤，具有强烈、鲜明的个性色彩。如《拟行路难》十八首中的"置水泻平地"、"对案不能食"、"诸君莫叹贫"与《代东武吟》等，或直抒胸臆或寄托感慨，慷慨任气，激烈壮越。加之在形式上渗入整齐偶丽的句式，形成了纵放自如、遒丽俊逸的鲜明风格特色。这一创变影响深远，从李白之豪迈矫健、杜甫之沉练精工，可以看到旷代嗣响。

对于鲍照主体风格特色的描述与体悟，陆氏突出了诗人豪迈雄健的意气。诗人创作主体的雄健如临战破阵的勇士，轩昂凌厉，一往无前；又如驰骋平冈的游侠，骏马秋风，短剑雕弓，顾盼自雄。故其诗歌创作颇具骨力，复多华彩，而又流走畅快。《古诗镜》卷十四总评道"鲍照快爽莫当，丽藻时见"，可以参照。但又说："所未足者韵耳。凡铿然而鸣，矻然而止者，声耳。韵气悠然有余，韵则神行乎间矣。"又不免露出陆氏以韵论诗的局限。

　　诗丽于宋，艳于齐①。物有天艳，精神色泽，溢自气表。王融好为艳句②，然多语不成章，则涂泽劳而神色隐矣③。如卫之《硕人》④，骚之《招魂》⑤，艳极矣，而亦真极矣。柳碧桃红，梅清竹素，各有固然。浮薄之艳，枯槁之素，君子所弗取也。

【注释】

①诗丽于宋，艳于齐：指诗歌自南朝宋、齐始讲究声律偶对，文辞华美。

②王融（467—493）：字元长。祖籍琅邪临沂（今属山东）。南朝齐文学家。年少时即举秀才，入竟陵王萧子良幕，极受赏识。累迁太子舍人。齐武帝时，王融曾上书求自试，后迁至秘书丞，官至中书郎。融与子良相友善，为"竟陵八友"之一。不久，齐武帝病重，融欲矫诏拥立子良即位，事未成。萧子良和郁林王萧昭业争夺帝位失败，王融因依附子良而下狱，被孔稚圭奏劾，赐死。融与谢朓、沈约同为"永明体"创始人。明张溥辑有《王宁朔集》一卷，在《汉魏六朝百三家集》中。

③涂泽劳而神色隐：过度修饰而使本来的神情、面色遭到掩盖。涂泽，修饰容貌。

④《硕人》：即《诗经·卫风·硕人》，诗云："硕人其颀，衣锦褧衣。齐侯之子，卫侯之妻。东宫之妹，邢侯之姨，谭公维私。手如柔荑，肤如凝脂，领如蝤蛴，齿如瓠犀，螓首蛾眉。巧笑倩兮，美目盼兮。硕人敖敖，说于农郊。四牡有骄，朱幩镳镳，翟茀以朝。大夫夙退，无使君劳。河水洋洋，北流活活。施罛濊濊，鳣鲔发发，葭菼揭揭。庶姜孽孽，庶士有朅。"

⑤《招魂》：屈原（一说宋玉）作。仅录"乱曰"一段："乱曰：献岁发春兮，汩吾南征。菉蘋齐叶兮，白芷生。路贯庐江兮，左长薄。倚沼畦瀛兮，遥望博。青骊结驷兮，齐千乘，悬火延起兮，玄颜烝。步及骤处兮，诱骋先。抑骛若通兮，引车右还。与王趋梦兮，课后先。君王亲发兮，惮青兕。朱明承夜兮，时不可淹。皋兰被径兮，斯路渐。湛湛江水兮，上有枫。目极千里兮，伤春心。魂兮归来，哀江南。"

【评析】

　　陆氏援据诗骚，针对宋齐诗坛的艳丽诗风，提出了"天艳"的说法，辨析了"艳"与"真"的关系，辩证意味中包含艺术妙谛。

　　王融与沈约、谢朓并称为"永明体"的始创者，诗歌创作自觉讲究声韵和对偶。锺嵘《诗品序》称王融欲作《知音论》而未就；谓声病之说，"王元长创其首，谢朓、沈约扬其波"。又指出其诗歌创作好用典的毛病，所谓"辞不贵奇，竞须新事"，"遂乃句无虚语，语无虚字，拘挛补衲，蠹文已甚"，失掉了自然神采。但在《诗品》中还是肯定了他的丰富的文才，称其"词美英净"。而"至于五言之作，几乎尺有所短"。而王士禛对锺嵘将王融列为"下品"深致不满，《渔洋诗话》卷下即说："'下品'之王融，宜在'中品'。"陆氏责王融"好为艳句，然多语不成章"，似不尽公允。这与其《古诗镜》卷十六谓"王融最工刻饰，殆欲以声色胜人"是颇为一致的。王融诗歌，亦有佳作。如其《古意》二首及一些小诗，就颇受后人称道。《古意》二首均拟写闺怨，所谓男子作闺音，代思妇抒写缠绵心曲。其一写思妇自春至秋的相思："游禽暮知反，行人独未归。坐销芳草气，空度明月辉。噸容入朝镜，思泪点春衣。巫山彩云没，湛上绿条稀。待君竟不至，秋燕双双飞。"诗写禽类日暮尚知回返，而游子至今竟未归家。思妇不堪在春风秋月中独守空闺，感伤红颜易老而揽镜自照，寂寞的泪水打湿了春衫。当初欢会的情景已渐成过往，而今不觉节物变换，秋燕双飞。其二专言闺中秋思，以"霜气下盟津，秋风度函谷"开篇，从所思之处落墨，牵系游子秋冷衣单，思妇裁衣而不辞劳苦。但人远音稀，山长水阔，不禁内心烦郁。结末以"况复飞萤夜，木叶乱纷纷"的衰飒秋景收束，而难堪之情见于言外。两诗感物寄兴，情景兼融，在艺术上有一定特色。小诗《思公子》一共四句："春尽风飒飒，兰凋木修修。王孙久为客，思君徒自忧。"亦清新可喜。

值得注意的是，陆氏是"梅清竹素"并举而推重"天艳"。所谓"物有天艳"，指的是一种富有生韵的本然的艳美，如柳碧桃红之艳。另是物之本然之艳，其精神色泽不待人为呈现出来，亦是真美。陆氏认为《诗经》之《硕人》与《楚辞》之《招魂》就具备这种美，是"艳极"而又"真极"之作。这与浮薄之艳如王融的刻饰不同。当然梅清竹素是一种真素，而无枯槁之病，是同样的道理。如果追踪溯源，陆氏的这一看法大体与刘勰《文心雕龙》之《原道》篇中的自然文论观有一脉相承之处。

诗至于齐，情性既隐①，声色大开②。谢玄晖艳而韵③，如洞庭美人，芙蓉衣而翠羽旗④，绝非世间物色。

【注释】

①情性：指性情。

②声色：指韵律辞采。

③谢玄晖：谢朓（464—499）字玄晖，陈郡阳夏（今河南太康）人。曾任宣城太守、尚书吏部郎等职。后为萧遥光诬陷，下狱死。他以善于写作风景诗见长，风格自然秀逸。五言小诗富有民歌风味。有《谢宣城集》。

④芙蓉衣而翠羽旗：喻指辞采华艳。

【评析】

谢朓在南朝齐浮艳诗风盛行之际，以清绮诗格独标一时，受到历代诗论家与诗人的关注。陆氏揭示了谢诗独出于时的地位，以"艳而韵"概括其诗作的主体特色，体悟其美感特质，给人以具体鲜明的印象而又能深化对谢诗的审美把握。

谢朓为东晋谢氏家族后裔，与王融、沈约等附于竟陵王萧子良门下，为"竟陵八友"之一。时王融倡为声律之说，谢朓与沈约为之应和。谢朓亦为"永明体"创始者之一，对于隶事、对偶、声律、辞藻的自觉追求更趋圆熟。但他于"情性既隐，声色大开"的时代风会下，却能在山水物色的描写中渗透真切的情感，以清丽的笔调，谐畅的音声形诸吟咏，独具一种清秀俊美的风格。如果说"艳"是诗人对外在形式的一种普遍追求，那么谢朓之艳自有性情，非但未被声色所掩，且具备了情景兼融的意境之美，因而韵味别出。陆氏的如"洞庭美人"之喻，正是对谢诗这一特色的形象描绘。

读谢家诗①，知其灵可砭顽②，芳可涤秽③，清可远垢④，莹可沁神⑤。

【注释】

①谢家诗：指谢灵运、谢朓之诗。

②灵可砭顽：灵慧可以救治愚顽。灵，聪明，通晓事理。砭，本义为治病刺穴的石针。此处意为救治。

③芳可涤秽：芳香使人涤除污秽。

④清可远垢：清纯使人避开尘浊。

⑤莹可沁神：莹洁透明使人心神愉悦。

【评析】

　　谢灵运、谢朓的诗歌，尤其是大谢谢灵运的山水诗创作，给人们开启了一扇感受大自然之美的窗口，极大地丰富了人们的审美感受。陆氏从世俗与自然相对的角度概括其审美体验，有助于提升人们的美感层次。

　　谢家山水是诗化的自然。前人评谢灵运诗为，"东海扬帆，风日流丽"，"芙蓉出水"，"自然可爱"，这就是对其山水刻画的诗意把握。自然物色，山水清音，这些一旦进入诗中，就构成了一个与世俗相对的艺术境界。沉浸谢家山水中，陆氏认为其灵秀之气可以祛除冥顽，芬芳袭人可以洗涤污秽，清雅之韵可令人远离尘垢，莹洁透澈可以浸润心神。自然山水既可媚道，又可娱情，更可以在精神层面提升人们。魏晋的人物品评，往往与自然山水意象关联。而人之神情与山水关乎与否，则标示一个人的境界高低。至南朝，谢灵运由于政治失意而长期优游山水，借山水发泄忧愤，以其大量的山水诗创作确立了山水诗的地位。在世俗之外的大自然之美或说江南山水之美，以其"灵"、"芳"、"清"、"莹"的美质给人们带来一种崭新的审美愉悦，是相对俗世的一种解放与升华。此后，谢朓继续创作山水诗歌，与大谢一起，蔚成大观，对后世产生了无比深远的影响。

　　熟读灵运诗，能令五衷一洗①，白云绿筱②，湛澄趣于清涟③。孰读玄晖诗，能令宿貌一新④，红药青苔，濯芳姿于春雨。

【注释】

①五衷：同"五中"，五脏。亦指内心。

②绿筱：细竹子。

③湛澄趣于清涟：指谢灵运的作品多写山水意趣，于山水间陶冶情怀。

④宿貌一新：指作品风格清新。宿貌，旧貌。

【评析】

谢灵运、谢朓并称"大小谢"，均以山水诗见长。陆氏从美感效果出发解读二人的诗歌，主要是就其山水景物诗而言的。

山水景物成为独立的审美对象，经历了一个漫长的发展过程。至南朝二谢出来，大量的山水诗作奔涌诗坛，为人们开辟了一个簇新的审美天地。谢灵运是第一个大量创作山水诗的诗人，他的泉石之癖、山水膏肓几乎不可救药。尽管他是想借山水陶写郁怀、时辍玄理，但登山临水之际依其感官印象一一揽入诗笔，所营造的画境疏宕清丽、美不胜收。陆氏所谓"读灵运诗，能令五衷一洗"云云，表述的是山水娱人的簇新感受；同样，谢朓在山水诗创作方面亦自成家。与谢灵运不同的是，他在山水自然景物中渗透人生感悟，指点顾盼而饶情趣，使自然物象鲜活生动。"红药当阶翻，苍苔依砌上"（谢朓《直中书省》），其妍美光华渗出字面，明切清新。陆氏对二谢山水诗的总体把握是着重其共同拥有的清新之趣，它能使人心神一爽，灵府充盈山光水色，美感由此得到拓展与升华。二谢山水滋润诗坛，至唐代诗人挹其芳华而更加熠熠生辉。

    诗须观其自得①。陶渊明《饮酒》诗："一觞虽独进，杯尽壶自倾②。""提壶抚寒枝，远望时复为"③。又："昔人既屡空，春兴岂自免？""寒竹被荒蹊，地为罕人远"④。此为悠然乐而自得。谢康乐："樵隐俱在山，由来事不同。不同非一事，养疴亦园中。中园屏氛杂，清旷招远风⑤。"此为旷然遇而无累⑥。见古人本色，抈披不烦而至⑦。夫咏物之难，非肖难也⑧，惟不局局于物之难⑨。玄晖"余霞散成绮，澄江净如练"⑩，"天际识归舟，云中辨江树"⑪，山水烟霞，衷成图绘⑫，指点盼顾，遇合得之。古人佳处，当不在言语间也。鲍明远"霜崖灭土膏，金涧测泉脉。旋渊抱星汉，乳窦通海碧"⑬，精矣，而乏自然之致。良工苦心⑭，余以是赏之。

【注释】
    ①自得：指作诗要有自己的心得体会，抒发真情实感，风格自然平易。金代王若虚论诗主自得，《滹南诗话》卷三："古之诗人，虽趣尚不同，体制不一，要皆出于自得。"
    ②一觞虽独进，杯尽壶自倾：出自陶渊明《饮酒》（其七）："秋菊有佳色，

裛露掇其英。泛此忘忧物，远我遗世情。一觞虽独进，杯尽壶自倾。日入群动
息，归鸟趋林鸣。啸傲东轩下，聊复得此生。"

③提壶抚寒枝，远望时复为：出自陶渊明《饮酒》（其八）："青松在东园，
众草没其姿。凝霜殄异类，卓然见高枝。连林人不觉，独树众乃奇。提壶抚寒
柯，远望时复为。吾生梦幻间，何事绁尘羁。"按，陆氏所引前句，"柯"作
"枝"。

④"昔人既屡空"四句：出自陶渊明《癸卯岁始春怀古田舍二首》（其一）：
"在昔闻南亩，当年竟未践。屡空既有人，春兴岂自免？凤晨装吾驾，启涂情
已缅。鸟哢欢新节，泠风送余善。寒竹被荒蹊，地为罕人远。是以植杖翁，悠
然不复返。即理愧通识，所保讵乃浅？"按，陆氏引"昔人既屡空"句，作"屡
空既有人"。

⑤"樵隐俱在山"六句：出自南朝谢灵运《田南树园激流植援》："樵隐俱
在山，由来事不同。不同非一事，养疴亦园中。中园屏氛杂，清旷招远风。卜
室倚北阜，启扉面南江。激涧代汲井，插槿当列墉。群木既罗户，众山亦对
窗。靡迤趋下田，迢递瞰高峰。寡欲不期劳，即事罕人功。唯开蒋生径，永怀
求羊踪。赏心不可忘，妙善冀能同。"按，"养疴亦园中"之"疴"字，陆氏
误作"疴"。

⑥罣（guà）：同"挂"，牵挂。

⑦挥（huī）披：犹"挥洒"。

⑧肖难：仿效不易。

⑨局局于物：为外物所拘束。

⑩余霞散成绮，澄江静如练：出自南朝诗人谢朓《晚登三山还望京邑》："灞涘望长安，河阳视京县。白日丽飞甍，参差皆可见。余霞散成绮，澄江静如练。喧鸟覆春洲，杂英满芳甸。去矣方滞淫，怀哉罢欢宴。佳期怅何许，泪下如流霰。有情知望乡，谁能鬒不变。"

⑪天际识归舟，云中辨江树：出自南朝诗人谢朓的《之宣城郡出新林浦向板桥》："江路西南永，归流东北骛。天际识归舟，云中辨江树。旅思倦摇摇，孤游昔已屡。既欢怀禄情，复协沧洲趣。嚣尘自兹隔，赏心于此遇。虽无玄豹姿，终隐南山雾。"

⑫衷成图绘：内心中形成一幅图画。

⑬"霜崖灭土膏"四句：出自鲍照《从登香炉峰诗》："辞宗盛荆梦，登歌美兑绎。徒收杞梓饶，曾非羽人宅。罗景蔼云扃，沾光扈龙策。御风亲列涂，乘山穷禹迹。含啸对雾岑，延萝倚峯壁。青冥摇烟树，穹跨负天石。霜崖灭土膏，金涧测泉脉。旋渊抱星汉，乳窦通海碧。谷馆驾鸿人，岩栖咀丹客。殊物藏珍怪，奇心隐仙籍。高世伏音华，绵古遁精魄。萧瑟生哀听，参差远惊覤。惭无献赋才，洗污奉毫帛。"

⑭良工苦心：指技艺高明的人费尽心血地构思经营。杜甫《题李尊师松树障子歌》："已知仙客意相亲，更觉良工心独苦。"

【评析】

陆氏论诗主神韵，因而在创作与欣赏两方面都注重诗之精神意趣的表现。在这里，他提出了"诗须观其自得"、"夫咏物之难，非肖难也，惟不局局于物之难"及"古人佳处，当不在言语间"等重要观点，都是富于启示意义的。

陆氏举出了陶渊明、谢灵运、谢朓、鲍照的一些诗句，赏析并发挥其说法。

陶渊明的《饮酒》二十首都是酒后所作，所以题作《饮酒》。这组诗的序文说："余闲居寡欢，兼比夜已长，偶有名酒，无夕不饮。顾影独尽，忽焉复醉。既醉之后，辄题数句自娱。纸墨遂多，辞无诠次。聊命故人书之，以为欢笑尔。"实是借饮酒为题，陶写胸中之妙。其七中的"一觞虽独尽，杯尽壶自倾"，是说他将带着露水的菊花瓣洒在酒上，独自饮这菊花酒，自斟自饮，享受这一份喜乐。《古诗镜》卷十评"杯尽壶自倾"说："固知此物最为知己，自尔相劝弥殷。"其八中的"提壶抚寒枝"（枝，一作"柯"），远望时复为"，是写其在众树凋零而松树独显青翠的时节，提着酒壶抚着松枝不时远望的高远之趣。陶渊明的《癸卯岁始春怀古田舍二首》是其回归南亩田舍，躬耕怀古之作。其一中"屡空既有人，春兴岂自免"？写他宿愿得偿，自己贫穷如颜回，决计趁春天农事来临时在南亩躬耕。"寒竹被荒蹊，地为罕人远"，是说南亩蹊荒地远，人迹罕至，适于隐居之意。陆氏认为这些诗句表现了诗人的悠然自得之乐，是不错的。

谢灵运《田南树园激流植援》一诗，写田南（谢灵运居所之一）风光及诗人在此游息劳作的乐趣。其中"樵隐俱在山"六句，写诗人志趣和田南风光的美好。诗人认为，同在山中，砍柴人与隐士的境界是不一样的。而自己隐居山园意在养病全生，即是别样的志趣。园中无尘世间的纷繁与嘈杂，清静空旷，远风送爽，怡情悦性。陆氏赏其性情的通达，诗句挥洒而能以自然出之。由此陆氏对景物描写的审美要求提出了不仅在于形似，更重要的在于不拘于外物表象而得其神理的主张。谢朓的"余霞散成绮，澄江净如练"、"天际识归舟，云中辨江树"等名句，人与山水景物油然相契相合，因而景中含情，是妙手偶得的诗境创造。而古人诗作的佳处，往往不在表面字句的外在层面，而具意在言外之美。

　　值得注意的是，陆氏最后举出鲍照的诗句，谓其虽乏自然之致，但精工研练的苦心经营，亦为他所推赏。这大致也是他所重视的所谓诗贵"自得"之意吧。

　　梁武《西洲曲》①，绝似《子夜歌》②，累叠而成，语语浑称③，风格最老，《拟青青河畔草》亦然④。

【注释】

　　①梁武：即梁高祖武皇帝萧衍（464—549），字叔达，小字练儿。南兰陵（今江苏常州）人。大梁政权的建立者，庙号高祖。萧衍是兰陵萧氏的世家子弟，为汉朝相国萧何的二十五世孙。父亲萧顺之是齐高帝的族弟、丹阳尹知事。他原来是南齐的官员，南齐中兴二年（502），齐和帝被迫"禅位"于萧衍，南梁建立。萧衍在位时间达四十八年，在南朝的皇帝中列第一位。在位颇有政绩，晚年爆发"侯景之乱"，都城陷落，被侯景囚禁，死于台城，享年八十六岁，葬于修陵，谥为武帝。明张溥辑《梁武帝集》，在《汉魏六朝百三家集》中。《西洲曲》："忆梅下西洲，折梅寄江北。单衫杏子红，双鬓鸦雏色。西洲在何处？两桨桥头渡。日暮伯劳飞，风吹乌臼树。树下即门前，门中露翠钿。

开门郎不至，出门采红莲。采莲南塘秋，莲花过人头。低头弄莲子，莲子清如水。置莲怀袖中，莲心彻底红。忆郎郎不至，仰首望飞鸿。鸿飞满西洲，望郎上青楼。楼高望不见，尽日栏杆头。栏杆十二曲，垂手明如玉。卷帘天自高，海水摇空绿。海水梦悠悠，君愁我亦愁。南风知我意，吹梦到西洲。"按，关于此诗作者和时代说法不一。或以为江淹作，或以为梁武帝作。今人一般认为是经过文人加工的南朝民歌。

②《子夜歌》：乐府吴声歌曲名。《乐府诗集》载四十二首。今录两首："始欲识郎时，两心望如一。理丝入残机，何悟不成匹。""今夕已欢别，合会在何时？明灯照空局，悠然未有期。"

③语语浑称：句句浑朴自然。

④《拟青青河畔草》："幕幕绣户丝，悠悠怀昔期。昔期久不归，乡国旷音辉。音辉空结迟，半寝觉如至。既寤了无形，与君隔平生。月以云掩光，叶以霜摧老。当途竞自容，莫肯为妾道。"

【评析】

梁武帝萧衍于政务之暇不废吟咏，拟乐府诗作多首，风调缠绵温婉，古雅流丽。传《西洲曲》及《拟青青河畔草》就是其代表作品。陆氏从艺术渊源关系探求二诗特色，在一定程度上开启了别样的赏读视角。

《西洲曲》与《子夜歌》的内容大体相同，都写女子的爱情相思。前者出之以女性口吻，写她从春到秋、从早到晚的相思之情。《子夜歌》四十二首，写江南女子的爱情悲欢，展示了恋爱中的种种侧面。所谓"累叠而成"，大致是指《西洲曲》似由几首五言四句的《子夜歌》组合而成，在以四句为一解的章法基础上钩接为一。所谓"语语浑称，风格最老"，是说语言优美，风格古朴清新。而《拟青青河畔草》一篇，是梁武帝拟《古诗十九首》中的"青青河畔草"之作，抒写思妇念丈夫久久不归形诸梦寐而自伤老大的真挚情感，在艺术风格上亦做到了"语语浑称，风格最老"。

　　梁人多妖艳之音，武帝启齿扬芬①，其臭如幽兰之喷②，诗中得此，亦所称绝代之佳人矣。"东飞伯劳西飞燕"③，《河中之水歌》④，亦古亦新，亦华亦素，此最艳词也。所难能者，在风格浑成，意象独出。

【注释】

　　①启齿扬芬：一开口便散发着芬芳的香气。

　　②其臭如幽兰之喷：指浓郁的香气。臭，香，香气。《周易·系辞上》："同心之言，其臭如兰。"

　　③东飞伯劳西飞燕：出自萧衍《东飞伯劳歌》，一题作《绍古歌》："东飞伯劳西飞燕，黄姑织女时相见。谁家女儿对门居，开颜发艳照里闾。南窗北牖挂明光，罗帷绮箔脂粉香。女儿年几十五六，窈窕无双颜如玉。三春已暮花从风，空留可怜与谁同。"

　　④《河中之水歌》：为萧衍所作，其诗云："河中之水向东流，洛阳女儿名莫愁。莫愁十三能织绮，十四采桑南陌头，十五嫁为卢家妇，十六生儿字阿侯。卢家兰室桂为梁，中有郁金苏合香。头上金钗十二行，足下丝履五文章。

珊瑚挂镜烂生光，平头奴子提履箱。人生富贵何所望，恨不嫁与东家王。"

【评析】

在宫体诗盛行之际，梁武帝萧衍以其乐府诗创作独标诗坛，令人耳目一新。陆氏高度评价了武帝诗歌超越流俗的绝美特质，具体点评其作品华艳藻彩中的古雅浑成、意象独出的鲜明特色。

齐朝永明诗体始用四声，号为新体，萧纲等人继起，更加精密丽靡。在其倡导下，以贵族文人为创作主体，形成一种轻艳的宫体诗风。《南史·梁本纪》评曰："文艳用寡，华而不实，体穷淫丽，义罕疏通，哀思之音，遂移风俗。"武帝诗风亦为永明遗韵，但不同于流行的宫体。《东飞伯劳歌》描写男子对佳人的恋慕之情，真挚动人而别饶趣味。诗以"东飞伯劳西飞燕"起兴，点明自己与女子的暌隔；但两人对门而居，时时相见却难通音问。女子时值妙龄，光艳照人，深惜其年华易逝而独处谁怜。王夫之《古诗评选》卷一说："托体虽艳，其风神音旨，英英遥遥，固已笼罩百代。"《河中之水歌》，歌咏一位名叫莫愁的女子，虽

嫁与富贵的卢家，但仍心生怨望，羡慕才郎。清代陈祚明《采菽堂古诗选》卷
二十二评此诗说："风华流丽，调甚高古，竟似汉魏人词。"王文濡《古诗评
注读本》卷下评此诗亦说："艳丽之词，以清新之气运之，便不柔靡。"二诗
词藻富丽，音调谐美，但又颇具民歌风味，即所谓"亦古亦新，亦华亦素"。
无论写人或是寄情，都能做到鲜明婉至，且一气贯注，不同于宫体的徒事华
艳，而"风格浑成，意象独出"。确如陆氏所赞，此诗如"绝代之佳人"之风
致嫣然。

简文诗多滞色腻情①，读之如半醉憨情②，恹恹欲倦③。

【注释】

①简文：即简文帝萧纲（503—551），字世缵，南朝兰陵（今江苏武进）
人。梁武帝第三子。由于长兄萧统早死，他在中大通三年（531）被立为太子。
太清二年（548），侯景之乱，梁武帝被囚饿死，萧纲即位，大宝二年（551）
为侯景所害。明张溥辑《梁简文帝集》，在《汉魏六朝百三家集》中。滞色腻
情：指浓艳的声色和情爱描写。

②半醉憨情：几乎沉醉于诗的娇憨情感之中。

③恹恹欲倦：精神萎靡而感觉疲惫。

【评析】

简文帝萧纲以倡轻艳宫体诗为后世诟病，陆氏批评其诗"多滞色腻情"，
即就此而发，并进而从审美效果上指出了令人生厌的缺陷。

　　萧纲为梁武帝第三子，幼即聪慧，六岁能作文，梁武面试，誉为"吾家之东阿"（曹植封东阿王）。为太子时，倡轻艳诗风，东宫文士竞相仿效，时号"宫体"。其论诗强调性情流荡，曾言"立身先须谨慎，文章且须放荡"（《诫当阳公大心书》）。今存萧纲诗，艳情之作约占三分之一。如《咏内人昼眠》一类，专门玩赏女性色相，语多绮艳而陷于轻薄。许学夷《诗源辩体》卷九称其语入妖艳，其中举出"密态随流脸，娇歌逐软声。朱颜半已醉，微笑隐香屏"等句，说其"结语属对者，气多不尽"，与陆氏所言是大体一致的。简文宫体是南朝宫廷生活方式和南朝贵族审美趣味的反映。陈祚明《采菽堂古诗选》卷二十二论及"齐梁作者，渐趋秾华"时说道："至于简文，半为闺闼之篇，多写妖淫之意。纵缘情即景，赋物酬人，非刻画莺花，即铺张容服。辞矜藻缋，旨乏清遥。"但萧纲亦有少数作品清丽可诵，如《咏疏枫诗》、《和萧侍中子显春别》诸作；而《从军行》、《度关山》等乐府，描写边塞征战，已开唐人先河。所以对其全部诗歌创作，未可一概而论。

　　齐梁人欲嫩而得老①，唐人欲老而得嫩，其所别在风格之间②。齐梁老而实秀③，唐人嫩而不华④，其所别在意象之际。齐梁带秀而香⑤，唐人撰华而秾⑥，其所别在点染之间。

【注释】

①嫩：指稚嫩的风格。老：指浑成的风格。

②风格：指作家或艺术家在创作上所表现出的格调特色。南朝梁刘勰《文心雕龙·议对》："及陆机断议，亦有锋颖，而腴辞弗剪，颇累文骨，亦各有美，风格存焉。"

③老而实秀：风格浑成而意象生动。

④嫩而不华：风格稚嫩而意象不美。

⑤带秀而香：点染生动而有余味。

⑥撰华而秽：雕饰华巧反而芜秽。

【评析】

陆氏将齐梁诗与唐诗对比，提出了"老"与"嫩"的说法。认为诗的风韵格调，由于时代不同而有异，但都是自然形成而难以刻意追求的，否则，其结果会适得其反。而这又与诗之意象和点染手法紧密相关。

在《古诗镜》中，陆氏对六朝尤其是齐梁诗人评价很高。如评孔稚珪《旦发青林》诗中"草杂今古色，岩留冬夏霜"二语："绝似唐音，然唐人无此安顿自在。六朝气韵高迥，故不琢而工，不饰而丽。唐人专求物象，所以去之愈远。"（卷十六）此所谓"不琢"、"不饰"就是"欲嫩"的意思，却获得了安顿自在的老境；而唐人专求物象反倒"欲老而得嫩"，这是与其时代不同的审美追求所牵连的。由于意象（物象）经营的因素，所以齐梁诗歌做到了"老秀"，而唐诗则"嫩而不华"。而"老秀"之诗活色生香，"嫩而不华"之作则显得污秽不堪，这又取决于诗歌点染手法的高低。陆氏论诗崇齐梁而抑唐人，不无偏颇中还是说出一些有价值的见解。

　　梁元学曲初成①，遂自娇音满耳，含情一粲，蕊气扑人。邵陵王卖致有余②，老而能媚③。

【注释】

①梁元：即梁元帝萧绎（508—555），字世诚，小字七符，自号金楼子，南朝兰陵（今江苏武进）人。梁武帝萧衍第七子，梁简文帝萧纲之弟。今存诗近百首，虽风采逊于萧纲，然亦时间壮语丽句。明张溥辑有《梁元帝集》，在《汉魏六朝百三家集》中。

②邵陵王：即萧纶（507?—551），梁武帝萧衍第六子，生母丁充华。萧纶字世调，小字六真。封邵陵王。今存诗六首，见逯钦立《先秦汉魏晋南北朝诗》。

③老而能媚：风格浑成又不失柔媚。

【评析】

　　梁武帝第七子萧绎和第六子萧纶都以文学著称。陆氏对二人诗歌艺术风格进行了形象概括。

　　《梁书·元帝纪》称萧绎为"与裴子野、刘显、萧子云、张缵及当时秀才为布衣之交，著述辞章，多行于世"。自称"幼好雕虫，长而弥笃，游心内典，寓目词林，倾常搜聚，有怀著述"（《内典碑铭集林序》）。萧绎为当时著名宫体诗人，其诗婉丽多情。陆氏以学曲初成为喻，说明其诗风采不足而亦能以情感人的特点。陈祚明《采菽堂古诗选》卷二十二说："湘东（指萧绎）直率之性，笔短风姿，强属腴词，不能工琢。"与陆氏说法可以互参。

　　萧纶诗今存六首。《见姬人》一篇，《古诗镜》卷十九评其中"却扇承枝影，舒衫受落花。狂夫不妒妾，随意晚还家"四句"形情意态，宛然在目。是谓描神手"，具有"泼天风韵"。春天里姬人来到园林游玩，丢掉扇子流连婆娑树影，舞动长袖，触动鲜花纷纷而落。春色如许，恣意玩耍。丈夫并不催我早回，任是傍晚还家亦不为迟。四句写出了这位妇人的外在风致和内心自由，形神兼具而又鲜媚动人。所谓"卖致有余"，指外在风致嫣然；而"老而能媚"应指风格浑雅、神韵流动而言。

　　沈约有声无韵①，有色无华②。江淹材具不深③，凋零自易，其所拟古，亦寿陵余子之学步于邯郸者耳④。拟陶彭泽诗，只是田家景色，无此老隐沦风趣，其似近而实远。

【注释】

　　①沈约（441—513）：字休文，吴兴武康（今浙江德清）人。幼孤贫，笃志好学，博览群书。历仕宋、齐、梁三代，官至尚书令，封建昌县侯。卒谥

隐。他提倡"四声八病"之说，和谢朓、王融等讲求诗歌音律的和谐，形成了"新体诗"，时号"永明体"。对以后律诗、绝句形式的确立产生了很大影响。明张溥辑《沈隐侯集》，在《汉魏六朝百三家集》中。有声无韵：指注重声律而不注重韵致。

②有色无华：指注重语言的敷采设色而乏高华之气。

③江淹（444—505）：字文通，济阳考城（今河南兰考）人。出身孤寒，沉静好学，历仕宋、齐、梁三朝，官至金紫光禄大夫。诗歌风格幽深奇丽。又长抒情小赋，尤以《恨赋》、《别赋》最为著名。江淹集通行本有明张溥辑《江醴陵集》。

④寿陵余子之学步于邯郸者耳：出自《庄子·秋水》："且子独不闻寿陵余子之学行于邯郸与？未得国能，又失其故行矣，直匍匐而归耳。"后以"寿陵失步"比喻仿效不成，反而丧失了固有的技能。

【评析】

沈约、江淹在诗歌创作上都有特色。陆氏分别批评了他们创作中存在的某些缺陷，尤其对江淹的拟古与拟陶诗深致不满，其批评的标准是以内在的神韵有无为依据的。

沈约首倡四声八病之说，是"永明体"的奠基人之一，其诗以五言擅胜。锺嵘《诗品》称其"五言最优"，"长于清怨"，"虽文不至，其工丽亦一时之选也"。沈约诗作数量甚多，除拟古乐府外，多为应制、侍宴之作，而以模山范水及抒写离情别绪之作最为人传诵。但沈诗有时不免拘于声病，刻意求工而殊乏韵味。谢榛《四溟诗话》卷一举其《咏月》诗"方晖竟户入，园影隙中来"，评道："刻意形容，殊无远韵。"李重华《贞一斋诗说》亦谓其"最讲声病"，"生气索然"。这大体就是陆氏所说的"有声无韵，有色无华"的意思。

江淹的文学创作成果大多集中在宋、齐时代，而"晚节才思微退，时人皆谓之才尽"（《梁书·江淹传》）。锺嵘《诗品》记其罢宣城郡后梦郭璞索还五色笔，自此作诗不再成句，不过是传说罢了。陆氏则认为江淹"才具不深"而"凋零自易"，亦是一家之说。锺嵘评江淹"诗体总杂，善于摹拟"而将其置于中品，还是肯定了他的诗歌成就。陆氏对其拟古之作持否定看法，讥其邯郸学步，又认为其拟陶之作未得"隐沦风趣"，是"似近而实远"。江淹《杂体诗三十首》，对汉至宋的历代名家之作一一加以仿制，模其情调，袭其辞藻与手法，大致得原作形似之妙。《效阮公诗十五首》摹拟阮籍《咏怀》之作，于意旨隐晦曲折，反复零乱中别有寄托。严羽《沧浪诗话·诗评》说："拟古惟江文通最长，拟渊明似渊明，拟康乐似康乐，拟左思似左思，拟郭璞似郭璞，独拟李都尉一首，不似西汉耳。"但江淹拟古之作，大多受到后代诗家指责。潘德舆《养一斋诗话》卷九说："吾取江诗，反覆细读，如《拟左记室诗》，只是数史中典故，《拟郭宏农诗》，只是砌道书景物，《拟谢临川诗》，只是状山水奇奥，此为神似，吾亦能之，何必五色笔也？若《拟陶征君诗》，气味去之亦远，惟剌取陶集'东皋舒啸'、'稚子候门'、'或巾柴车'、'种豆南山下'、'带月荷锄归'、'浊酒聊自持'、'但道桑麻长'、'闻多素心人'诸字句，能为貌似而已，岂独不似李都尉哉？文通一世隽才，何不自抒怀抱，仍为赝古之作，以供后人嗤点。沧浪回护，仍是为古人大名所压。"这段话说明江淹拟古只做到了貌似而难以达到神似。其拟陶诗也是如此。所谓"无此老隐沦风趣"，即缺乏陶渊明的田园生活体验和真切的艺术表现，而徒取其辞藻风调，难说具备了真淳的韵味。但总的来看，江淹的拟古之作在当时复古风气中还是表现了一定的个性特色，确如锺嵘所说是"善于摹拟"的。

　　庾肩吾、张正见①，其诗觉声色臭味俱备②。诗之佳者，在声色臭味之俱备，庾张是也。诗之妙者，在声色臭味之俱无，陶渊明是也。

【注释】

①庾肩吾（487—551）：字子慎，一作慎之。南阳新野（今属河南）人。世居江陵。初为晋安王国常侍，同刘孝威、徐摛诸人号称"高斋学士"。简文即位，进度支尚书。明张溥辑为《庾度支集》，在《汉魏六朝百三家集》中。张正见（527?—575?）：字见赜，清河东武城（今属山东）人。父张修礼曾官仕北魏散骑侍郎。正见自幼随父入梁，十三岁时向太子萧纲献颂，萧纲"深赞赏之"。太清元年（547），参加选举，"射策高第，除为邵陵王国常侍"。累官迁通直散骑侍郎。张正见工于诗，负盛名，"其五言诗尤善，大行于世"。明张溥辑有《张散骑集》，在《汉魏六朝百三家集》中。

②声色臭味：指诗中的声律、色彩和意味等总的表现。

【评析】

陆氏在这里提出了"诗之佳"与"诗之妙"两种情况，而尤其推赞后者。

这与其重自然、崇神韵的诗美观紧密相关。

庾肩吾、张正见生活在南朝梁陈宫体诗风盛行时期。宫体诗所体现出的贵族文学的审美趣味就是热衷使事用典，讲究音律偶对，耽溺感官享乐，好为侧艳之词。庾肩吾诗文多应制、应教、侍宴之作，但不乏佳篇佳句。陈祚明《采菽堂古诗选》卷二十五评其诗"调叶声谐，自然流畅"。又谓"当其兴会符合，音节顿谐，唐人构思百出，差能津逮"。陆氏《古诗镜》卷二十一谓："肩吾椎炼精工，气韵香美，当是声律绝技。"张正见诗多拟古、游宴之作，重声律对仗，或有用事过多之弊。胡应麟《诗薮·外编》卷二称张诗华藻不下徐陵、江总，声骨雄整乃过之，唐律实滥觞于此。正是从这些方面考量，陆氏认为庾、张诗歌之佳在"声色臭味之俱备"。但陆氏更重陶渊明的摆落外在形近的自然之妙境，即"声色臭味之俱无"的平淡醇美。《古诗镜》卷二十一评庾肩吾时所谓"凡诗虚能领神，实能写色，所最贵者，尤在妙合自然"，即大体说出了这层意思。

张正见《赋得秋河曙耿耿》"天路横秋水，星桥转夜流"①，唐人无此境界。《赋得白云临浦》"疏叶临敧竹，轻鳞入郑船"②，唐人无此想像。《泛舟后湖》"残虹收度雨，缺岸上新流"③，唐人无此景色。《关山月》"晕逐连城璧，轮随出塞车"④，唐人无此映带⑤。《奉和太子纳凉》"避日交长扇，迎风列短箫"⑥，唐人无此致趣⑦。庾肩吾《经陈思王墓》"雁与云俱阵，沙将蓬共惊"⑧，唐人无此追琢⑨。《春夜应令》"烧香知夜漏，刻烛验更筹"⑩，唐人无此景趣⑪。梁简文《往虎窟山寺》"分花出黄鸟，挂石下新泉"⑫，唐人无此写作。《望同泰寺浮图》"飞幡杂晚虹，画鸟狎晨凫"⑬，唐人无此点染。《纳凉》"游鱼吹水沫，神蔡上荷心"⑭，唐人无此物态。梁元《折杨柳》"杨柳非花树，依楼自觉春"⑮，唐人无此神情。邵陵王《见姬人》"却扇承枝影，舒衫受落花。狂夫不妒妾，随意晚还家"⑯，唐人无此风骚。江总《赠袁洗马》"露浸山扉月，霜开石路烟"⑰，唐人无此洗发⑱。此皆得意象先，神行语外⑲，非区区模仿推敲之可得者。

【注释】

①《赋得秋河曙耿耿》："耿耿长河曙，滥滥宿云浮。天路横秋水，星桥转夜流。月下姮娥落，风惊织女秋。德星犹可见，仙槎不复留。"

②《赋得白云临浦》："白云盖濡水，流彩入渑川。疏叶临嵇竹，轻鳞入郑船。菊泛金枝下，峰断玉山前。一朝开五色，飘飘映十千。"按，据逯钦立《先秦汉魏晋南北朝诗》，诗题作《赋得白云临酒诗》。

③《泛舟后湖》："上苑奢行乐，沧池聊薄游。泛荷分兰棹，沉楂触桂舟。残虹收度雨，缺岸上新流。欲知有高趣，长杨送麦秋。"按，据逯钦立《先秦汉魏晋南北朝诗》，诗题作《后湖泛舟诗》。

④《关山月》："岩间度月华，流彩映山斜。晕逐连城璧，轮随出塞车。唐冀遥合影，秦桂远分花。欲验盈虚理，方知道路赊。"

⑤映带：这里指景物相互衬托的描写。

⑥《奉和太子纳凉》："北园凉气早，步辇暂逍遥。避日交长扇，迎风列短箫。山带弹琴曲，桐横栖凤条。悬门开溜水，锦石镇浮桥。黑米生菰叶，青花出稻苗。无因学仙藻，云气徒飘飘。"按，此诗为庾肩吾作。诗题为《奉和太子纳凉梧下应令诗》。

⑦致趣：风致趣味。

⑧《经陈思王墓》："公子独忧生，丘垄擅余名。采樵枯树尽，犁田荒隧平。宁追宴平乐，讵想谒承明？且余来锡命，兼言事结成。飘飘河朔远，飔飔飓风鸣。雁与云俱阵，沙将蓬共惊。枯桑落古社，寒鸟归孤城。陇水哀葭曲，渔阳惨鼓声。离家来远客，安得不伤情？"按，逯钦立先生认为此诗当为庾信之作。

⑨追（duī）琢：雕刻。这里指精细的描写。

⑩《春夜应令》："春牖对芳洲，珠帘新上钩。烧香知夜漏，刻烛验更筹。天禽下北阁，织女入西楼。月皎疑非夜，林疏似更秋。水光悬荡壁，山翠下添流。讵假西园讌，无劳飞盖游。"按，诗题一作《奉和春夜应令诗》。

⑪景趣：景兴趣味。

⑫《往虎窟山寺》："尘中喧虑积，物外众情捐。兹地信爽垲，墟垄暖阡眠。蔼蔼车徒迈，飘飘旌旆悬。细松斜绕迳，峻岭半藏天。古树无枝叶，荒郊多野烟。分花出黄鸟，挂石下新泉。蓊郁均双树，清虚类八禅。栖神紫台上，纵意白云边。徒然嗟小药，何由齐大年。"

⑬《望同泰寺浮图》："遥看官佛图，带壁复垂珠。烛银逾汉汝，宝铎迈昆吾。日起光芒散，风吟宫徵殊。露落盘恒满，桐生凤不雏。飞幡杂晚虹，画鸟

犿晨凫。梵世陵空下，应真蔽景趋。帝马咸千辔，天衣尽六铢。意乐开长表，多宝现金躯。能令苦海渡，复使慢山逾。愿能同四忍，长当出九居。"

⑭《纳凉》："斜日晚骎骎，池塘生半阴。避暑高梧侧，轻风时入襟。落花还就影，惊蝉乍失林。游鱼吹水沫，神蔡上荷心。翠竹垂秋采，丹枣映疏砧。无劳夜游曲，寄此托微吟。"

⑮《折杨柳》："杨柳非花树，依楼自觉春。枝边通粉色，叶里映红巾。带日交帘影，因吹扫尘。拂檐应有意，偏宜桃李人。"按，诗题一作《咏阳云楼檐柳诗》）。

⑯《见姬人》："春来不复赊，入苑驻行车。比来妆点异，今世拨鬟斜。却扇承枝影，舒衫受落花。狂夫不妒妾，随意晚还家。"

⑰江总（519—594）：字总持，祖籍济阳考城（今河南兰考）。梁时官至太常卿，侯景之乱，避难广州。入陈历任尚书令，只知和后主游宴后庭，多作艳诗。陈亡入隋，拜上开府，卒于江都。明张溥《汉魏六朝百三家集》中辑有

《江令君集》。《赠袁洗马》："贾谊登朝日，终军对奏年。校文升广内，抚剑入崇贤。奇才殊艳逸，将别更留连。驱车命铙管，拱坐面林泉。池寒稍下雁，木落久无蝉。露浸山扉月，霜开石路烟。高谈无与慰，迟尔报华篇。"

⑱洗发：犹言开脱辩解。这里指自然景物鲜明呈现。

⑲神行语外：指诗人所要表现的神韵在语言文字之外。

【评析】

与大多数诗论家不同的是，陆时雍对六朝尤其是齐梁诗人的艺术评价之高超乎人们的预料。在这里，他举出南朝六位宫体诗人的诗句，分别从境界、想象等十三个方面明确判定高于唐诗。因为这些诗句"皆得意象先，神行语外，非区区模仿推敲之可得者"。

在总论的第四十则中，陆氏就说过："齐梁老而实秀，唐人嫩而不华，其所别在意象之际。齐梁带秀而香，唐人撰华而秒，其所别在点染之间。"在陆氏看来，齐梁诗歌在意象和点染上与唐诗有很大区别，而关键又表现在意象的创造之功上面。《古诗镜》卷二说："汉魏言情，六朝体物。"其实"言情"与"体物"并非截然两分的。陆氏已明确认识到诗歌的意象是"情"、"景"的统一。无论"情"抑或"景"都贵在真，不能"过求"，讲究"意似之间"。这大概就是"得意象先"的意思，如是才能见出神韵。陆氏标举的十三个方面，大都根源于此。

但也应看到，陆氏判定唐人着意雕镂物象之精美，缺乏六朝人"不琢而工，不饰而丽"（《古诗镜》卷十六）的境界，并不完全符合诗歌发展的实际，甚或完全相反。但就其理论意义而言，还是富于普遍的启示意义的。另外，正如有的学者所指出的，陆氏对宫体诗的肯定及由此对唐人的批评，是因为"宫体诗虽情调轻艳，但不乏明丽清新之作，其柔缓的诗风正好符合神韵要求"（任文京《陆时雍论"诗必盛唐"》）。

何逊诗^①，语语实际，了无滞色。其探景每入幽微^②，语气悠柔，读之殊不尽缠绵之致。

【注释】

①何逊（？—518）：字仲言，东海郯（今山东郯城）人。少时为沈约、范云所称赏。弱冠举秀才，历任建安王水曹参军，安西、安成二王参军事，兼尚书水部郎、庐陵王记室等职。有《何水部集》

②幽微：深入细致。

【评析】

何逊在梁代诗人中颇为杰出，其诗内容大多是赠答酬唱、羁旅思归、摹写自然风光之作，写景言情，皆见韵致。陆氏在这里主要概括了何逊诗歌的艺术表现手法和总体风格特色。

何逊能够摆脱当时诗坛的繁缛之习，很少使事用典而能婉转切情，风格清新自然。所谓"语语实际，了无滞色"，指的就是这一表现特色。寻常情事，眼前场景，以明净的语言写出，似不着力而意境独出。如其《与胡新安夜别》："居人行转轼，客子暂维舟。念此一筵笑，分为两地愁。露湿寒塘草，月映清淮流。方抱新离恨，独守故园秋。"以居人与客子发端，写离筵的当前欢

笑即将转为两地之愁，状别景凄清冷寂而情余象外；再结以独守故园的寂寞怅
惘，益增别绪的深沉。全诗情感真挚而不尚典实，一意抒写而又融情入景，给
人以不隔之感。就其"露湿寒塘草，月映清淮流"的写景一联而言，幽微空茫
中尽含缠绵心绪，堪称佳句。陆氏《古诗镜》卷二十二总评何逊说："仲言意
境清微，幽芳独赏，叙怀述愫，是其所优。当梁之时，去艳修真，会归本素，
亦所称大雅君子矣。"可与此则互参。

　　何逊以本色见佳①，后之采真者②，欲摹之而不及。陶之
难摹，难其神也；何之难摹，难其韵也。何逊之后继有阴铿③，
阴何气韵相邻，而风华自布④，见其婉而巧矣，微芳幽馥，
时欲袭人。

【注释】

①本色：本来面目。

②采真：原指探求内真。此谓模拟。

③阴铿（生卒年不详）：字子坚，武威姑臧（今甘肃武威）人。南北朝时
梁朝、陈朝著名诗人、文学家。阴铿幼年好学，能诵诗赋，长大后博涉史传，
尤善五言诗，为当时所重，仕梁官湘东王萧绎法曹参军；入陈为始兴王陈伯茂
府中录事参军，以文才为陈文帝所赞赏，累迁晋陵太守、员外、散骑常侍。阴
铿的艺术风格同何逊相似，后人并称为"阴何"。逯钦立《先秦汉魏晋南北朝
诗》，辑其诗三十余首。

④风华自布：风姿华采自然呈露。

【评析】

后人将何逊与阴铿并称为"阴何"。陆氏在这里并在一起讨论，从后人摹拟阴何的接受视角把握二人诗风，并区分了两者的不同。

何逊"当梁之时，去艳修真，会归本素"（《古诗镜》卷二十二），即是"以本色见佳"的自然真素的意思。陆氏认为后人学习何逊诗歌所以难以企及者，在于"难其韵也"。如果说陶渊明诗的难以效仿在其"神"，那么何逊诗的难以效仿则在其"韵"。陶诗具有一种自然浑成的"隐沦风趣"，何诗具有一种有余不尽的韵味，这两者都难摹写。单说何逊，沈约曾当面赞叹他说："吾每读卿诗，一日三复，犹不能已。"大抵就是涵泳其中的韵味。清人陈祚明《采菽堂古诗选》卷二十六论何逊亦云："经营匠心，惟取神会。生乎骈丽之时，摆脱填缀之习。清机自引，天怀独流。状景能幽，吐情能尽。"何逊之后的阴铿是陈朝最有成就的新体诗人，与何逊"气韵相邻"，而自有其特色。所谓"婉而巧"，即如陈祚明《采菽堂古诗选》卷二十九评其诗云："阴子坚诗声调既亮，无齐梁晦涩之习，而琢句抽思，极务新隽。寻常景物，亦必摇曳出之，务使穷态极妍，不肯直率。此种清思，更能运以亮笔，一洗《玉台》之陋，顿开沈、宋之风。且觉比《玉台》则特妍，校沈、宋则尤媚。六朝不沦于晚唐者，全赖有此大雅君子振起而维挽之。"求新求巧，平仄愈谐，而更近律体。陆氏在此点上指出了阴与何的不同。其实二人在艺术追求上实有许多共同之处，如都工于琢句，而对律体诗的形成都做出了很大贡献。

江总自梁入陈，其诗犹有梁人余气。至陈之末，纤靡极矣①。孔范《赋得白云抱幽石》②："阵结香炉隐，罗成玉女微。"巧则巧矣，而纤极矣。王褒、庾信佳句不乏③，蒙气亦多④，以是知此道之将终也。

【注释】

①纤靡：纤巧华丽。

②孔范（生卒年不详）：字法言，会稽山阴（今浙江绍兴）人。南朝陈文人。少好学，博涉书史。陈太建中，位宣惠江夏王长史。后主即位，为都官尚书。与江总等并为狎客，容止都雅，文章赡丽。后主恶闻过失，范必曲为文饰，称扬赞美。时孔贵人绝爱幸，范与孔氏结为兄妹，宠遇优渥，举朝莫及。陈亡，隋文帝以其奸诌，流之远裔。孔范诗今存二首，逯钦立辑入《先秦汉魏晋南北朝诗》。《赋得白云抱幽石》："白云浮远盖，飘飘绕石飞。带莲萦锦色，拂镜下仙衣。阵结香炉隐，罗成玉女微。能感荆王梦，阳台杂雨归。"

③王褒（511?—574?）：字子渊，北朝周诗人。琅邪临沂（今属山东）人。由梁入魏、周，为宜州刺史。褒诗文本尚华丽，入北后亦似庾信，稍转悲凉。存诗四十八首，逯钦立辑入《先秦汉魏晋南北朝诗》。庾信（513—581）：字子山，小字兰成，北周时期人。南阳新野（今属河南）人。他自幼随父亲庾肩吾出入于萧纲的宫廷，后来又与徐陵一起任萧纲的东宫学士，成为宫体文学的代表作家。大体说来，庾信的文学创作，以他四十二岁时出使西魏为界，可以分为两个时期。前期在梁，作品多为宫体性质，轻艳流荡，富于辞采之美。羁

留北朝后，诗赋大量抒发了自己怀念故国乡土的情绪，以及对身世的感伤，风格也转变为苍劲、悲凉。本有集二十卷，已佚。后人辑有《庾子山集》。

④蒙气：犹闷气。

【评析】

陆氏在这里主要对江总、孔范的诗风进行了精细分析，兼及其时代因素和影响，并阐明了与时世衰微的关系。

江总、孔范在陈后主时期与陈暄、王瑗等十余人，常侍晏后庭，作艳诗，号曰狎客。江总历梁、陈、隋三代。《陈书》本传称："总笃行义，宽和温裕。好学，能属文，于五言七言尤善；然伤于轻艳，故为后主所爱幸，多有侧篇，好事者相传讽玩，于今不绝。"江总自梁入陈，而梁诗的习气未除，至陈后主时期更加纤靡。《古诗镜》卷十七说："梁诗妖艳，声近于淫，靓妆艳抹，巧笑娇啼，举止向人卖致。"又说："梁诗少气，常似苶苶欲倒。陈诗无骨，常似飘飏无依。""陈诗最轻"。可见梁、陈诗风大致是一脉相承的。《古诗镜》卷二十七即说："江总丽藻时闻，语多新颖，独妖啼鬼哭，绝类后主，可谓亡国之征，于斯可验。"孔范诗今存二首，除《赋得白云抱幽石》外，还有一首为《和陈主咏镜诗》。"阵结香炉隐，罗成玉女微"两句，描写香炉、玉女二峰云雾笼罩，若隐若现，笔致工巧纤细。至于王褒、庾信，都是由梁入西魏的著名诗人。两人在南之作，都具有梁诗的共同特点。王褒华丽，庾信轻艳。但入北以后，均转为苍凉。可见时代风会、个人遭际与诗歌创作的关系是十分紧密的。

　　宋孝武菁华璀璨①，遂开灵运之先。陈后主妆裹丰余②，精神悴尽③，一时作者，俱披靡颓败，不能自立④。以知世运相感，人事以之⑤。

【注释】

①宋孝武：指宋世祖孝武皇帝刘骏（430—464），南朝宋的第五位皇帝。字休龙，小字道民，宋文帝刘义隆第三子。453年，太子刘劭弑帝之后，刘骏亲率大军讨伐，很快便击溃刘劭的势力，夺取了皇位。年号孝建、大明，谥号孝武皇帝，庙号世祖。骏爱好文学。有集三十一卷，佚。存诗二十余首，逯钦立辑入《先秦汉魏晋南北朝诗》。菁华璀璨：指精华光彩绚丽。菁华，精华。

②陈后主（553—604）：名叔宝，字元秀，小字黄奴。吴兴长城人（今属浙江）。陈宣帝子。继位后，荒于酒色，不恤政事。起临春、结绮、望仙三阁，

日与妃嫔狎客游宴其中，赋诗赠答。采其尤艳丽者，以为词曲，被以新声。有《玉树后庭花》、《临春乐》等。明张溥辑有《陈后主集》，在《汉魏六朝百三家集》中。

③精神悴尽：指精力、神情憔悴殆尽。

④披靡颓败，不能自立：衰落衰退，不能自持自守。

⑤世运相感，人事以之：意谓诗歌创作风气与世运的相互影响是由人力所决定的。世运，时代盛衰、治乱的气运。

【评析】

文学与世运的关系密切相关。所谓世运，往往与人事相关。世之兴衰由于人，而诗之风气的好坏，也关键在于人。陆氏在这里以宋孝武帝和陈后主对诗歌创作的影响为例，说明一代帝王对诗风嬗变的作用，与刘勰所说的"文变染乎世情，兴废系乎时序"（《文心雕龙·时序》）的观点一致。

史称宋孝武帝刘骏"好文章，天下悉以文采相尚"（《南史·王俭传》）。钟嵘《诗品》列刘骏于下品，称"孝武诗，雕文织采，过为精密"。刘勰《文心雕龙·时序》亦称："孝武多才，英采云构。"都指出了其辞采繁盛的特点。陆氏《古诗镜》卷十二孝武帝下云："诗自宋一大变，气变而韶，色变而丽，体变而整，句变而琢，于古渐远，于律渐开矣。"大抵是着眼于气之韶、色之丽、体之整、句之琢，陆氏认为宋孝武开灵运之先。陈后主在位七年，荒于酒色，笃好文艺，不恤国政，终成亡国之君。《隋书·音乐志上》说他与幸臣"制其歌辞，绮艳相高，极于轻薄。男女唱和，其声正哀"。亡国之君发为靡丽的亡国之音，如陆氏《古诗镜》卷二十五所评："后主声色俱沉，所存者只是绮罗粉黛。"诗风靡丽，遣辞颇工，承续了齐梁宫体余风。虽内容可取者少，但在诗歌艺术上也不乏贡献，对隋唐诗歌都有影响。清代陈祚明《采菽堂古诗选》卷二十九称其诗"才情飘逸，态度便妍，固是一时之隽"。"如春花始开，色鲜故贵，纵揉取片萼，亦自淹蔚"。由此看来，如具体而论，陆氏之说，未尽全面。

　　陈人意气恹恹，将归于尽。隋炀起敝①，风骨凝然②。其于追《风》勒《雅》③，反汉还《骚》④，相距甚远。故去时之病则佳，而复古之情未尽。诗至陈余，非华之盛，乃实之衰耳。不能予其所美，而徒欲夺其所丑⑤，则枵质将安恃乎⑥？隋炀从华得素⑦，譬诸红艳丛中，清标自出。虽卸华谢彩，而绚质犹存⑧。并隋素而去之，唐之所以暗而无色也。珠辉玉润，宝焰金光⑨，自然之色，夫岂不佳？若朽木死灰，则何贵矣？唐之兴，六代之所以尽亡也⑩。

【注释】

①隋炀：即杨广（569—618），祖籍弘农华阴（今属陕西）。隋朝的第二任皇帝，唐时谥炀皇帝。即位之后，对于国政有恢宏的抱负，并且戮力付诸实现。他在位期间修建大运河，营造东都洛阳城，开创科举，亲征吐谷浑，三征高句丽等。少好学，喜欢诗文。今存诗四十余首，逯钦立辑入《先秦汉魏晋南北朝诗》。

②风骨凝然：指风骨凝聚。风骨，意谓端直的言辞和骏爽的意气统一结合为诗文的"风骨"。

③追《风》勒《雅》：指追摹《风》、《雅》。

④反汉还《骚》：指回归楚汉的诗歌传统。《骚》，指楚辞作品。刘勰《文心雕龙·通变》："楚之骚文，矩式周人。汉之赋颂，影写楚世。"

⑤不能予其所美，而徒欲夺其所丑：不能够给予其美的东西，而只想着盖过、压倒那些丑的、不好的东西。

⑥枵（xiāo）：木大而中空，引申为空虚。恃：依赖，凭借。

⑦从华得素：华美中含有清素之美。

⑧卸华谢彩，而绚质犹存：褪去华美光彩，而华丽的本质依然存在。绚质，华丽的本质。

⑨宝焰金光：珍宝射出的金色光辉。

⑩六代：这里指晋和南朝之宋、齐、梁、陈及隋。

【评析】

《古诗镜》卷二十五有"陈诗无骨"、"陈诗最轻"的说法，与这里所说的"意气恹恹，将归于尽"可以合观。陆氏从陈诗之敝说起，指出隋炀帝在诗歌发展上的作用，并于诗史角度肯定其独特贡献，虽未完全符合实际，却也具有一定的启示意义。

隋承齐梁之后，鉴于前朝覆亡的历史教训，一直反对浮艳之风。开皇八年（588）下诏伐陈，即以陈后主荒淫，崇尚"淫声"为口实。而炀帝也有"非轻侧之论"，大概是批评梁陈宫体颓风。其《冬至受朝诗》、《拟饮马长城窟》，颇怀忧国安邦之意，但不久就"大制艳篇，辞极淫绮"，未能在实践上彻底遵行。观其现存诗篇，颇有轻靡浮艳之作。清沈德潜谓"炀帝诗解作雅正语，比陈后主胜之"。又谓其《白马篇》"气体自阔大，而骨力未能振起。故知风格初成，菁华未备"（《古诗源》卷十四）。陆氏恐怕正是着眼于这样一种角度来看待"隋炀起敝"作用的，并指出其除时之敝的愿望为好却未尽能做到复古革敝。陆氏提出了一个值得注意的问题，即怎样对待陈诗的靡丽，认为陈诗之坏不在靡丽，而在内容贫弱。他进而赞赏隋炀帝的"从华得素"、"清标自出"，即其素中含华的特点，批评唐人反浮靡诗风并"隋素"而弃之的做法。这些看法究竟在多大程度上符合实际似不重要，而重视六朝华彩之于诗的发展的重要性则不失为独见。

读隋炀帝诗，见其风格初成，精华未备[1]。

【注释】

[1]风格初成，精华未备：风格初步形成，但最精华、最精粹的东西尚未具备。

【评析】

《隋书·文学传》谓"炀帝初习艺文，有非轻侧之论，暨乎即位，一变其风"。陆氏评炀帝诗，大概是就其整体诗歌而言的。隋代虽屡次诏示变革之意，但效果不佳。胡应麟《诗薮·杂编》卷三说："隋文稍知尚质，而取不以道，故炀复为《春江》、《玉树》等曲。盖至是南风渐渍于北，而六代淫靡之音极矣。"父子两代都未能在诗坛上树立一代新风。炀帝虽作有典则的雅体，而未成气候。大体如沈德潜评其《白马篇》所谓："气体自阔大，而骨力未能振起。故知风格初成，菁华未备。"他具有出色的诗才，宫体不乏自然清新之作。但终因积重难返，风气所扇，难以形成独出的特色。陆氏以"风格初成，精华未备"评价炀帝诗歌，大体符合实际。

　　隋炀复古未深，唐人仍之益浅①。夫以隋存隋②，隋不存也③，只存其为唐耳。唐之存，隋之所以去也。盖以隋存隋，则隋孤；隋孤而以唐之力辅之，则唐之力益弱；唐弱而人不知反，不求胜于古，而求胜于唐，则他道百出矣④。正不足而径⑤，径不足而鬼⑥，鬼不足而渐灭无余矣⑦。自汉而下，代不能为相存，至于唐，而古人之声音笑貌无复余者。隋素而丽，唐素而质，"鸟击初移树，鱼寒欲隐苔"⑧，唐欲为之，岂可得耶？

【注释】

①仍之：指对隋朝诗风的沿袭。仍，依照，沿袭。

②存：保留。

③存：存在。

④他道：旁门左道，泛指不正统。

⑤径：走小路。这里指误入邪路。

⑥鬼：引申为不光明的事，不正当的心计。

⑦澌灭无余：消亡殆尽。澌，尽，消亡。

⑧鸟击初移树，鱼寒欲隐苔：出自隋炀帝《悲秋》："故年秋始去，今年秋复来。露浓山气冷，风急蝉声哀。鸟击初移树，鱼寒欲隐苔。断雾时通日，残云尚作雷。"

【评析】

隋代在文学史上是由南北朝向唐代的过渡时期。陆氏从诗歌继承与复古的历史维度进行考察，认为隋炀帝未能彻底复兴古道，而唐人取法于隋而非接续于汉，后人复取径于唐，所以越发偏离正道。这是陆氏"代不如古"观念的一种反映。

隋朝两代君主都致力于诗文改革，用心良苦。隋文帝政务上崇俭戒奢，而同样对齐梁文风用行政手段进行干预，黜华返朴。但一切均从儒学政教出发，强力纠正文风，甚至禁绝五言诗，显然矫枉过正。炀帝继位后穷极奢丽，绮靡之声盈溢宫廷。《隋书·文学传论》述两代帝王文治情况说："高祖每念凿雕为朴，发号施令，咸去浮华，然时俗词藻，犹多淫丽，故宪台执法，屡飞霜简，炀帝初习文艺，有非轻侧之论。暨乎即位，一变其风。"可见两人虽在诗文除弊上都有所作为，但最终未能奏效。

从隋代诗人创作群体看，其来源大致有三：一是从魏周入隋者，二是从齐周入隋者，三是从梁陈入隋者。南北文风并存而有相互融合倾向，但齐梁绮靡之风仍占据主流，诗歌并未出现多少新变。其中除少数诗人如杨素、薛道衡等写出一些别样风格的佳作外，大多成就平平。隋炀帝是一个善写宫体诗的作手，其《春江花月夜》二首云："暮江平不动，春花满正开。流波将月去，潮

水带星来。""夜露含花气,春潭漾月辉。汉水逢游女,湘川值两妃"。程千
帆先生认为,隋炀帝"是宫体诗的继承者,又是其改造者",而"作为乐府歌
辞的《春江花月夜》虽然其始是通过陈后主等的创作而以宫体诗的面貌出现
的,但旋即通过隋炀帝的创作呈现了非宫体的面貌"(《张若虚〈春江花月夜〉
的被理解和被误解》)。陆氏举出其"鸟击初移树,鱼寒欲隐苔"两句,作为
"隋素"的代表加以称赏,未免偏失。因为这两句虽状物细致生动而不乏清新
之气,但仍是齐梁诗一路。

　　但另外也应看到,陆氏在肯定隋诗而否定唐诗的表象之外,亦在一定程度
上透露出诗歌创作应取法乎上的观念,这还是值得重视的。

　　　古雄而浑①,律精而微②。"四杰"律诗③,多以古脉行
之,故材气虽高,风华未烂。六朝一语百媚,汉魏一语百
情,唐人未能办此④。

　　【注释】
　　①古雄而浑:古体诗雄壮浑厚。
　　②律精而微:近体诗精严微妙。
　　③四杰:指初唐王勃、杨炯、卢照邻、骆宾王。《旧唐书·文苑传上·杨
炯》:"炯与王勃、卢照邻、骆宾王以文词齐名,海内称为王、杨、卢、骆,亦
号为'四杰'。"
　　④办此:做到这样。

【评析】

　　王勃、杨炯、卢照邻、骆宾王都生活在高宗武后时期，以文词齐名而史称"初唐四杰"。陆氏从古近体诗的历史维度考量四杰的诗歌艺术风貌，在扬抑中表现了荣古虐唐的鲜明态度。

　　唐代是诗体大备的时代。胡应麟《诗薮·外编》卷三说诗至唐"三四五言，六七杂言，乐府歌行，近体绝句，靡弗备矣"。而初唐四杰尤其是王、杨的近体诗创作，为这一形式的成熟奠定了基础。四杰的律诗，一方面具有雄浑之气，另一方面在形式上还未做到完全合律；"多以古脉行之"，就大致包括这两点。才高而未达到某种婉媚多情的汉魏六朝的风华，是陆氏指陈的四杰律体的缺失。但从创作实践与诗史发展来看，这一说法有失公允。胡应麟的看法值得参考，《诗薮·内编》卷四说："盈川近体，虽神俊输王，而整肃浑雄。究其体裁，实为正始。然长歌遂尔绝响。卢骆五言，骨干有余，风致殊乏。至于排律，时自铮铮。"

　　王勃高华①，杨炯雄厚②，照邻清藻③，宾王坦易④，子安其最杰乎？调入初唐，时带六朝锦色。

【注释】

　　①王勃（650—676?）：字子安，绛州龙门（今山西河津）人。麟德初应举及第，曾任虢州参军。后往交州探父，因溺水受惊而死。少时即显露才华。擅写五言律诗。其诗偏于描写个人生活，亦有少数抒发政治感慨、隐寓对豪门世

族不满之作，风格较为清新。但有些诗篇仍流于华艳。原有集，已散佚，明人辑有《王子安集》。

②杨炯（650—693?）：华州华阴（今属陕西）人。十岁举神童，待制弘文馆。上元三年（676）应制举登科，授校书郎。永淳三年（682），为薛元超表荐。任詹事司直，充崇文馆学士。官终盈川令。有《盈川集》。

③照邻：卢照邻（634?—686?），字昇之，自号幽忧子，幽州范阳（治今河北涿州）人。曾为邓王府典签及新乡尉。一生不得志，又染风疾，不堪其苦，投颍水而死。卢照邻擅长诗歌骈文，以歌行体为佳，意境清迥，明代胡震亨说"领韵疏拔，时有一往任笔，不拘整对之意"（《唐音癸签》卷五）。有《卢昇之集》。

④宾王：骆宾王（627?—684?），字观光，婺州义乌（今属浙江）人。曾任临海丞。后随徐敬业起兵讨伐武则天，兵败后不知所终。擅七言歌行。唐中宗复位后，诏求骆文，得数百篇。后人收集之骆宾王诗文集颇多，以清代陈熙晋《骆临海集笺注》最为完备。

【评析】

初唐四杰在诗史上的地位无疑是十分重要的。陆氏指出了他们诗歌的主要风格特点，而最为推赏王勃；同时也揭示出他们都受到六朝诗风的影响而留有一抹绮艳旧痕。这一总体把握是基本客观准确的。

初唐四杰处在唐诗史上的转变时期。四杰一方面不满于诗坛六朝诗风的弥漫而加以针砭，另一方面在创作实践上又未能彻底摆脱其影响。才高位卑激发了强烈的功名热望，豪情壮慨与人生悲欢尽入笔端，并使其诗歌题材"由宫廷走到市井"，"从台阁移至江山与塞漠"（闻一多《唐诗杂论·四杰》）。在艺术上，四杰转益多师，"他们努力开拓诗歌境界，能够运用比较畅达的气势来驾驭文辞，将六朝的骈俪饾饤转化为流丽矫健"（陈伯海《唐诗学引论》），进一步完善了律绝，发展了歌行体。其诗主体风格绮丽婉转，又不乏雄浑昂扬的气魄。另外，四杰诗歌又各有个性特色。王勃的"高华"，大致如胡应麟《诗薮·内编》卷四所说："兴象婉然，气骨苍然，实首启盛中妙境。"杨炯的"雄厚"，大抵指其五律如《从军行》、《出塞》、《紫骝马》等所体现出的浑雄豪放精神。卢照邻之"清藻"，可以《长安古意》之富艳藻丽为代表。骆宾王的"坦易"，可以其长篇歌行《帝京篇》、《畴昔篇》之开阔纵放为例。初唐四杰在新旧变革之际都凸显了个人特色而有开启唐音之功，但每人的声音又都是多彩的，因此陆氏对其风格的概括不免一偏之嫌。

　　杜审言浑厚有余①，宋之问精工不乏②。沈佺期吞吐含芳③，安详合度，亭亭整整④，喁喁叮叮⑤。觉其句自能言，字自能语，品之所以为美。苏李法有余闲⑥，材之不逮远矣⑦。

【注释】

　　①杜审言（645?—708）：字必简，祖籍襄阳（今属湖北）人，迁居巩县（今属河南）。大诗人杜甫的祖父。唐高宗咸亨元年（670）进士。唐中宗时，因阿附张易之，被流放峰州（今越南越池东南）。曾任隰城尉、洛阳丞等小官，累官修文馆直学士。少与李峤、崔融、苏味道齐名，称"文章四友"，是唐代

"近体诗"的奠基人之一。其五言律诗，格律谨严。明人辑有《杜审言集》。

②宋之问（656?—712?）：字延清，一名少连，汾州西河（今山西汾阳）人。一说虢州弘农（今河南灵宝）人。初唐时期的著名诗人。上元二年（675）进士。武后时，官尚方监丞、左奉宸内供奉。与沈佺期等谄事张易之。睿宗时贬钦州，赐死贬所。诗风华美，属对精工，是律诗的奠基人之一。明人辑有《宋之问集》。

③沈佺期（?—713?）：字云卿。相州内黄（今属河南）人。唐高宗上元二年（675）进士。武后时，官至考功员外郎。后因谄事张易之，流放驩州。中宗时，历官修文馆直学士、中书舍人、太子少詹事。沈佺期善属文，与宋之问齐名，时人称"沈宋"。他们的近体诗格律谨严精密，如锦绣成文，是律诗体制定型的代表诗人。明人辑有《沈佺期集》。

④亭亭整整：高洁工整的样子。

⑤喁喁叮叮：本谓私语叮咛。这里指风格缠绵。

⑥苏李：苏味道和李峤的并称。苏味道（648—705），赵州栾城（今属河北）人。九岁能诗文，少与乡人李峤俱以文辞齐名，号"苏李"。武后时，官至宰相。苏味道谙练台阁故事，善章奏。青年时与李峤、崔融、杜审言合称"文章四友"。其诗多写景咏物之作。《全唐诗》卷六十五录存其诗一卷。李峤（645?—714?），字巨山，赵州赞皇（今属河北）人。龙朔三年（663）进士。武后时，累官至同凤阁鸾台平章事。后贬庐州别驾。其诗多应制、咏物之作，词采典丽。七言歌行现存《汾阴行》一首，为当时传诵。《全唐诗》录存其诗五卷。法有余闲：指在诗的法度上要略胜一筹。

⑦逮：及得上，赶得上。

【评析】

　　陆氏在这里对杜审言、宋之问、沈佺期、苏味道、李峤等五位诗人进行了一一评点，尤为推崇沈佺期，而对苏、李则有所批评。

　　杜审言在"文章四友"中官职最低，所谓"载笔下寮，三十余载"（陈子昂《送吉州杜司户审言序》），又曾两度贬放。恃才傲物与政治上的不如意，使其诗歌交融着人生意气与愤懑情怀，其近体诗又不乏雄浑、遒劲的笔力、气势。如《春日怀归》之"河山鉴魏阙，桑梓忆秦川"，《旅寓安南》之"故乡逾万里，客思倍从来"，于广阔时空中弥漫着羁旅情怀。其写于宫廷应制场合的《守岁侍宴应制》、《大酺》，胡应麟称为"皆极高华雄整。少陵继起，百代楷模，有自来矣"（《诗薮·内编》卷四）。所以，单就这些而言，杜审言的诗歌确具"浑厚有余"的一面。但这只是其多样风格的一种。宋之问和沈佺期都工律体，他们在六朝新体的基础上加以发展变化，使律诗形式更臻缜密整齐，新巧工致，且合于粘附的规则，律诗格律至此定型。宋之问的五律和排律，胡应麟称为"缜密"、"赡丽精严"（《诗薮·内编》卷四），即陆氏所谓的"精工不乏"。陆氏对沈佺期诗作主要是从语言风格入手加以品评的，赞其安雅优柔，字句生动。《唐诗镜》卷四评沈佺期说："最饶绮思，不作绮语，制如纯锦，品最为佳。"可见陆氏对沈诗推崇之高。沈佺期确有一些佳作，如《夜宿七盘岭》、《遥同杜员外审言过岭》、《古意呈补阙乔知之》、《杂诗》等，为人所称道。其中《古意呈补阙乔知之》一篇，胡应麟《诗薮·内编》卷五称为"体格风神，良称独步"，是唐七律奠基之作。但从创作总体来看，宋之问的艺术成就则高于沈佺期。至于陆氏认为苏味道、李峤艺术技巧法度的高超，是不错的。但说他们的才华不及沈佺期远甚，则立论未公。

初唐七律，简贵多风①，不用事②，不用意，一言两言，领趣自胜③。故事多而寡用之④，意多而约出之⑤，斯所贵于作者。

【注释】

①简贵多风：简省而多风致。

②用事：指用典。

③领趣自胜：以趣味统领而出色。领，管领，统属。

④事多而寡用之：指很少用典。

⑤意多而约出之：意绪很深而简约出之。约，简要，简单。

【评析】

陆氏从对初唐七律不用典、不用意，而以某一两个关键的字词见出生韵趣味的基本情况考察，发挥其少用典、少用意的诗学见解，这与其神韵主张不无关系。

中国古典诗歌向来形成了以用典为妙的传统，可谓触目皆是。如东篱采菊、庄周梦蝶，出于陶渊明、庄子而常常为诗家运用。南宋张戒《岁寒堂诗话》里说："诗以用事为博，始于颜光禄（延年），而极于杜子美（甫）。"可见诗歌用典由来已久，至大诗人杜甫而臻于极致，这与中国诗人普遍尚古的心理有关。吴乔《逃禅诗话》说："多读书则胸次高，出语与古人相应。"于是如黄永武先生所说："用典一次，等于将某个故事、某个象征重新获得认同一次。典故的普遍应用等于无数同类经验采用了同一反应，久而久之，变成潜藏在创作中的原始表达内容，也就成了集体无意识中的部分，形成了原型。"（《中国诗学·鉴赏篇》）但另一方面，中国古典诗论却又多有对用典的贬斥言论。锺嵘《诗品》就说，诗是表达性情的而无需用典，比如"思君如流水"、"高台多悲风"、"清晨登陇首"、"明月照积雪"等，都是不靠用典而即兴直书的好句子。陆氏在指认初唐七律不用典的同时，并非完全反对用典，而是"事多而寡用之"，即尽量做到少用。其实用典与不用典，用典的多与少，与诗之好坏没有直接关系，而在于如何恰当运用，如何用得巧、用得

妙，才是问题的关键。同样，陆时雍也不是一般地反对"用意"，即以意为诗、以理性的知解为诗，而是反对用意太深而破坏情韵，应该"约出之"，注重"有意如无，隐然不见"的艺术表现效果，这样才能使诗歌神韵流动。

　　诗有灵襟①，斯无俗趣矣；有慧口②，斯无俗韵矣。乃知天下无俗事，无俗情，但有俗肠与俗口耳。古歌《子夜》等诗③，俚情亵语④，村童之所赧言⑤，而诗人道之，极韵、极趣。汉《铙歌》乐府⑥，多窭人乞子儿女里巷之事⑦，而其诗有都雅之风⑧。如"乱流趋正绝"⑨，景极无色，而康乐言之乃佳。"带月荷锄归"⑩，事亦寻常，而渊明道之极美。以是知雅俗所由来矣。夫虚而无物者，易俗也；芜而不理者⑪，易俗也；卑而不扬者⑫，易俗也；高而不实者⑬，易俗也；放而不制者⑭，易俗也；局而不舒者⑮，易俗也；奇而不法者⑯，易俗也；质而无色者⑰，易俗也；文而过饰者⑱，易俗也；刻而过情者⑲，易俗也；雄而尚气者⑳，易俗也；新而自师者㉑，易俗也；故而不变者㉒，易俗也；典而好用者㉓，易俗也；巧而过斫者㉔，易俗也；多而见长者㉕，易俗也；率而好尽者㉖，易俗也；修而畏人者㉗，易俗也；媚而逢世者㉘，易俗也。大抵率真以布之㉙，称情以出之㉚，审意以道之㉛，和气以行之㉜，合则以轨之㉝，去迹以神之㉞，则无数者之病矣。

【注释】

①灵襟：指高尚的胸襟。

②慧口：指聪慧的表现。

③《子夜》：指《子夜四时歌》，为南朝乐府民歌，收录在宋代郭茂倩所编《乐府诗集》中，属"清商曲辞·吴声歌曲"，相传是晋代一名叫子夜的女子创制，多写哀怨或眷恋之情。现存七十五首，其中春歌二十首，夏歌二十首，秋歌十八首，冬歌十七首。又称《吴声四时歌》或《子夜吴歌》，简称《四时歌》。

④俚情亵语：低俗的情感，淫秽的语言。

⑤赧（nǎn）言：难以启齿的话语。

⑥《铙歌》：军中乐歌。传说黄帝、岐伯所作。汉乐府中属鼓吹曲。马上奏之，用以激励士气。也用于大驾出行和宴享功臣以及奏凯班师。

⑦窭（jù）人乞子：指贫困的人。窭，贫寒。

⑧都雅：美好闲雅。

⑨乱流趋正绝：出自谢灵运《登江中孤屿》："江南倦历览，江北旷周旋。怀新道转迥，寻异景不延。乱流趋正绝，孤屿媚中川。云日相辉映，空水共澄鲜。表灵物莫赏，蕴真谁为传。想象昆山姿，缅邈区中缘。始信安期术，得尽养生年。"

⑩带月荷锄归：出自陶渊明《归园田居》："种豆南山下，草盛豆苗稀。晨兴理荒秽，带月荷锄归。道狭草木长，夕露沾我衣。衣沾不足惜，但使愿无违。"

⑪芜而不理：芜杂而不合情理。

⑫卑而不扬：卑弱而不高扬。

⑬高而不实：高扬而根基不实。

⑭放而不制：放纵而失去控制。

⑮局而不舒：拘曲而不伸展。

⑯奇而不法：奇异而不合法度。

⑰质而无色：朴素而无色泽。

⑱文而过饰：文饰而超过限度。

⑲刻而过情：雕琢而超过实相。

⑳雄而尚气：雄健而徒尚气势。

㉑新而自师：求新而主观自大。

㉒故而不变：守旧而不知变化。

㉓典而好用：典则而好用故实。

㉔巧而过斫（zhuó）：纤巧而过于斫削。

㉕多而见长：贪多而过于炫才。

㉖率而好尽：率性而毫无余地。

㉗修而畏人：修饰而使人畏惧。

㉘媚而逢世：谄媚以迎合世俗。

㉙率真以布之：率性真情以布置。

㉚称情以出之：衡量人情以写出。

㉛审意以道之：详究命意以说出。

㉜和气以行之：平和心气以行文。

㉝合则以轨之：符合规则以遵循。

㉞去迹以神之：去除痕迹求神妙。

【评析】

诗人襟怀与其诗歌创作的雅俗关系密切。陆氏从"灵襟"、"慧口"出发讨论诗之雅俗，不拘形迹而重在情趣，胪列了十九种落俗的情形，并开出了破俗的药方。

雅俗之别不在于所要表现的事、情本身，而在于创作主体品位的高低，即在于诗人是否具有"灵襟"、"慧口"，并如何表现出来。陆氏断言："乃知天下无俗事，无俗情，但有俗肠与俗口耳。"古歌《子夜》、汉乐府《铙歌》，从内容看或为"俚情亵语"，或为"窭人乞子儿女里巷之事"，但这些诗给人的感觉或"极韵、极趣"，或"有都雅之风"。谢灵运的"乱流趋正绝"诗句，出于《登江中孤屿》一诗。这首诗写诗人怀着探异寻幽的心情游览永嘉江中的孤屿山，中有"乱流趋正绝，孤屿媚中川"的写景句子。意思是说，诗人乘船横渡江水，孤屿山在江中显得格外娇媚。陆氏说上句并不着意渲染铺写景物，应是直赋其事，却描写入妙。陶渊明《归园田居》中"带月荷锄归"，再平常不过的事情了，由诗人写来却极富美感。也就是说，谢灵运与陶渊明都具有了"灵襟"与"慧口"，所以下笔自然不俗。《古诗镜》卷十三说："谢康乐灵襟秀色，挺自天成。清贵之气，抗出尘表。大抵性灵物秽，诗之美恶，辨于此矣。"又说："陶、谢性灵披写，不屑屑于物象之间。"同书卷十说："渊明未尝做诗，诗自从中流出，灵襟颢气，陶冶物情远矣。"

　　陆氏枚举了十九种"易俗"的情形，并提出了祛"俗"之方。总括而言，这些"易俗"大都是泛滥不节，因"过中"而致病。陆氏论诗求雅，讲究"中和之则"，与"韵"、"趣"又密切关联。或者说，凡与此不合的都是"俗"。因此他开出的救治方法是诗歌创作要率真、称情、审意、和气、合轨去迹，才能臻于大雅入神之境。

　　绝去故常①，刬除涂辙②，得意一往，乃佳。依傍前人，改成新法，非其善也。豪杰命世，肝胆自行，断不依人眉目③。

【注释】

①绝去故常：断绝、抛弃惯例、旧例。

②刬（chǎn）除涂辙：除去路中的车轮迹。涂，通"途"。

③眉目：容貌。

【评析】

　　创作如何取法前人与自开新局是一个重要的艺术命题。在明代诗学史的特定语境中，这一问题显得异常突出。陆氏提出了一空依傍的诗歌创作主张，是一个富于个性与现实针对性的见解。

　　明代诗学复古以前后七子为代表，其具体主张虽有差异与分歧，但法式前贤的取向却是一致的。如李梦阳认为作文如作字，奉古人作品之体与法为圭臬，尺尺寸寸加以摹拟仿效，何景明就讥其"高处是古人影子"。他们提出了"诗必盛唐"的口号，其实包括了四言诗要学《诗经》，古诗学汉、魏，只有近体才学习盛唐诸大家的主张。其末流得古人之皮毛，不免剽窃摹拟之病。后之公安派代表人物之一的袁宏道批评他们说："袭古人语言之迹而冒以为古，是处严冬而袭夏之葛者也。"（《雪涛阁集序》）陆氏一方面认为要打破常规与套数，任凭挥洒才能产生佳作；另一方面在具体创作上不要依赖前人点窜成诗，而是自出手眼。他由此断言：凡大诗人都具非凡的艺术魄力，绝不依仰前人而能大胆开辟一己的诗世界，这里实际涉及诗歌的"变"与"创"的问题。陆氏本身也是推赏汉魏古诗或六朝唐人的一些佳作的，并非一切都拒斥而不顾。相对于明代的变古，他更注目开新。因此他的这些言论颇具摧廓之功，而令人振聋发聩。

　　气太重，意太深，声太宏，色太厉①，佳而不佳，反以此病②，故曰"穆如清风"③。

【注释】

①厉：浓烈。

②佳而不佳，反以此病：意谓想求好而适得其反，并因此造成诗病。

③穆如清风：谓和美如清风化雨滋养万物。《诗经·大雅·烝民》："吉甫作诵，穆如清风。"

【评析】

陆氏论诗的基本倾向有求雅的一面，与其标举的"韵"是一致的。从"气"、"意"、"声"、"色"四个方面考量，他反对太过于求"重"、求"深"、求"宏"、求"厉"，而主中和典则之美。

　　过求则流于用力着迹，流于怒张叫嚣，也就失掉了有余不尽的意味。因此他对李杜这样的大家都有所批评。所谓"穆如清风"，就是标举一种自然清和的诗风。这其实是追求一种传统的淡雅、清洁的美学趣味，"清"与"雅"几乎是一个意思。胡应麟《诗薮》即称"诗最可贵者清"，而有"格清"、"调清"、"思清"和"才清"等多种名目。清人宋咸熙《耐冷谭》卷三说："诗以清为主，'吉甫作诵，穆如清风'，《三百篇》言诗之旨，亦如是而已。清非一无采色之谓也，昔人评《离骚》者曰'清绝滔滔'；读陶诗者曰'香艳入骨'，会得此者，可以追踪《风》、《雅》矣。"沈德潜《说诗晬语》卷下说："用意过深，使气过厉，抒藻过秾，亦是诗家一病。故曰'穆如清风'。"据说沈氏有"穆如清风"印章一枚，示以对这种境界的企慕。可以说，只有做到"清"，才能避免艺术表现上的过求之病，也才能达致清和、雅正之境。这种主张自然不无相当的道理，但无疑也有可能忽略了情感和艺术表现的多样性的事实。陆氏有时对艺术上的奇异表现一概加以排斥贬损，不免陷于一偏之见。

　　世以李杜为大家①，王维高岑为傍户②，殆非也③。摩诘写色清微，已望陶谢之藩矣④，第律诗有余⑤，古诗不足耳。离象得神，披情著性⑥，后之作者谁能之？世之言诗者，好大好高，好奇好异，此世俗之魔见⑦，非诗道之正传也⑧。体物著情⑨，寄怀感兴⑩，诗之为用，如此已矣。

【注释】

①李杜：唐代诗人李白与杜甫的合称。李白（701—762），字太白，号青莲居士。自称祖籍陇西成纪（今甘肃秦安），隋末其先人流寓碎叶（今吉尔吉斯坦托克马克城），他即于此出生。幼时随父迁居绵州昌隆（今四川江油）青莲乡。一说李白生于蜀中。二十五岁离蜀，长期在各地漫游。曾供奉翰林。受权贵谗毁，离开长安。安史乱中，李白隐卧庐山，一度出为永王李璘幕僚，因璘败系浔阳狱，流放夜郎。中途遇赦东还。晚年飘泊困苦，卒于当涂（今属安徽）。诗与杜甫齐名，《沧浪诗话》誉之为"仙才"。有《李太白集》。杜甫（712—770），字子美，诗中尝自称少陵野老。原籍襄阳（今属湖北），迁居巩县（今属河南）。杜审言之孙。开元后期，举进士不第，漫游各地。后寓居长安近十年。安史乱起，一度身陷长安，后逃至凤翔，谒见肃宗，官右拾遗。长安收复后，随肃宗还京，寻出为华州司功参军。不久弃官居秦州同谷。又移家成都，筑草堂于浣花溪上。一度在剑南节度使严武幕中任参谋，严武表为检校工部员外郎，故世称杜工部。晚年携家出蜀，飘泊于岳阳、潭州、衡州一带，病死湘江途中。其诗多反映时代盛衰，被称为"诗史"。诗风以沉郁顿挫为主，各体兼长。有《杜工部集》。

②王维（701?—761）：字摩诘，原籍祁（今山西祁县），其父迁居蒲州（今山西永济），遂为河东人。开元进士。累官至给事中。安禄山叛军陷长安时曾受伪职。后官至尚书右丞，故亦称王右丞。中年后居蓝田辋川，亦官亦隐。诗与孟浩然齐名，世称"王孟"。其作品最主要的则为山水诗，具有独特成就。有《王右丞集》。高岑：盛唐诗人高适和岑参的合称。高适（700?—765），字

达夫，沧州渤海（今河北景县）人。早年仕途失意。后客游河西，为哥舒翰幕府充掌书记。历任淮南、西川节度使，终散骑常侍。封渤海县侯。边塞诗和岑参齐名，并称"高岑"。有《高常侍集》。岑参（715?—770），江陵（今属湖北）人。天宝进士。曾随高仙芝到安西、武威，后又往来于北庭、轮台间。官至嘉州刺史，世称岑嘉州。与高适同为盛唐边塞诗代表诗人，并称"高岑"。有《岑嘉州诗集》。傍户：比喻依靠别人，不能自主。

③殆非：恐怕错误。殆，大概，恐怕。

④藩：界域，领域。

⑤第：只，只是。

⑥离象得神，披情著性：不拘物象而得其神韵，剖露情怀明述性情。

⑦魔见：偏见。

⑧诗道之正传：诗法原则的正统传授。

⑨体物著情：在描摹事物时，融入真挚的感情。

⑩寄怀感兴：寄托自己的心意，感物寄兴。

【评析】

　　明代七子派提出了"文必秦汉，诗必盛唐"的口号。就诗歌而言，他们对李白、杜甫极为推崇。陆氏一反其说，揭其弊端，倡导"体物著情，寄怀感兴"的艺术表现手法，在一定程度上对流风具有摧廓之功。

　　对盛唐诗歌的推崇始于宋代严羽，其《沧浪诗话》认为"为诗者以识为主，入门须正，立志须高"，要"从最上乘，具正法眼，悟第一义"，强调"以盛唐为法"，但并非弃中晚唐诗而不顾。明初高棅编《唐诗品汇》，明确尊崇盛唐，高扬李、杜，深刻地影响了明代的复古、拟古思潮。至前后七子而"诗必盛唐"，迄明末这种影响仍在，作诗讲摹拟盛唐体制、格调。陆氏以神韵与之对垒，不唯李杜是尚，而且拉出王维。认为王维足以与陶谢比美，尤其他的近体诗不拘于物象而得其神，很能见出性情，写出了清新微妙的境界。陆氏以为这才是诗之正道，而与世之崇尚高、大、奇、异的诗风不同。"体物著情，寄怀感兴"，就是其诗学守正的方法论要点。这种注重情境兴趣之妙会的追求，与其神韵主张又是不可分的。

　　王龙标七言绝句①，自是唐人骚语。深情苦恨，襞积重重②，使人测之无端，玩之无尽。惜后人不善读耳。

【注释】

　　①王龙标：指唐代诗人王昌龄（690?—756?），字少伯，京兆万年（今陕西西安）人。开元进士，授校书郎，改汜水尉，再迁江宁丞。天宝中，贬龙标

尉。安史乱中，还江东，道出亳州，为刺史闾丘晓所杀。其诗擅长七绝，与李白七绝并称于世。明焦竑以为李、王"七绝当家，足称联璧"（《诗评》）。边塞诗气势雄浑，格调高昂。也有愤慨时政及宫怨之作。有《王昌龄集》。

②襞（bì）积重重：喻指情感表现的曲折深厚。襞积，衣服上的褶子。

【评析】

王昌龄的诗歌创作以七言绝句成就最高，受到人们的极度推崇。陆氏对其七言绝句艺术特点进行了本质把握，揭示其意蕴深厚的美感特征，并对后人不能深会其妙颇感遗憾。

王昌龄仕宦生涯坎坷多艰，一生大多是在迁谪中度过的。与盛唐的大多数诗人一样，他具有强烈的兼济天下的功业之念。但一生官不过丞、尉之职，又两度贬窜遐荒。弃置之感虽挥之难尽，而报国之心未曾稍减。在迁谪的路上，他仍然吟唱着这样的诗句："明时无弃才，谪去随孤舟。鸷鸟立寒木，丈夫佩吴钩。何当报君恩，却系单于头。"（《九江口作》）诗人相信这个时代的伟大与壮阔，乘孤舟远谪的事实并未一改他的雄心，立功异域是其不变的抱负。王昌龄曾到过西北边塞，经行萧关、临洮、碎叶等地，缭乱边声、大漠风尘，都曾入诗。而其反映宫廷后妃生活的诗篇，哀婉凄苦，在表现她们弃置命运之中，隐藏着诗人抑郁失志的情绪。这类七言绝句，更称得上"唐人骚语"，即浸润了楚骚的血脉精魂。《唐诗镜》卷十二选王昌龄《从军行》一首："烽火城西百尺楼，黄昏独坐海风秋。更吹羌笛关山月，无那金闺万里愁。"诗写征人久戍思家之情。首句描写征人在烽火城西的高楼上四顾苍茫，次句点明正是秋日的黄昏时节，三句是说忽然传来一曲凄咽的《关山月》而情何以堪，末句是由这曲调触发征人不可遏制的思家之情。诗歌反复渲染、层层深入，最后逼出万里愁情。陆氏层层分析后说："昌龄作绝句，往往襞积其意，故觉其情之深长而辞之饱快也。"这大概就是"使人测之无端，玩之无尽"的深厚意味。接着，陆氏对后两句提出了自己的解释："人解后二语，谓从军者闻羌笛而起金闺之思，非也，盖因边城闻笛而代为金闺之愁耳。言己之愁已不堪，而闺中之愁更将何奈，此昌龄诗法不与众同也。"陆氏拈出"昌龄诗法"，注重诗人言情婉曲的独特性，而责后人不善解读王昌龄绝句，自成一家之说。这"昌龄诗法"自然也体现在诗人一些不同题材的七言绝句中，从而获得了意幽情深、含味不尽的艺术效果。胡应麟在比较了李白、王昌龄绝句的风格不同后，说王昌龄近于《国风》、《离骚》，"体若相悬，调可默会"（《诗薮·内编》卷六），也是着眼于风格趣味而言的。

七言古，盛于开元以后①，高适当属名手。调响气佚②，颇得纵横；勾角廉折③，立见涯涘④。以是知李杜之气局深矣。

【注释】

①开元：唐玄宗李隆基的年号（713—741）。开元年间，唐朝国力强盛，史称"开元盛世"。

②佚：放逸，恣纵。

③勾角廉折：本义指乐声高亢，节奏明快。这里比喻刚健挺拔的风格。

④涯涘：边际，界限。

【评析】

七言古诗发展到盛唐出现了彬彬大盛的局面，其中李、杜、高、岑堪为一代作手。陆氏在这里专谈高适七言古诗，并以李、杜作参照，以见出高适七古的特点与缺陷。

高适诗歌现存二百余首，多作于显达之前，题材广泛，艺术特点鲜明。殷璠《河岳英灵集》谓"适诗多胸臆语，兼有气骨，故朝野通赏其文"。高适最擅长七古，宋育仁说其七古"与岑一骨，苍放音多，排奡骋妍，自然沉郁，骈语之中，独能顿宕，启后人无限法门，当为七言不祧之祖"（《三唐诗品》）。从历史的维度看，高适的七古，一改初唐靡丽柔婉之音，骨力遒劲，气势恢张；往往在每段顿挫处略作对偶，于散漫中求整饬，颇能错综变化，而更舒展纵放。加之句间字音多合于声律原则，形成了调响气佚的特色。《燕歌行》就是其代表作，全诗展示了战士慷慨赴死，将帅荒淫不恤士卒，边地荒寒，孤城落日等种种情状，风格雄浑深广，悲烈激昂。四句一转韵，句法散、偶相间，流转自如而又层次分明。而其《古大梁行》更是隔联间以对仗，壁垒森严。如"魏王宫观尽禾黍，信陵宾客随灰尘"、"军容带甲三十万，国步连营一千里"、"遗墟但见狐狸迹，古地空余草木根"、"侠客犹传朱亥名，行人尚识夷门道"等偶对句的运用，即有迹可寻。这大概就是陆氏所说的"勾角廉折，立见涯涘"的格局。但陆氏又与李、杜七古相较，认为高适尚缺乏深厚的气局，则未免有失平正、公允。

高达夫调响而急。

【评析】

陆氏在这里所说的高适诗歌的"调响而急",可以和上则所说的"调响气
侠"综合考量。重声之有余韵,尚调之响亮,是与陆氏论诗主张相关联的。而
以"急"字评高适,就不仅是一般的客观描述,而实含不满之意。《唐诗镜》
卷十三陆氏评高适《燕歌行》中"战士军前半死生,美人帐下犹歌舞"二句
说:"语意惊艳。高适七言古,多句调琅琅,振响欲绝。"这一对偶句用对比
手法,揭示战士浴血奋战、死伤惨重,而将帅却享受美人歌舞的帐中之乐,其
苦乐不均之状令人惊心,具有无比深刻的批判力度。由此他指出高适七古句调
的响亮,确是其普遍特点。但陆氏在《唐诗镜》中也一再说高适诗虽多气骨,
而"粗气不除"或"莽而率",这大概可以作为"急"字的注脚。

岑参好为巧句,真不足而巧济之①,以此知其深浅矣。
故曰"大巧若拙"。

【注释】
①济:调剂,弥补,补益。
【评析】
陆氏从"巧"与"真"的关系入手谈论岑参诗歌,认为他"好为巧句",
缺乏真朴之情,主张诗歌语言应"大巧若拙"。就一般原理而言这固然不错,

但求证岑参诗歌创作实际，却不尽然。

殷璠《河岳英灵集》说："参诗语奇体峻，意亦造奇。"陈绎曾《吟谱》亦说："岑参诗尚巧主景。"尚奇、尚巧应是岑诗一个主要特色。如"孤灯燃客梦，寒杵捣乡愁"、"涧水吞樵路，山花醉药栏"、"寒花飘客泪，边柳挂乡愁"诸句中，"燃"、"捣"、"吞"、"醉"、"飘"、"挂"的运用，都使诗句产生了别样的奇警、新巧的效果。岑参也不乏寓巧于朴的诗作，如《行军九日思长安故园》："强欲登高去，无人送酒来。遥怜故园菊，应傍战场开。"此时长安仍在安史叛军手中，岑参在行军途中遇重阳节而作此诗。烽烟遍地的日子里，诗人军旅匆匆间勉力登高，无菊花酒可饮。遥望故园长安，那一丛丛菊花大概在残壁断垒边依然默默绽放吧。诗歌似是平平道来，而乱离的节日里的萧索意绪与对长安故园的深深系念，通过遥惜战场的菊花一并抒写出来，这后两句实已达到了"大巧若拙"的境界。

孟浩然材虽浅窘①，然语气清亮，诵之有泉流石上、风来松下之音。常建音韵已卑②，恐非律之所贵③。凡骨峭者音清④，骨劲者音越，骨弱者音庳⑤，骨微者音细，骨粗者音豪，骨秀者音冽⑥，声音出于风格间矣⑦。

【注释】

①孟浩然（689—740）：或谓字浩然。襄州襄阳（今属湖北）人。早年隐居鹿门山。年四十，游长安，应进士不第。后为荆州从事，患疽卒。曾游历东

南各地，诗与王维齐名，同为盛唐山水田园诗派代表诗人，世称"王孟"。其诗清淡雅致，长于写景，以反映隐逸生活为主。有《孟浩然集》。

②常建（生卒年不详）：开元十五年（727）进士，与王昌龄同榜。曾任盱眙尉。仕途失意，放浪琴酒，后隐居于鄂渚（今湖北武昌西山）。天宝间卒。其诗多为五言，常以山林、寺观为题材。也有部分边塞诗。有《常建集》。

③非律之所贵：不是法度、规则所看重的。

④骨峭：气骨雄健有力。

⑤庳（bì）：低下，低洼。

⑥洌：清澄。

⑦风格：人的作风、品格。

【评析】

陆氏由孟浩然的语气清亮与常建的音韵卑下，说到音韵与风格的关系问题，并列举了六种具体表现，这些都是构成其神韵说的重要因素。

陈师道《后山诗话》说："子瞻谓孟浩然之诗韵高而才短，如造内法酒手而无材料尔。"又说："退之于诗本无解处，以才高而好尔。"这里转述苏轼对孟浩然诗歌创作的意见，大体是说孟浩然对诗的本质有较深的理解，如按照宫廷方法造酒的行家里手一样熟悉酒之特性及酿造方法，所以诗之韵高。但又指出其"才短"、"无材料"，在苏轼的意思是说，他与韩愈比较，读书少而不能在诗中很好运用书卷材料。严羽《沧浪诗话·诗辨》在道出"大抵禅道惟在妙悟，诗道亦在妙悟"的主张后，驳斥了这一看法："且孟襄阳学力下韩退之远甚，而其诗独出退之之上者，一味妙悟而已。惟悟乃为当行，乃为本色。"

　　严羽从"诗有别材，非关书也"的观点出发，以妙悟说诗，自然更接近诗歌创作的本质。陆氏在指出孟浩然"才短"的同时，更肯定了他的"语气清亮，诵之有泉流石上、风来松下之音"，这与苏轼的"韵高"的说法是大体一致的。

　　常建以山水边塞诗成就最高。殷璠《河岳英灵集》对常建十分推崇，认为"建诗似初发通庄，却寻野径，百里之外，方归大道。所以其旨远，其兴僻，佳句辄来，惟论意表。"他既引了常建的《宿王昌龄隐居》之"松际露微月，清光犹为君"、《题破山寺后禅院》之"山光悦鸟性，潭影空人心"等山水诗

句，称其"并可称警策"；又引了边塞诗《吊王将军墓》之"战余落日黄，军败鼓声死"、"今与山鬼邻，残兵哭辽水"几句，说它"一篇尽善"，"属思既苦，词亦警绝，潘岳虽云能叙悲怨，未见如此章"。《题破山寺后禅院》一诗，风格冷峻。其"竹径通幽处，禅房花木深"一联尤为有名。而其边塞诗则深沉、苍劲，与他的山水诗风不同。但常建的山水诗清冷幽僻的主体风格确与孟浩然有异，而开启了晚唐诗歌的意境和格调。大概正是从此着眼，陆氏批评常建诗歌"音韵已卑，恐非律之所贵"的。

在对孟浩然、常建的比较评价中，陆氏进而发挥了诗人气骨与韵味、格调的关系，即"骨峭"必然"音清"、"骨劲"必然"音越"、"骨弱"必然"音庳"、"骨微"必然"音细"、"骨粗"必然"音豪"、"骨秀"必然"音冽"，风格（即气骨）的不同决定了诗之不同的韵味。

观五言古于唐，此犹求二代之瑚琏于汉世也①。古人情深，而唐以意索之，一不得也；古人象远②，而唐以景逼之，二不得也；古人法变③，而唐以格律之④，三不得也；古人色真⑤，而唐以巧绘之⑥，四不得也；古人貌厚，而唐以姣饰之⑦，五不得也；古人气凝⑧，而唐以佻乘之⑨，六不得也；古人言简，而唐以好尽之⑩，七不得也；古人作用盘礴⑪，而唐以径出之⑫，八不得也。虽以子美雄材，亦踣踬于此而不得进矣⑬。庶几者其太白乎⑭？意远寄而不迫⑮，体安雅而不烦⑯，言简要而有归⑰，局卷舒而自得。离合变化，有阮籍之遗踪，寄托深长，有汉魏之委致^⑱。然而不能尽为古者，以其有㤉处，有浅处，有游浪不根处^⑲，有率尔立尽处^⑳。然言语之际，亦太利矣^㉑。

【注释】

①二代：指夏、商。《论语·八佾》："周监于二代，郁郁乎文哉！"邢昺疏："二代，谓夏、商。"瑚琏：宗庙礼器。汉世：指汉代。

②象远：意象深远。

③法变：诗法多变。

④以格律之：用格式（对偶、平仄等）规范诗歌。

⑤色真：物色真实。

⑥以巧绘之：指善于巧饰雕绘。

⑦以姣饰之：指以外在形式美来装点。

⑧气凝：气格庄重

⑨以佻乘之：凭轻佻来加诸它。

⑩以好尽之：指刻意求工。

⑪作用盘礴：指诗歌用意曲折，不质直。皎然《诗式》卷一："意度盘礴，由深于作用。"作用，指构思用意。盘礴，通"盘魄"，盘旋曲折之貌。

⑫径出：直接道出。

⑬踣踬（bó zhì）：犹"倾跌"。

⑭庶几：近似，差不多。

⑮远寄而不迫：寄托遥深而不急迫。

⑯安雅而不烦：安和雅正而不繁缛。

⑰简要而有归：简单扼要且有归依。

⑱委致：委婉之致。

⑲游浪不根处：四处游移不立足于根本。

⑳率尔立尽处：轻率直露而一览无余。

㉑利：锋利。这里指李白诗歌语言风格过于俊快。

【评析】

陆时雍对唐诗的评价不无独见，如他认为中、晚唐不如盛唐，盛唐不如初唐；唐诗不如汉魏，甚至不如六朝。而"代不如古"（《唐诗镜》卷一）的观念是其持论的一个重要依据。在这里，陆氏指出唐人五古在八个方面不如汉魏古诗，对唐代大家李白、杜甫进行了褒贬不一的评价。

陆时雍以汉魏五言古诗为典范，认为"其道在神情之妙，不可以力雄，不可以材骋，不可以思得，不可以意致"，以此衡诸李白、杜甫，则"李病于浮，杜苦于刻"（《唐诗镜》卷一）。对这些更为具体的思考和展开，就有了"八不得"的说法及对李、杜的评价。陆氏对杜甫的评价显然大大低于李白，也即是在某种程度上说，"苦于刻"要比"病于浮"更不可取，"八不得"中大部分与"苦于刻"相关。

陆氏一方面认为李白五古能够大致接近古人境界，做到了所谓寄意不迫、体雅不烦、言简意明、舒卷自如，具备了阮籍的张弛变化和汉魏的寄兴深长的特点。但另一方面还未能"尽为古者"，与此相关的轻佻、浅薄、放浪无根、意率言尽，也是其诗之"浮"的不良表现。而在总体语言风格上的"利"，也是与"浮"不可分的。

陆氏以五言古诗的"神情之妙"为立言根据，无疑是从其神韵说出发的一种价值尺度和诗美标准。以此评价李、杜，既有深刻之处，也不免有所偏失。

上古之言浑浑尔①，中古之言折折尔②，晚世之言便便尔③，末世之言纤纤尔④，此太白之所以病利也。

【注释】

①浑浑尔：浑厚博大的样子。

②折折尔：明亮、清晰的样子。《管子·内业》："折折乎如在于侧，忽忽乎如将不得。"尹知章注："折折，明貌。言心明察若在其侧。"

③便便尔：形容言语明白流畅。谓善于议论。《论语·乡党》："其在宗庙朝廷，便便言，唯谨尔。"

④纤纤尔：小巧、尖细的样子。这里指语言风格的纤巧。

【评析】

与上则密切关联，陆氏从诗歌发展的时段与其风格的关系角度立论，概括了不同时期呈现的总体风貌，并对李白诗歌病因加以探究。

在陆氏看来，不同时代诗歌发展的总体艺术风格大抵具备某种共有的特质。陆氏就大的时段着眼，认为先秦时期诗歌浑厚博大，而从汉魏以来到唐的诗歌则逐渐失掉了浑朴的精神，这是诗歌发展的大势。由于陆氏以诗骚作为其神韵说的传统资源，崇汉魏重六朝，对唐诗则多有批评，因此他指认的"晚世"、"末世"就似将盛唐归于其中，与一般诗论家大相径庭。由此指出李白诗歌之病在于"利"。所谓"利"，与上则提到的李白"言语之际，亦太利矣"是一个意思，大抵是说李白诗歌的语言风格太过俊快，缺乏古诗的浑朴之致。

从王安石较早使用"快"字评说李白"词语迅快"（《冷斋夜话》引），到葛立方谓"李诗思疾而语豪"（《韵语阳秋》卷一），实际已在相当程度上揭示了李白诗歌豪放飘逸、爽快流走的主体风格特征。至于由杜甫"李白一斗诗百篇"、"清新庾开府，俊逸鲍参军"、"何时一尊酒，重与细论文"等诗句，推测"似讥其太俊快"（《韵语阳秋》卷一），到孔文谷说"杜子美称李白诗，清新俊逸，然却太快"（《四溟诗话》卷四引），再到牟愿相称"李太白诗，只是一'爽'字，为此不能到古人奥处"（《小澥草堂杂论诗》），颇有责备之意，却不足以掩盖李白诗歌作为盛唐精神文化典范的万丈光焰。我们对陆氏之李白"病利"的看法，也应作如是观。

陆氏从其核心诗学观念出发解读唐以前的诗史，把握诗歌流变，进行价值评判，富于独特的个人色彩，不无启示意义。但其又秉持格以代降的观点，这就使其诗史观不免呈露严重的偏颇。

杜少陵《怀李白》五古[①]，其曲中之凄调乎[②]？苦意摹情，遇于悲而失雅。《石壕吏》、《垂老别》诸篇[③]，穷工造景，逼于险而不括[④]。二者皆非中和之则，论诗者当论其品。

【注释】

①《怀李白》：即《天末怀李白》："凉风起天末，君子意如何？鸿雁几时到？江湖秋水多。文章憎命达，魑魅喜人过。应共冤魂语，投诗赠汨罗。"

②凄调：凄凉的曲调。

③《石壕吏》、《垂老别》：为杜甫"三吏三别"中的篇章。《石壕吏》："暮投石壕村，有吏夜捉人。老翁逾墙走，老妇出门看。吏呼一何怒！妇啼一何苦！听妇前致词：三男邺城戍。一男附书至，二男新战死。存者且偷生，死者长已矣！室中更无人，惟有乳下孙。有孙母未去，出入无完裙。老妪力虽衰，请从吏夜归。急应河阳役，犹得备晨炊。夜久语声绝，如闻泣幽咽。天明登前途，独与老翁别。"《垂老别》："四郊未宁静，垂老不得安。子孙阵亡尽，焉用身独完！投杖出门去，同行为辛酸。幸有牙齿存，所悲骨髓干。男儿既介胄，长揖别上官。老妻卧路啼，岁暮衣裳单。孰知是死别，且复伤其寒。此去必不归，还闻劝加餐。土门壁甚坚，杏园度亦难。势异邺城下，纵死时犹宽。人生

有离合，岂择衰盛端！忆昔少壮日，迟回竟长叹。万国尽征戍，烽火被冈峦。积尸草木腥，流血川原丹。何乡为乐土？安敢尚盘桓！弃绝蓬室居，塌然摧肺肝。"

④逼于险而不括：近于奇险而不浑括。

【评析】

杜甫身处唐代由盛转衰时期，其诗歌创作渐开中唐风会而措意于惨淡经营。陆氏在这里列举老杜的一些名篇，批评其有失中和之则，从诗之品格着眼致以不满，发表了不同于一般诗评家的独特见解。

乱世中的李白因参加永王璘（玄宗第十六子）幕府而获罪下狱，乾元元年（758）被判长流夜郎（今贵州桐梓），至巫山遇赦得释。第二年，杜甫远在西北的秦州（今甘肃天水），系念李白而写下《天末怀李白》这篇诗作。诗以秋风乍起兴感，牵挂在这萧瑟的季节中的诗人李白，一腔悲愁喷之欲出。音信难通，江湖多险，悠悠远隔中唯望远人善自珍重。杜甫由李白的遭际而发为千古浩叹："文章憎命达，魑魅喜人过。"文人薄命，大概天才必遭天妒，似是万难挣脱的宿命。这一"憎"一"喜"，遂使文人于高天厚地之中无个置身之处。杜甫设想李白经行屈原怀沙自沉的汨罗江，必也如贾谊作文凭吊屈原，投诗相赠，两颗诗魂相契，千古冤情共牵一水，奔腾浩荡。其悲秋之浓，怨抑之深，忧愤之广，确如陆氏所说是"曲中之凄调"。从艺术上来看，运用多种笔法写出了文人的悲情，并非"怨而不怒"，陆氏因此认为有失雅正。杜甫写于安史之乱时期的《石壕吏》、《垂老别》，是关注现实之作。前者写唐王朝为应对时乱，征兵征到了老翁身上。作者"暮投石壕村"，亲历了这幕惨剧。石壕吏深夜捉人，老翁逃走，老妇被迫应役。后者写唐军在邺城兵败后，朝廷在洛阳一带大肆征兵，老翁老妇亦难幸免，垂老之翁遂愤而从军。浦起龙说："《石壕》之妇，以智脱其夫。《垂老》之翁，以愤舍其家。其苦则均。"（《读杜心解》卷一）两首诗一为客观摹写，一是托为行者之词，但都逼真地描绘出当时的情景。如《石壕吏》之"吏呼一何怒！妇啼一何苦"！《垂老别》之"老妻卧路啼，岁暮衣裳单"。摹画两位老妇凄惨无告之状，可谓逼肖生动，此即陆氏所说的"穷工造景"吧。而陆氏却又批评说，二诗都是"逼于险而不括"，说它们在艺术上近于奇险而失掉了浑括之趣，大概是指事件之特殊及其艺术表现的震撼力而言的。最后总评这三首诗都失却了雅正之音和中和之则，无疑是陆氏诗学观的一偏之见。

　　诗不患无材^①，而患材之扬^②；诗不患无情，而患情之肆^③；诗不患无言，而患言之尽；诗不患无景，而患景之烦。知此始可与论雅。

【注释】

①患：忧虑，担心。

②扬：显示，炫耀。

③肆：不受拘束，纵恣。

【评析】

陆氏从创作主体与艺术表现两方面着眼，具体阐明了其论诗主雅的美学观。诗歌创作当然要求诗人具备一定的才力、性情、语言、写景等能力，但在具体的艺术表现上则不要过于逞才、肆情、尽言、滥景，才能做到诗之雅。这里实际触及的核心问题是，如何处理好创作主体与艺术表现的关系，要把握好诗美创作的尺度和分寸。

陆氏具体评论某些诗人诗作，也是从这一考量出发的。如对李白过于才气发露、杜甫用力过深的评说，都是以此为准的。其要在归于中和风雅，适中则雅，过则为俗。这无疑深具艺术的真谛，与传统的尚节制的艺术表现精神一脉贯之。至于其表述中的极端化的否定语气，意在强调突出他的观点。譬如"诗不患无情"，事实并非不要情，而是要合乎某种"度"，他在其他评说中倒是处处尚情主韵的，而情的表现合于真、合于度，即有韵、合雅。

太白《古风》八十二首①，发源于汉魏，而托体于阮公。然寄托犹苦不深，而作用间尚未尽委蛇盘礴之妙，要之雅道时存。

【注释】

①《古风》八十二首：按清王琦辑注《李太白全集》，李白《古风》为五十九首。此外有七十首、六十首、三十四首之说。李集板刻至繁，不知陆氏所据何本。

【评析】

中国古典诗歌形成了绵长而深厚的传统。李白一组以《古风》标题的诗歌，即是在前代诗歌艺术基础上创作的优秀篇什。陆氏从艺术表现方面入手，溯源汉魏古诗及阮籍《咏怀诗》，比较评析其艺术优劣，而归源于诗之风雅传统，不脱其一贯的诗美主张。

李白《古风》之诸篇，非一时一地之作，内容包罗宏富。自艺术一面而言，确实其来有自。而最为直接的渊源当是阮籍的《咏怀诗》八十二首。殷璠《河岳英灵集》收入李白《古风》中按今之排列为第九的"庄周梦蝴蝶"一首，即径题为《咏怀》，可见出其间关系之深厚。阮籍生当魏晋多事之秋，文人多难自保而有忧生之虞，加之性格至慎，其诗多寄兴隐微而情旨难以推求。阮诗大量运用比兴手法寄托情怀，如"林中有奇鸟"一首，自比林中奇鸟凤凰；它喝的是泉水，栖息在山冈，鸣声辽远响彻九州，举首一望尽览八荒。不料适逢秋风催逼，而不得不远飞昆仑……诗人高洁之志与处境艰危都寄托在比兴之中。李白《古风》继踵阮籍，亦有迹可寻。如其"庄周梦蝴蝶"一首："庄周梦蝴蝶，蝴蝶梦庄周。一体更变易，万事良悠悠。乃知蓬莱水，复作清浅流。青门种瓜人，旧日东陵侯。富贵固如此，营营何所求。"运用庄周梦蝶、东陵种瓜等典故，抒写浮生若梦、富贵难凭的世事沧桑之感。陆氏以为此诗"杂沓处仿佛阮公"（《唐诗镜》卷十七）。但与阮籍不同的是，李白《古风》时带激楚之音。如"糟糠养贤才"、"浮云蔽紫闼"等句，强烈的愤慨溢于言表，显示出诗人鲜明的个性特点。大概是从这些方面着眼，陆氏批评李诗还不能达到曲折隐微的至境。

　　少陵苦于摹情，工于体物①，得之古赋居多。太白长于感兴②，远于寄衷③，本于十五《国风》为近。

【注释】

①工于体物：精于描述事物。

②感兴：感物寄兴。

③寄衷：指寄托自己的内心情感。衷，内心。

【评析】

李、杜诗歌的主体艺术风貌迥然不同，各自达到了其艺术至境而为后人推称大家。陆氏从两人诗歌的艺术渊源探求其独特的表现手法，在纵向继承的历史维度中把握和体认其所以不同的血脉因缘，自有其不俗的识见和精深的觉解。

杜甫在诗歌创作上十分用力。他转益多师，不薄今人爱古人，注重用词造句之佳和神妙高超的境界追求。所谓"苦于摹情，工于体物"，即是陆氏对杜甫这一追求的具体概括。如"落日照大旗，马鸣风萧萧"（《后出塞》），刻画傍晚时分千军万马聚集的场面，境界壮阔飞动。上句展现暮色苍茫中将旗（大将所用的红旗）翻卷，用一"照"字，既点明了时间，又衬出了大将的声威。下句写战马在朔风萧萧中长鸣，着一"风"字而顿觉全局都动，飒然有关塞之气。这种善于绘景体物之妙，与古赋的"体物浏亮"手法确实一脉相承，但更为精警而传神。与杜甫不同的是，李白更多是感动兴发的一意挥洒，其飘然灵动的诗思与《诗经》的十五国风之艺术精神遥遥相接。如《宣州谢朓楼饯别校书叔云》，开头"弃我去者昨日之日不可留，乱我心者今日之日多烦忧"两个长句，直接抒发诗人郁结烦乱的愁绪，如劈空而来，莫可端倪。接着却转入当前："长风万里送秋雁，对此可以酣高楼。"明朗高爽的境界与豪情逸兴浑然一气。接着谈诗论文，逸兴湍飞而直欲上九天揽明月。再接着又跌落现实，愁情浩浩如水，杯酒断难消释，反使愁思转剧。结尾又直抒胸臆，终归江海扁舟之志。诗人一任感兴跌宕，如蜻蜓点水，旋点旋飞。当然，李、杜之成为大家，其艺术精神的师古不仅古赋、国风，但主体精神与之相似，也是大体说得通的。

七言古，自魏文、梁武以外，未见有佳。鲍明远虽有《行路难》诸篇①，不免宫商乖互之病②。太白其千古之雄乎？气骏而逸③，法老而奇④，音越而长⑤，调高而卓⑥。少陵何事得与执金鼓而抗颜行也⑦？

【注释】

①《行路难》：属乐府旧题。《乐府古题要解》释此题说："备言世路艰难及离别伤悲之意。"鲍照（字明远）作《行路难》（一作《拟行路难》）十八首，多抒写感奋不平之情。其六云："对案不能食，拔剑击柱长叹息。丈夫生世会几时？安能蹀躞垂羽翼？弃置罢官去，还家自休息。朝出与亲辞，暮还在

亲侧。弄儿床前戏，看妇机中织。自古圣贤尽贫贱，何况我辈孤且直！"

②宫商乖互：指音律不谐美。宫商，泛指音律。五音中有宫音与商音。《毛诗序》"声成文"郑玄笺："声成文者，宫商上下相应。"

③气骏而逸：风格骏拔而飘逸。

④法老而奇：法度老道而奇绝。

⑤音越而长：声音清越而绵长。

⑥调高而卓：格调高亢且卓异。

⑦金鼓：金属制之鼓，或谓以黄金所作之鼓，乃召集众人时所敲击之器具。抗颜行：指敢于面对对方的军威而不惧怕。

【评析】

七言古诗或歌行的发展史上有几个关节点。陆氏从艺术上点评了曹丕、萧衍、李白、杜甫的七言古诗，而独赏李白之作，即是一种自曹魏至盛唐的纵向把握和历史评判。

曹丕的两首《燕歌行》是中国文学史上出现的最完整的七言诗，代思妇抒写心曲，深情绵缈，而句句用韵，音调谐婉。但从此至晋宋齐间，七言歌行寥寥无几；梁以后，七言渐多。传为梁武帝的《东飞伯劳歌》，句句用韵而两句一换韵，形式整齐而灵活。但在这期间，鲍照的《拟行路难》诸作，创制了以七言为主的歌行体式，隔句用韵而更加灵活多变。陆氏责其"不免宫商乖互之病"，大抵一方面是以魏文、梁武之作为框范的复古标准，崇尚乐府情调使然。所以《古诗镜》卷十四评鲍照说："七言开遒跌荡，第少调度和美。"又谓其《拟行路难》诸作"俱荡而不畅"。另一方面确如清人毛先舒所举的其中"今我何时当得然，一去永灭入黄泉"、"愁思忽而至"、"须臾淹冉零落销，盛年妖艳浮华辈，不久亦当诣塚头"、"朝悲惨惨遂成滴，暮思绕绕最伤心"、"听此愁人兮奈何"诸句，"俱了不成句"（《诗辩坻》卷二），节奏词气不够谐美畅达。至盛唐，李白、杜甫的七言古诗在前人的基础上变化生新，取得了辉煌的成就。陆氏从"气"、"法"、"音"、"调"方面称李白七古为"千古之雄"，而谓杜甫不可与之比肩，与其多次抑杜扬李的言论一贯，显然过当。

太白七古，想落意外，局自变生①，真所谓"驱走风云，鞭挞海岳"②。其殆天授③，非人力也。少陵《哀江头》、《哀王孙》作法最古④，然琢削磨砻⑤，力尽此矣。《饮中八仙》⑥，格力超拔⑦，庶足当之。

【注释】

①局自变生：指意象、格局变化万千。

②鞭挞海岳：形容诗歌大气恢弘。鞭挞，指驾驭和征服。海岳，指大海和高山。

③殆：犹"乃"。

④《哀江头》："少陵野老吞生哭，春日潜行曲江曲。江头宫殿锁千门，细柳新蒲为谁绿？忆昔霓旌下南苑，苑中万物生颜色。昭阳殿里第一人，同辇随君侍君侧。辇前才人带弓箭，白马嚼啮黄金勒。翻身向天仰射云，一笑正堕双飞翼。明眸皓齿今何在？血污游魂归不得。清渭东流剑阁深，去住彼此无

消息。人生有情泪沾臆，江草江花岂终极！黄昏胡骑尘满城，欲往城南望城北。"《哀王孙》："长安城头头白乌，夜飞延秋门上呼。又向人家啄大屋，屋底达官走避胡。金鞭断折九马死，骨肉不待同驰驱。腰下宝玦青珊瑚，可怜王孙泣路隅。问之不肯道姓名，但道困苦乞为奴。已经百日窜荆棘，身上无有完肌肤。高帝子孙尽隆准，龙种自与常人殊。豺狼在邑龙在野，王孙善保千金躯。不敢长语临交衢，且为王孙立斯须。昨夜东风吹血腥，东来橐驼满旧都。朔方健儿好身手，昔何勇锐今何愚。窃闻天子已传位，圣德北服南单于。花门剺面请雪耻，慎勿出口他人狙。哀哉王孙慎勿疏，五陵佳气无时无。"

⑤琢削磨砻（lóng）：雕琢加工。砻，去稻壳的农具。

⑥《饮中八仙》：即《饮中八仙歌》："知章骑马似乘船，眼花落井水底眠。汝阳三斗始朝天，道逢曲车口流涎，恨不移封向酒泉。左相日兴费万钱，饮如长鲸吸百川，衔杯乐圣称避贤。宗之潇洒美少年，举觞白眼望青天，皎如玉树临风前。苏晋长斋绣佛前，醉中往往爱逃禅。李白一斗诗百篇，长安市上酒家眠，天子呼来不上船，自称臣是酒中仙。张旭三杯草圣传，脱帽露顶王公前，挥毫落纸如云烟。焦遂五斗方卓然，高谈雄辩惊四筵。"

⑦超拔：出色，超群。

【评析】

七言古诗在唐代得到了充分发展而呈现出多样化的风格特色。李、杜七古在其全部诗歌创作中格外引人注目，获得了不俗的成就，也为整个唐代诗坛增添了华彩。陆氏对李、杜七古的艺术把握是大体准确的，总的倾向是崇李而责杜。

李白奔放、浪漫的诗歌主体艺术精神是一代盛世风华的精粹体现，他的七言古诗创作最具个性，最能表现他的才情，所谓"绣口一吐，就半个盛唐"（余光中诗句），多半与七古（包括七言乐府）这种形式难脱关系。非凡的想象常常出人意表，不断给人一种审美惊奇，所谓"想落意外"，如皮日休所说："言出天地外，思出鬼神表。读之则神驰八极，测之则心怀四溟。"（《李枣强碑》）由此驱动笔墨，形成跌宕开阖的结构，即"局自变生"。如《梦游天姥吟留别》展现瑰丽奇幻的梦境，已令人惊奇；而"青冥浩荡不见底，日月照耀金银台"的具体描绘，又充满非凡的想象力。发想超旷，落笔天纵，形成了李白七古的"变局"。延君寿《老生常谈》说《梦游天姥吟留别》"奇离惝恍，似无门径可寻。细玩之，起首入梦不实，后幅出梦不竭，极恣肆幻化之中，又极经营惨淡之苦，若只貌其格句字面，则失之远矣"。其挥斥万有的强烈主观意绪给人以"驱走风云，鞭挞海岳"的艺术震撼力。从一定意义上可以说，七古玉成了李白，而李白则发展了七古。明人高棅《唐诗品汇》只推李白一人为七古正宗，入选其七古多达七十六首，就是明证。

　　杜甫的七古成就同样很高，但在艺术表现上却与李白有较大不同。陆氏举出《哀江头》、《哀王孙》两篇，认为"作法最古"，大抵是指老杜汲取《诗经》、汉乐府传统，具有关注时事、讽谕现实的写实精神。两首诗都是安史之乱时期诗人身陷长安所作。《哀江头》是诗人在乱离的长安城里唱出的一曲黍离悲歌。在这愁苦的春日里，诗人偷偷地来到曾经繁华的曲江，但见水边宫殿，千门紧锁，细柳新蒲绿得教人伤心。想当年玄宗和贵妃曾游曲江南苑，何等风光气派。而今帝弃妃亡，顿成凄楚。清代黄生说："此诗半露半舍，若悲若讽，天宝之乱，实杨氏为祸阶，杜公身事明皇，即不可直陈，又不敢曲讳，如此用笔，浅深极为合宜。"（《杜诗说》卷三）宋苏辙评道："予爱其词气如百金战马，注坡蓦涧，如履平地，得诗人之遗法。"所谓"诗人之遗法"，指的是《诗经·大雅·绵》诗九章的"事不接，文不属，如连山断岭，虽相去绝远，而气象联络，观者知其脉理之为一也"（《栾城集》卷八）的艺术笔法。《哀王孙》是诗人在长安见诸王孙流离乞丐，深表哀感之作。"这诗娴熟地运用古乐府手法写时事，通过大笔涂抹以显全貌，工笔点缀以补细节（如"腰下宝玦青珊瑚"），便境地自呈地展现了劫后长安的惨象，神情宛若地描写出王孙走投无路的绝境和诗人的古道热肠，艺术上也是很成功的"（陈贻焮《杜甫评传》）。陆氏肯定了杜甫这两首诗的"诗法最古"，而对其精心打磨字句致以不满，以为用力太过，显然流于一偏之见。

正是由于陆氏的诗学观使然，他对杜甫的《饮中八仙歌》的评价则不吝赞赏之辞。《饮中八仙歌》所写的贺知章、李琎、李适之、崔宗之、苏晋、李白、张旭、焦遂等八人，都以豪饮著称，所以戏题为"饮中八仙"。诗中写出了这八人各具特色的醉态，简笔勾勒而形象宛然。明代王嗣奭评曰："此创格，前无所因，后人不能学。描写八公都带仙气，而或两句、三句、四句，都如云在晴空，卷舒自如，亦诗中之仙也。"（《杜臆》卷一）又八段不避重韵，起结突兀，一意挥洒，看似毫无组织，实则以善饮贯串。陆氏许以"格力超拔"，是不错的。

　　少陵五古，材力作用^①，本之汉魏居多。第出手稍钝^②，苦雕细琢，降为唐音。夫一往而至者，情也；苦摹而出者，意也；若有若无者，情也；必然必不然者，意也。意死而情活，意迹而情神，意近而情远，意伪而情真。情意之分，古今所由判矣^③。少陵精矣，刻矣，高矣，卓矣，然而未齐于古人者^④，以意胜也。假令以《古诗十九首》与少陵作，便是首首皆意。假令以《石壕》诸什与古人作，便是首首皆情。此皆有神往神来，不知而自至之妙^⑤。太白则几及之矣^⑥。十五国风皆设为其然而实不必然之词，皆情也。晦翁说《诗》^⑦，皆以必然之意当之，失其旨矣。数千百年以来，愦愦于中而不觉者众也。

【注释】

①材力：才能，能力。

②钝：不灵活，迟钝，呆滞。

③判：区别，分别。

④未齐：没有达到。齐，达到，持平。

⑤不知而自至：在无意识中自然而来，不必苦苦强求。

⑥几及：几乎达到。

⑦晦翁：朱熹（1130—1200），字元晦，后改字仲晦，晚号晦翁，又号晦庵、紫阳。宋建州尤溪县（今福建三明尤溪）人。祖籍婺源（今属江西）。绍

兴进士。曾讲学于建阳（今属福建）考亭，因号考亭，晚筑草堂于云谷山，又号云谷老人。累官宝文阁待制，卒谥文，后世尊称朱子或朱文公。宝庆中赠太师，追封信国公、徽国公。毕生著述讲学，对经学、史学、文学、乐律都有贡献。其学以居敬穷理为主，集宋代理学之大成。编次著述之书甚多，所著《四书章句集注》，明清科举奉为程准。

【评析】

陆氏对盛唐大家多有批评，而于杜甫的指摘尤为激烈。这里主要指出了杜甫五言苦雕细琢，过于用"力"用"意"，追求精刻高卓，因而殊乏神韵的缺陷。陆氏由此辨析了"情"与"意"的不同，概括了二者的本质特点，发挥了尚情重韵的艺术主张。

陆氏在具体的批评实践中往往李、杜并提，惯于进行比较分析。仅以五言古诗而言，《唐诗镜》卷一说："至五言古诗，其道在神情之妙，不可以力雄，不可以材骋，不可以思得，不可以意致。虽李、杜力挽古风，而李病于浮，杜苦于刻，以追陶、谢之未能，况汉、魏乎！"在对五言古诗体性的审美把握上指出了李白之"浮"，杜甫之"刻"的缺陷，以汉、魏为典范，陶、谢为高标，指出了尚"力"、尚"材"、尚"思"、尚"意"的不可取，因为这些都违背了五古"神情之妙"的美学特性。

杜甫之"苦刻"，大致就是"以意胜"的意思。杜之精刻高卓，即刻意雕琢、求奇求异，使诗歌远离了神韵天然之致。《唐诗镜》卷二五评杜甫《上兜率寺》诗说："余不知诗家要高大语何用。物有长短，情有深浅。所为随物赋情，随事尽情，如是足矣。今如以巨无霸之衣而加之子都，其为娇乎！为此者非腐则俚耳。尝见孔门论事，未尝以尧舜惊人，以是知其不必也。"陆氏断然否定了诗人追求"高大语"的无用，因为"物有长短，情有深浅。所以随物赋情，随事尽情，如是足矣"。意思是说，诗人只要表现出事物之"真"也就足够了，不必求奇求异，而其"真"中必然含有诗之"韵"。这其中具备了艺术表现的尺度之美，含有"中和之则"的观念在内。接下来的比喻饶有趣味：古代美男子子都，如不按其体形裁衣而给他穿上一件无比肥大的衣服，不是与小丑无异吗？那还说得上美吗？至于孔门圣贤也非一味以尧舜自高地步，此亦与诗歌之理相通。

　　陆氏讲究诗之合宜之美，体现出一种古典趣味。他强调情出自然，意出人力，情真而意伪，情活而意死。诗出于情，一往情深，自然绵长不尽。若苦摹求意，言尽意竭，则缺少蕴藉之美。杜甫就是求意的典型，而难达到汉魏古诗的境界。陆氏认为《古诗十九首》首首皆情，而杜甫的《石壕吏》等则是首首皆意。有情则能做到自然神妙，灵动天成。李白诗歌近于这种境界。往远了说，《诗经》之十五国风都是首首皆情，不是"苦意摹出"的。朱熹解说《诗经》求其深意，反失掉了诗之本意而不足取法。

　　陆氏论诗重情，将情作为诗歌应有的品质，是为创造诗之神韵的必要前提。由此上溯《诗经》及汉魏古诗以标示典型，而批评杜诗重意，在回归古典的指向中发挥了极富个性的诗学见解。但也应指出，陆氏标举汉魏古诗传统而一味贬抑杜诗也不无偏颇之处。正如有的学者所说："老杜在唐诗中是革命的，因他打破了历来酝酿之传统，他表现的不是'韵'，而是'力'。"（顾随《中国古典诗词的感发》第五讲）

　　《三百篇》每章无多言。每有一章而三四叠用者①，诗人之妙在一叹三咏②。其意已传，不必言之繁而绪之纷也③。故曰："《诗》可以兴④。"诗之可以兴人者，以其情也，以其言之韵也。夫献笑而悦，献涕而悲者⑤，情也；闻金鼓而壮⑥，闻丝竹而幽者⑦，声之韵也。是故情欲其真，而韵欲其长也，二言足以尽诗道矣。乃韵生于声，声出于格，故标格欲其高也；韵出为风，风感为事，故风味欲其美也。有韵必有色，故色欲其韶也；韵动而气行，故气欲其清也。此四者，诗之至要也。夫优柔悱恻，诗教也⑧，取其足以感人已矣。而后之言诗者，欲高欲大，欲奇欲异，于是远想以撰之⑨，杂事以罗之⑩，长韵以属之⑪，傲诡以炫之⑫，则骈指矣⑬。此少陵误世，而昌黎复涌其波也⑭。心托少陵之藩，而欲追《风》、《雅》之奥，岂可得哉？

【注释】

　　①每有一章而三四叠用：这里指《诗经》的重叠章法。叠用，重叠应用。

　　②一叹三咏：一个人领头唱，三个人和着唱。原指音乐和歌唱简单而质朴。后转用来形容诗婉转而含义深刻。

　　③言之繁：指语言繁复。绪之纷：指情思的连绵不断。

　　④《诗》可以兴：指《诗经》的艺术形象可以激发人的精神，使人获得一种美的享受。《论语·阳货》："子曰：小子何莫学夫诗？诗可以兴，可以观，

可以群，可以怨。迩之事父，远之事君，多识于鸟兽草木之名。"

⑤献笑而悦，献涕而悲：露出笑容使人愉悦，流下眼泪使人动容。

⑥金鼓：即四金和六鼓。四金指镎、镯、铙、铎。六鼓指雷鼓、灵鼓、路鼓、鼖鼓、鼛鼓、晋鼓。金鼓用以节声乐，和军旅，正田役。见《周礼·地官·鼓人》。亦泛指金属制乐器和鼓。

⑦丝竹：弦乐器与竹管乐器之总称。亦泛指音乐。《礼记·乐记》："德者，性之端也，乐者，德之华也，金石丝竹，乐之器也。"

⑧诗教：本指《诗经》怨而不怒、温柔敦厚的教育作用。《礼记·经解》："孔子曰：入其国，其教可知也。其为人也，温柔敦厚，《诗》教也。"

⑨远想：遐想，遥想。

⑩罗：包罗。

⑪属：缀集，撰写。

⑫俶（chù）诡：指诗风奇异。

⑬骈指：比喻多余的、无用的东西。

⑭昌黎：即韩愈（768—824），字退之，河南河阳（今河南孟县）人。自谓郡望昌黎，世称韩昌黎。贞元八年（792）进士。曾任国子博士、刑部侍郎等职，因谏阻宪宗迎佛骨，贬为潮州刺史。后官至吏部侍郎。卒谥文。倡导古文运动，其散文被列为"唐宋古文八大家"之首，与柳宗元并称"韩柳"。其诗与孟郊齐名，力求新奇，有时流于险怪。有《昌黎先生集》。

【评析】

陆氏以"情韵"为论诗宗旨，溯源《诗经》而具体发挥其说法，并以此评论诗人及诗坛风气，体现出较强的个性色彩和现实针对性。

在陆氏看来，《诗经》是富于神韵的典范之作。《诗经》原是和乐歌唱的歌词，每篇往往由几章重叠而成，形成了重章叠句的形式特点，而每章字数不多而又简短合宜。但却足以表现丰富的情感，原因在于以其真情与韵味感动人意。

所谓情，就如通过笑容使人内心喜悦或通过泪水令人内心悲伤一样；而韵，则如金鼓之声令人振奋或丝竹之声充满幽意。而诗之根本正在于情真而韵长。言之有韵得之情真；声之有韵得于一唱三叹。韵又是最根本的东西。格高、味美、色韶、气清，这四者是诗的重要美学品位。

从《诗经》而来的诗教，其实质就是以悱恻情感感动人意。而后世徒以"奇"、"异"、"高"、"大"求之，实属无谓。究其原因，杜甫、韩愈就已开了不好的头，这无疑是背离《诗经》所形成的诗歌传统的。

陆氏在这里提出了一些重要的概念和命题，在其全部诗论中有着重要意义。至于对杜甫、韩愈的具体看法的偏颇，一方面是有意针对诗坛流弊而言，另一方面则与其诗歌主张有关，是显而易见的。

　　子美之病，在于好奇①。作意好奇，则于天然之致远矣。五七言古，穷工极巧，谓无遗恨②。细观之，觉几回不得自在③。

【注释】

①好奇：追求新奇，喜欢标新立异。

②无遗恨：无遗憾、无悔恨之意。指过于追求诗艺的完美。

③自在：安闲舒适。这里指自然意趣。

【评析】

陆氏论诗标举自然真素，因此批评杜甫创作的有意经营太过而远离天然之致，对杜甫五七言古诗的穷工极巧，亦致以不满。

杜甫论诗注重遣词造句，格律章法。或说"不薄今人爱古人，清词丽句必为邻"（《戏为六绝句》其五）；或言"为人性僻耽佳句，语不惊人死不休"（《江上值水如海势聊短述》）。倾心于字句锤炼，是其一生的艺术追求。同时对诗之章法（结构安排）亦用尽心思。他赞赏曹植诗歌说："文章曹植波澜阔"（《追酬高故蜀州人日见寄》），或言："毫发无遗憾，波澜独老成"（《敬赠郑谏议十韵》）。而所谓"波澜"，即指诗的章法。由字句锤炼、章法安排的讲究而至于入神之境，也实实在在地体现于他的创作实践中。李、杜对比，更能见出杜甫创作的独特取向与特色。清洪亮吉《北江诗话》说："李青莲诗佳处在不着纸，杜浣花诗佳处在力透纸背。"刘熙载《艺概·诗概》说："太白韵高，少陵思精。""力透纸背"、"思精"云云，这大概就是陆氏所说的"作意好奇"吧。但这一看法未免拘于一己之见。其实杜甫的惨淡经营是为了创造诗之"老成"的神妙境界，如严羽所说，取法汉魏六朝，有自得之妙，而集大成。陆氏一味以自然为尚反对杜甫用意于诗，忽略了诗歌的历史发展和诗境创造的必要性，则不如严羽之说全面深刻。

初唐七律，谓其"不用意而自佳"①，故当绝胜②。"云山一一看皆好，竹树萧萧画不成"③，体气之贵，风味之佳，此殆非人力所与也。

【注释】

①不用意而自佳：不刻意为之而佳妙。

②绝胜：无人能及之意。

③云山一一看皆好，竹树萧萧画不成：出自唐代诗人苏颋的《扈从鄠杜间奉呈刑部尚书舅崔黄门马常侍》："翠辇红旗出帝京，长杨鄠杜昔知名。云山一一看皆好，竹树萧萧画不成。羽骑将过持袂拂，香车欲度卷帘行。汉家曾草巡游赋，何似今来应圣明。"

【评析】

从齐梁"新体诗"到唐之近体，中国古典诗歌园地不但增添新的形式，而且在这种体制形式作用下也出现了新的讲究。近体诗不同于汉魏古诗的古朴自然，而于格律、句法、文辞等方面更加措意。陆氏对初唐七律自然风格的推崇，表明了其独特的诗学观。

苏颋袭父爵许国公，与燕国公张说均以文章擅胜，并称"燕许大手笔"。其诗歌创作也有值得称道的佳篇、佳句。《扈从鄠杜间奉呈刑部尚书舅崔黄门马常侍》一篇，是苏氏跟从皇帝出京巡游之作，内容不脱写景颂圣的老调。但"云山一一看皆好，竹树萧萧画不成"两句，描绘云山竹树的美好景致，似不着力而天致宛然。着色淡雅，无浓艳涂抹锻炼之迹。所以《唐诗镜》卷七称这两句"风味清美"。陆氏论诗标举自然天成，反对用力过甚，道理固然不错。

但如果一味排斥"用意"、"人力"，则未免走向另一极端。他对杜诗的屡加贬抑，就是这一极端观点的体现。

少陵五言律，其法最多，颠倒纵横，出人意表①。余谓万法总归一法，一法不如无法。水流自行，云生自起，更有何法可设？

【注释】

①意表：谓意料之外。

【评析】

杜甫五言律诗成就之高，备受后人推崇。其诸法俱备的特点，尤能体现集大成的性质。陆氏揭示了杜甫五律的这一情状，同时表明了其至法无法的超越态度。

自中唐开始，杜甫及其诗歌创作受到人们关注。元稹、白居易、韩愈、李商隐等人，都从不同方面取法老杜而生面别开。至有宋一代，由学杜而形成的杜诗学蔚然大兴。以江西诗派为代表，学杜之字句法度而推陈出新，有"杜意"、"杜骨"、"杜气"之说。明代诗人多宗盛唐，学杜之风亦时而兴起。与李白之天纵放逸莫可踪迹不同，杜诗往往有法可寻。陆氏就杜甫五律"其法最多"着眼即与这种学杜风气有关。

诗有定法的观念自中唐以后特别是经过宋人的倡导，至元明清更加具体详明。所谓"字有字法，句有句法，章有章法，不知连断则不成句法，不知解数则不知章法"（清徐增《而庵诗话》）。其中有种种讲究，不一而足。同时在定法之外，又有活法之说，即注重法之神明变化。由定法到活法最后达致自然神妙，成为诗家追求的较高境界。由此对诗之法的超越的企求，多为诗论家所注目。清人徐增《而庵诗话》曾自道："余三十年论诗，只识得一'法'字，近来方识得一'脱'字。诗概有法，离他不得，却又即他不得。离则伤体，即则伤气。故作诗者先从法入，后从法出，能以无法为法，斯之谓'脱'也。"陆时雍评诗极少触及具体的诗之法，而直指诗歌的神情韵味。其"不如无法"的观点核心在于重自然感发的意趣，即如"水流自行，云生自起"的超然境界。这里关键在于"自"字，重内在感发而不假外求，有一空依傍的独创意味。前后七子大都重诗法，必落入前人窠臼。而其中的王世贞算是在某种程度上较为洒脱的，其《艺苑卮言》卷一说："篇法之妙，有不见句法者；句法之妙，有不见字法者。此是法极无迹，人能之至，境与天会，未易求也。"但到底不如陆氏"不如无法"的通脱彻底。

少陵"绿樽须尽日，白发好禁春"①，一语意经几折②，本是惜春，却缘白发拘束怀抱③，不能舒散④，乃知少年之意气犹存⑤，而老去之愁怀莫展，所以对酒而自伤也。少陵作用，大略如此。

【注释】

①绿樽须尽日，白发好禁春：出自杜甫的《奉陪郑驸马韦曲二首》其一：

"韦曲花无赖，家家恼杀人。绿樽须尽日，白发好禁春。石角钩衣破，藤枝刺眼新。何时占丛竹，头戴小乌巾。"

②意经几折：指意思经过几次转折。

③怀抱：心意，胸怀。

④舒散：消除不愉快的心情。

⑤意气：意态，气概。

【评析】

陆氏拈出杜甫的两句诗，分析了其曲折层深的特色，由此推见诗人注重炼句、炼意的匠心，是颇富艺术鉴赏眼光的。

天宝五载（746），杜甫来到长安，开始了长达十年的困守岁月。《奉陪郑驸马韦曲二首》即写于这一时期。第一首写面对韦曲（地名，在长安南）的胜景而触发超世归隐之怀。开头两句说韦曲的春花真是开得太放肆，家家户户姹紫嫣红简直恼死人。三四两句即是"绿樽虽尽日，白发好禁春"。后四句写石角钩衣留人，藤梢新绿刺眼，面对竹林，诗人顿生希企归隐之念。陆氏说"绿樽"两句包含几层的语意曲折在内，其实主要体现在下句。诗人面对烂漫春色深怀喜悦，可是怎奈头白，这是一层转折；因为少年意气还未消尽，所以强自控制又怎能奏效，这又是一层转折。总之对春景而自伤老大，所以对酒而须狂欢尽日，这又是一层意思。诗人叹老而无奈春何，是长久困顿志业难成的一腔苦闷导致的。两句之中压缩了如此繁复的意绪，确实显示了老杜锤炼字句的良苦用心，也是其一贯的艺术追求。

　　宋人抑太白而尊少陵，谓是道学作用①。如此将置风人于何地②？放浪诗酒，乃太白本行③。忠君忧国之心，子美乃感辄发。其性既殊，所遭复异，奈何以此定诗优劣也？太白游梁宋间，所得数万金，一挥辄尽，故其诗曰："天生我才必有用，黄金散尽还复来④。"意气凌云⑤，何容易得？

【注释】

①道学：亦称理学。宋代以周敦颐、张载、程颢、程颐、朱熹等为代表，宣称继承孔孟"道统"，以"理"为最高范畴的学说。它产生于北宋，盛行于南宋与元、明时代，形成了不同的学派。

②风人：诗人。

③本行：本色。这里指固有的性情。

④天生我才必有用，黄金散尽还复来：出自李白《将进酒》："君不见黄河之水天上来，奔流到海不复回。君不见高堂明镜悲白发，朝如青丝暮成雪。人生得意须尽欢，莫使金樽空对月。天生我材必有用，千金散尽还复来。烹羊宰牛且为乐，会须一饮三百杯。岑夫子，丹丘生，将进酒，杯莫停。与君歌一曲，请君为我倾耳听。钟鼓馔玉不足贵，但愿长醉不复醒。古来圣贤皆寂寞，惟有饮者留其名。陈王昔时宴平乐，斗酒十千恣欢谑。主人何为言少钱，径须沽取对君酌。五花马，千金裘，呼儿将出换美酒，与尔同销万古愁。"按，陆氏引文，"我材"作"我才"，"千金"作"黄金"。

⑤凌云：直上云霄。多形容志向崇高或意气超迈。

【评析】

李、杜优劣论是文学史上的一个老问题，却不断翻出新的花样。两宋时期理学（道学）兴起，抑李尊杜成为一时主流倾向。陆氏依据诗人性情与遭际的不同，驳正前人谬见，联系其人其诗论定李、杜的诗歌创作，见解颇为中肯。

在理学背景下，杜甫地位不断上升。一些理学家在苏轼所说的杜甫"一饭未尝忘君"（《王定国诗集序》）的话头上，发挥杜诗无一篇不寓尊君敬上之义，甚至将杜诗比附六经。宋人陈善在《扪虱新话》中就将杜诗比作儒经，而将其他流派的作者比作诸子。与对杜甫的推崇不同，宋人对李白多菲薄之论。王安石选四家诗，置李白于欧阳修之下的理由是："太白诗语迅快，无疏脱处。然其识见污下，诗词十句九句言妇人、酒耳。"（释惠洪《冷斋夜话》卷五）如苏辙、赵次公、朱熹、陆游等人，对李白都有激烈的批评。抑李而扬杜，在两宋时期与"道学作用"有关。明代理学思想流行，而多以所谓君子人格的道德标准对之抑扬。理学家郝敬说："杜甫诗多感时忧国，卓有仁人义士之风，非独才致兼人也。李白一味风流豪放。杜壮而悲，李雄而宕。宕不如悲。"（《艺圃伧谈》卷三"唐体"）。陆氏则从诗人的性情与遭际着眼，认为李白之"放浪诗酒"，杜甫之"忠君忧国"，都是出于感兴自然，两者断然难分优劣；或者说，风人（诗人）自有其怀抱而一寄于诗。所以，拿理学标准抑扬李杜是不可取的。李白《将进酒》，前人多谓作于天宝三载（744）赐金放逐以后，失意苦闷化作一腔豪迈喷吐而出。"天生我才（材）必有用，黄（千）金散尽还复来"两句，充满自信，十足旷达，而又"意气凌云"，是诗人豪纵性格的诗意表现，出之自然而毫不做作。

　　有趣的是，一些卫道者对诗中的"古来圣贤皆寂寞，惟有饮者留其名"两句就曾深致不满，认为李白是在抑圣贤而扬酒鬼，宋初的姚铉就把"圣贤"改作了"贤达"。其实这不过是一种极度夸饰的艺术手法，无足多怪，大可不必如此纠结和多事的。

　　人情好尚，世有转移，千载悠悠，将焉取正？自梁以后，习尚绮靡①，《昭明文选》②，家视为千金之宝，初唐以后，辄吐弃之。宋人尊杜子美为诗中之圣③，字型句纂④，莫敢轻拟。如"自锄稀菜甲，小摘为情亲"⑤，特小小结作语。"不知西阁意，更肯定留人"⑥，意更浅浅。而一时何赞之甚？窃谓后之视今，亦犹今之视昔。即余之所论，亦未敢以为然也。

【注释】

①绮靡：指风格浮艳柔弱。

②《昭明文选》：又称《文选》，是中国现存最早的一部诗文总集，由南朝梁武帝的长子萧统组织文人共同编选。萧统死后谥"昭明"，所以他主编的这部文选称作《昭明文选》。

③诗中之圣：指杜甫被誉为"诗圣"。

④字型句纂（huò）：指字模句拟。

⑤自锄稀菜甲，小摘为情亲：出自杜甫《有客》："患气经时久，临江卜宅

新。喧卑方避俗，疏快颇宜人。有客过茅宇，呼儿正葛巾。自锄稀菜甲，小摘为情亲。"

⑥不知西阁意，更肯定留人：出自杜甫《不离西阁二首》其一："江柳非时发，江花冷色频。地偏应有瘴，腊近已含春。失学从儿子，无家任老身。不知西阁意，肯别定留人。"按，陆氏所引后句，"肯别"作"更肯"。

【评析】

诗歌发展与社会历史风尚密切关联。陆氏在这里追溯了南朝梁至赵宋时代的诗坛风会，对宋人尊杜的字模句拟充满疑惑，发出了"千载悠悠，将焉取正"的浩叹。

梁代昭明太子萧统编选的《文选》，收录作家一百三十人，作品七百多篇，包括了赋、诗、骚、七、诏、册、令等诸种文类，大体包罗了先秦至齐梁的主要作品。萧统在《文选序》中提出的选文标准是"事出于沉思，义归乎翰藻"，注重形式美、辞藻美。《文选》编选历代文学菁华，进行文体辨析，成为后来文人学习辞章的范本，许多伟大作家都从中获益。钱锺书《管锥编》中说："《昭明文选》，文章奥府，入唐尤家弦户诵，口沫手胝。"朱熹《朱子全书·论诗》"李杜学《选》诗"条云："李太白始终学《选》诗，所以好；杜子美诗好者，亦多是效《选》诗。"陆氏所说初唐以后，文人鄙弃《文选》而不学，是不符合实际的。杜甫就曾说过"熟精《文选》理"（《宗武生日》）的话；到宋代，又出现了"《文选》烂，秀才半"（陆游《老学庵笔记》卷八）的俗谚。

宋人对杜甫的推重，大多着眼在其诗歌的集大成性质。宋人尊杜至江西诗派而达到顶峰，黄庭坚主张规摹杜甫，对杜诗之法颇为看重，于是杜甫成为时人学习的样板而被抬到"诗中之圣"的高度。陆氏对此提出了疑义。杜甫《有客》一诗大约写于成都草堂建成之后，前四句说他患肺病多年，而今临江茅屋刚刚建成，正可在这新居远避尘世喧嚣，安适我疏放的诗人之身。后四句说难得有客来访，呼唤孩子为自己整好葛巾迎客。园中蔬菜为亲手栽种，刚长出几片小叶，何妨摘取待客。结末"自锄稀菜甲，小摘为情亲"两句，抒写诗人待客的深挚情谊，实从生活细节中流溢而出。但在陆氏看来，无非是于小处作结罢了，未必值得惊怪。陆氏提到的杜甫的《不离西阁》大抵是诗人寓居夔州西阁时所作。原诗两首，其一是对江景而向西阁发问，其二是代西阁作答。"不知西阁意，肯别定留人"，是前一首的结尾两句。诗人居处偏僻的西阁，感江柳、江花在冬寒时节已是一片春意，但"失学从儿子，无家任老身"两句，说任凭儿子荒废学业，自己无家可归，随处安顿我这把老骨头，无奈与厌倦之情溢于言表。所以结末二句不禁发问：不知你西阁意下如何，我是离你而去还是留在这里？陆氏同样认为这两句没有什么了不起。平心而论，陆氏对杜甫这些诗句的评鉴不无道理，但其重点恐怕在针砭宋人的盲目学杜崇杜的偏失，有感于诗道之正的难守。

少陵七言律，蕴藉最深①。有余地，有余情。情中有景，景外含情。一咏三讽，味之不尽。

【注释】
①蕴藉：谓藏在其内，隐藏而不外露的意思，多形容君子气质。也指言

语、文字、神情等含蓄而不显露。

【评析】

陆氏一方面在指摘杜甫作诗过于用力的同时，另一方面也对其七律的含蓄蕴藉、意味深永给予了充分重视。这与固守唐人格调的诗论不同，而更在意诗之神韵。

明中叶后的诗坛，学杜者多得其一偏。王世贞曾言："国朝习杜者凡数家，华容孙宜得杜肉，东郡谢榛得杜貌，华州王维桢得杜一支，闽州郑善夫得杜骨，然就其所得，亦近似耳。唯梦阳具体而微。"（《艺苑卮言》卷六）陆氏则揭示了杜甫七律最核心的"蕴藉最深"的精神与艺术表现的余味深长的特色。在陆氏看来，所谓蕴藉最深表现在："有余地"、"余情"而非写尽；创作上的情景浑融；审美效果上的令人玩味不尽。杜甫在律诗艺术上的贡献是巨大的：叙事、写景、抒情、议论交织错综而涵弘广大；风格沉郁顿挫而深厚吞吐；炼字琢句力求出奇生新。而这一切又无不归结于意味的深厚。从情景交融的评价尺度把握七言律诗，无疑是陆氏对杜诗艺术的深切体悟和趣尚所在。《唐诗镜》卷二十一说："五七言

律，他人每以情景相合而成，本色不足者往往景饶情乏，子美直摅本怀，借景入情，点镕成相，最为老手。"所谓"借景入情，点镕成相"，即是杜甫七律"情中有景，景外含情"之艺术境界创造的一大法门。如其《登楼》（花近高楼伤客心）、《登高》（风急天高猿啸哀）等诗，就堪称这方面的杰作。

　　善言情者，吞吐深浅①，欲露还藏，便觉此衷无限②。善道景者，绝去形容③，略加点缀，即真相显然，生韵亦流动矣。此事经不得着做④，做则外相胜而天真隐矣⑤，直是不落思议法门⑥。

【注释】

①吞吐：吞进和吐出。比喻出纳、隐现、聚散等变化。

②此衷无限：指内蕴情意深厚。

③形容：描摹，描述。

④着做：指刻意雕琢。

⑤外相胜而天真隐：表面形式凸显而内在精神（真相）被掩盖。

⑥思议法门：指有意经营的途径。思议，理解，想象。法门，途径，方法。

【评析】

诗之如何言情，怎样写景才算好，是诗家面临的一大问题。陆氏在这里提出了言情写景的具体方法和总的原则，体现出其一贯的诗美观。

诗言情是毫无问题的，但怎样言说却关涉到艺术层面。陆氏认为艺术地言说就应该"吞吐浅深，欲露还藏"，即要"言"得曲折，"言"得留有余地。这里关键在于一个"藏"字。藏即不直露，言外含蕴无限。这里又关乎情感的节制问题，杜甫可说是颇得此中三昧。其长篇五古《自京赴奉先县咏怀五百字》开头述怀，千回百转，就是故意不把话说透。诗人说自己是杜陵布衣，越活怎么越笨拙了？竟拿稷与契两位古时贤臣自期，最终不免失败，但即便如此，也甘心辛苦到老……吞吞吐吐中满是难耐的忠悃之心，欲说还休，反觉寄情深远。同样，对于写景，陆氏主张"绝去形容，略加点缀"，即不要太完全、太繁复，而要适当点缀，以少总多。如此才能"真相显然，生韵流动"，即传出景物之神方能活色生香。总之，无论言情还是写景，都要留有余地又不过于用意，否则真情真景便被外相遮蔽了。陆氏指点的这些法门，无疑是其尚神韵、重真素的诗学主张的切实体现。

　　每事过求①，则当前妙境，忽而不领②。古人谓眼前景致，口头言语，便是诗家体料③。所贵于能诗者，只善言之耳。总一事也，而巧者绘情④，拙者索相⑤。总一言也，而能者动听，不能者忤闻⑥，初非别求一道以当之也。

【注释】

①过：超出，过度。

②忽而不领：忽视而无法领略。

③体料：指诗文的素材。

④巧者绘情：聪慧的人描绘神情韵致。

⑤拙者索相：愚钝的人追求外观表相。

⑥忤闻：指难以动听。忤，违逆，抵触。

【评析】

陆氏对于诗歌创作的"过求"之弊屡次言及，这里更是强调应该直觉当前妙境，以口头言语出之而善于表现出来即可获得理想的艺术效果，而非别种途径可以求得。

注重诗歌创作的艺术感兴，从锺嵘之"直寻"到严羽之"妙悟"，再到陆氏的即景兴情、反对求之过当，约略可以看出这一诗学观的粗略脉络。他发挥"眼前景致，口头言语"是诗家现成的材料，而在艺术表现上则要善于摄取事物（景）的内在精神，不落色相；语言上做到动人听闻，总之是"善言"。值得注意的是，"过求"自然不对，但"善言"也是一种求，不过是求而不着痕迹。另外，片面强调"眼前景致，口头言语"的创作取向，则失之偏颇。

凡法妙在转①，转入转深，转出转显，转搏转峻，转敷转平②。知之者谓之"至正"③，不知者谓之"至奇"④，误用者则为怪而已矣。

【注释】

①转：旋动，改变方向、位置或情势等，此处指作诗要灵动变化。

②转入转深，转出转显，转搏转峻，转敷转平：指作诗可以转折出入自

由，吞吐深浅，平峻自如。

③至正：极纯正。

④至奇：最奇特，最奇异。

【评析】

　　陆氏在这里专讲诗法之"转"，并归结为诗歌的至正之道。对其诸种形态的描述，则着重在自然灵动的多样性状。而这一切，大抵与其神韵主张相关。或者说诗法之善"转"，是神韵生成的艺术法门之一。

　　古代诗论家多有论及诗法转折之妙的，所谓"宛曲达意"和"曲折多变"，就是从艺术描写手法和艺术结构法则而言的。两者相关联而尤重在结构的转折生姿。陆氏论及王昌龄绝句说是"难中之难"，而"难之奇，有曲涧层峦之致"，大概就包括其诗中善于转折在内的。王昌龄以七言绝句成就最高，善于转折亦是其常见的结构特色。如其《闺怨》："闺中少妇不知愁，春日凝妆上翠楼。忽见陌头杨柳色，悔教夫婿觅封侯。"于第三句转出闺中独守的苦闷，最后才倾泻悔不当初之感。俞陛云评道："此诗不作直写，而于第三句以'忽见'二字陡转一笔，全首生动有致。"（《诗境浅说续编》）《长信秋词》："奉帚平明金殿开，且将团扇共徘徊。玉颜不及寒鸦色，犹带昭阳日影来。"亦于第三句转出宫女怨愤之情。沈德潜谓此诗："优柔婉丽，含蓄无穷，使人一唱而三叹。"（《唐诗别裁》卷十九）

　　一般而言，近体诗包括律诗和绝句，都讲求结构上的起承转合，而唐人绝句尤其注重转折。古人甚至总结出唐人绝句多于第三句作转的现象，并进而作为一种创作规律提了出来。"绝句妙境多在转句生意"（宋顾乐《万首唐人绝句选》），"七绝用意，宜在第三句。第四句只作推宕，或作指点，则神韵自出。若用意在第四句，便易尽矣"（施补华《岘佣说诗》）。但也有于末句转笔的，如李白《越中览古》："越王勾践破吴归，义士还家尽锦衣。宫女如花满春殿，只今唯有鹧鸪飞。"前三句写越王勾践大败吴军凯旋后的热热闹闹，至第三句不转却依然写勾践的奢华，末句突转而接以当年越王宫殿如今一片荒凉萧索，给人以强烈的盛衰沧桑之感。

诗法之转当然不止绝句一体，转折方式亦有多种多样。陆氏列出的几种情况就说明了转法的灵动繁复。但总的原则是，诗的转折之法乃作诗的一种常道，是为思想情感的某种表达效果所决定的，如为转而转或故意求奇求怪，就流于陆氏所批评的"误用"而不可取了。

陆氏"凡法妙在转"的观点，与其"意态在于转折"的看法一致，都重在诗歌意味的创造。

诗之所以病者，在过求之也，过求则真隐而伪行矣。然亦各有故在，太白之不真也为材使，少陵之不真也为意使，高岑诸人之不真也为习使，元白之不真也为词使[1]，昌黎之不真也为气使。人有外藉以为之使者[2]，则真相隐矣。

【注释】

①元白：中唐诗人元稹、白居易的并称。元稹（779—831），字微之，别字威明，行九。世居京兆万年（今陕西西安）。早年家贫。举贞元九年（793）

明经科、十九年（803）书判拔萃科。元和元年（806），登才识兼茂明于体用科。曾任监察御史。因得罪宦官及守旧官僚，遭到贬斥。后官至同中书门下平章事。以暴疾卒于武昌军节度使任所。与白居易友善，常相唱和，世称"元白"。风格相近，合称"元白体"。有《元氏长庆集》。白居易（772—846），字乐天，晚年号香山居士、醉吟先生。祖籍太原（今属山西），后迁居下邽（今陕西渭南）。贞元十六年（800）进士，授秘书省校书郎。元和年间任左拾遗及左赞善大夫。后因上表请求严缉刺死宰相武元衡的凶手，执政恶其越职言事，贬江州司马。长庆初年任杭州刺史，宝历初年任苏州刺史，后官至刑部尚书。与元稹一起，同为新乐府运动的倡导者。自分其诗为讽谕、闲适、感伤、杂律四类。其诗语言通俗，相传老妪能解。有《白氏长庆集》。

②外藉以为之使者：指凭借"材"、"意"、"习"、"词"、"气"等外在的东西驱使，而失掉了性情之真。

【评析】

陆氏反对诗歌创作的刻意追求，因为过求则反失其真。所以他列出了"过求"之病的几种情况：使材、使意、使习、使词、使气，认为这些病根在于凭靠某些外在的东西，而遮蔽了诗之真。所谓真，大抵指诗人内在性情之本然状态。

准此以求，李白过于扬才而诗不真；杜甫过于用意而诗不真；高适、岑参过于逞习而诗不真；元稹、白居易过于讲究词俗而诗不真；韩愈过于重气而诗不真。所谓"使"即是过于用意、用力，忽略本真而过求之意，这是对诗之真的最大损害。从一般原理而言，诗歌创作讲求艺术之真而反对做作伪饰是不错的，但陆氏在其具体批评实践上则有一概而论之嫌，甚至排斥一切经营加工，纯任自然感兴，未免流于浅率。其实诗人用意、用力而至于妙造自然境界，亦是艺术创造的必要法门。

　　中唐人用意，好刻好苦，好异好详。求其所自，似得诸晋人《子夜》、汉人乐府居多。盛唐人寄趣[①]，在有无之间。可言处常留不尽，又似合于风人之旨[②]，乃知盛唐人之地位故优也。

【注释】

①寄趣：寄托意趣。

②风人之旨：指注重感兴寄托的传统。

【评析】

中国古代文学批评好推源溯流，即郭绍虞先生所说的"历史的批评"（《中国文学批评史》）。这种方法有得也有失。陆氏秉持这一传统而对中盛唐诗歌艺术风貌做总体把握，同样得失俱存。

中盛唐诗歌的历史发展确实呈现出不同的样态，陆氏对中唐"用意"、盛唐"寄趣"的概括不无精到，是大体合于实际的。关于盛唐诗歌的美学境界，唐代殷璠《河岳英灵集》中拈出"兴象"一词加以概括，揭示了这一时期诗歌的主要本质特征。所谓"兴象"，"是要求诗歌形象除了外形的鲜明生动以外，还需具备内在的兴味神韵，要能透过外表事象的描绘，导引和展示出内部涵藏丰富、包孕宏深的艺术境界来"（陈伯海《唐诗学引论》）。两相比较，"象"

质实而"兴"更显空灵，两者有机结合，境界始具。宋代严羽《沧浪诗话·诗辨》提出"兴趣"说："诗者，吟咏情性也，盛唐诸人，惟在兴趣；羚羊挂角，无迹可求。故其妙处，透彻玲珑，不可凑泊。如空中之音，相中之色，水中之月，镜中之象，言有尽而意无穷。"强调盛唐诗歌兴象、情趣的浑然无迹。陆氏在此基础上揭出盛唐诗歌"寄趣"的特点是"在有无之间"。所谓"趣"，大抵是与"腐"、"板"、"呆"、"俗"等相对立的品质，它往往具备了机智、机灵、活泼、天真的新鲜活力和自由品性，而诗中所表现的"趣"，在意似而不着迹，自然活泼而富生韵。中唐诗歌的"用意"恰好与此相反，即"好刻好苦，好异好详"，缺少意趣。

陆氏深究盛唐诗歌"寄趣"之有余不尽，认为"合于风人之旨"，即注重感兴，是大体不错的。而说中唐之"用意"，与晋人《子夜》、汉人乐府有关，则难说是圆通之论。

前不启辙^①，后将何涉？前不示图^②，后将何摹？诗家惯开门面^③，前有门面，则后有涂辙矣^④。不见《雅》、《颂》、《风》、《骚》，何人拟得？此真人所以无迹，至言所以无声也^⑤。

【注释】

①启辙：留下车轮的痕迹。启，开始。辙，车轮压的痕迹。

②示图：展示图画。

③门面：指为标榜古人而设立的门户。

④涂辙：车轮的痕迹，犹踪迹。

⑤真人所以无迹，至言所以无声：意谓神通广大之人不留痕迹，美妙言词无声可觅。

【评析】

明代文坛复古之风特盛，且门派林立，标榜吹嘘，形成一般文人附声逐影的局面。郭绍虞先生一针见血地指出："一部明代文学史，殆全是文人分门立户标榜攻击的历史。"（《明代文学批评的特征》）陆氏对复古摹拟诗风深致不满，具有极强的现实针对性。

每一门派的建立都未免高自标榜、雄视顾盼。如明人崇唐（盛唐），远绍宋人严羽，至明人高棅，再至茶陵派、前后七子，无不奉唐诗为圭臬而鄙弃宋诗。公安、竟陵标举"性灵"，或从精神上求独立自主，不依傍古人；或于古诗中寻其幽情意绪。但其末流亦作法自蔽，步趋雷同。陆氏从根本上对此痛加针砭，推倒一切惯开门面、摹拟作法的壁垒，回向诗骚时代无前人可法的创辟开新局面，主张"真人无迹，至言无声"，即独得、独创的无法之法的诗境开拓。这一观点虽有偏激之嫌，但于偏激中亦不乏独至之处。

唐人《早朝》①，惟岑参一首，最为正当，亦语语悉称，但格力稍平耳。老杜诗失"早"字意，只得起语见之。龙蛇燕雀，亦嫌矜拟太过②。"眼前景致道不到，崔颢题诗在上头"③，此语可参诗家妙诀。朱晦翁云："向来枉费推移力，此日中流自在行^④。" 乃知天下事枉费推移者之多也。

【注释】

①唐人《早朝》：指唐人贾至、王维、杜甫和岑参四篇写《早朝》的诗。这里只涉及岑参、杜甫奉和贾至的两首诗。岑参《和贾至舍人早朝大明宫之作》："绛帻鸡人报晓筹，尚衣方进翠云裘。九天阊阖开宫殿，万国衣冠拜冕旒。日色才临仙掌动，香烟欲傍衮龙浮。朝罢须裁五色诏，佩声归到凤池头。"杜甫《和贾舍人早朝》："五夜漏声催晓箭，九重春色醉仙桃。旌旗日暖龙蛇动，宫殿风微燕雀高。朝罢香烟携满袖，诗成珠玉在挥毫。欲知世掌丝纶美，池上于今有凤毛。"贾至《早朝大明宫》："银烛朝天紫陌长，禁城春色晓苍苍。千条弱柳垂青琐，百啭流莺绕建章。剑佩声随玉墀步，衣冠身惹御炉香。共沐恩波凤池里，朝朝染翰侍君王。"

②矜拟：拘谨地模仿。

③眼前景致道不到，崔颢题诗在上头：据说在天宝三年（744），李白登临黄鹤楼，看到崔颢题诗："昔人已乘黄鹤去，此处空余黄鹤楼。黄鹤一去不复返，白云千载空悠悠。晴川历历汉阳树，芳草萋萋鹦鹉洲。日暮乡关何处是？烟波江上使人愁。"赞叹不已。他也想再写一首题黄鹤楼的诗，难超过崔颢。于是弃笔而叹："眼前有景道不得，崔颢题诗在上头。"按，陆氏所引前句作"眼前景致道不到"。

④向来枉费推移力，此日中流自在行：出自朱熹《泛舟》："昨夜江边春水生，艨艟巨舰一毛轻。向来枉费推移力，此日中流自在行！"

【评析】

唐肃宗乾元元年（758）中书舍人贾至作《早朝大明宫呈两省僚友》（一作《早朝大明宫》）诗，杜甫、王维、岑参各作和诗一首。四诗雍容典雅，各有特色。但自宋元以来，对之已是评价不一。陆氏推岑参一首"最为正当"，也指出了其不足；对杜甫之作则多有批评，所依据的标准不出其核心的论诗观。

岑参的和诗，雍容大气。首联从大处落墨，写春末长安城的庄严宏伟气象。鸡唱声声，曙光降临街衢，犹带缕缕寒意；莺鸟鸣啭，整个帝都长安笼罩在阑珊春色里，肃穆庄严。颔联转写皇宫建筑的堂皇富丽与仪仗的气派。钟声萦绕，皇宫的千门万户一时全部打开；皇家仪仗皇皇，众官齐聚宫中早朝奏事。颈联扣住"早朝"点染情景。晓星初落、夜露未干，写出"早"字；花迎剑佩、柳拂旌旗，状出"朝"字。尾联归结到贾至原作曲高难和，含颂美之意。全诗扣住"早朝"层层铺写，场面由大到小，手法由描述到奉和，十分得体。至于陆氏责其格调、气势略嫌平弱，未为允当。如颔联之"开万户"、"拥千官"，还是颇具宏伟气象的。杜甫和诗，首二联写早朝及宫殿情景，后二联写奉和作诗、盛赞贾至诗才。与岑参的扣定"早朝"不同，杜诗除首句点明"早"字之意外，全诗写景、议论，重在颂美，也是一种别样的手法。苏轼评此诗为"七言之伟丽者"（《东坡题跋》卷三），是较为中肯的。其中"旌旗日暖龙蛇动，宫殿风微燕雀高"两句，景中兼寓沐浴皇恩之意，隐含诗人的一片匠心。陆氏指为"矜拟太过"，即过于拘于摹拟物态，似乎未能很好领悟诗意。

陆氏引李白见崔颢《黄鹤楼》诗而搁笔的轶事，认为"可参诗家妙诀"，其意大致是不满唱和诗的无诗情而强作的弊端。又引朱熹诗句，借以剖击刻意经营诗作而有损诗的自然之致，则体现了他论诗的一贯主张。

平心而论，岑参、杜甫包括贾至、王维的诗作，从应诏奉和的颂诗角度来看均很出色，未可太过抑此扬彼，强分高下。元人杨载《诗法家数》中的一段话值得参考："荣遇之诗，要富贵尊严，典雅温厚。写意要闲雅，美丽清细，如王维、贾至诸公《早朝》之作，气格雄深，句意严整，如宫商迭奏，音韵铿锵，真麟游灵沼，凤鸣朝阳也。学者熟之，可以一洗寒陋。后来诸公应诏之作，多用此体。"

中唐诗近收敛，境敛而实，语敛而精。势大将收，物华反素。盛唐铺张已极，无复可加，中唐所以一反而之敛也。初唐人承隋之余，前华已谢，后秀未开①，声欲启而尚留，意方涵而不露，故其诗多希微玄澹之音②。中唐反盛之风，攒意而取精③，选言而取胜④，所谓绮绣非珍⑤，冰纨是贵⑥，其致迥然异矣⑦。然其病在雕刻太甚，元气不完⑧，体格卑而声气亦降⑨，故其诗往往不长于古而长于律，自有所由来矣。

【注释】

①前华已谢，后秀未开：陆机《文赋》："谢朝花之已披，启夕秀于未振。"

②希微玄澹之音：隐约幽微的神韵之美。希微，《老子》十四章："听之不闻，名曰希；搏之不得，名曰微。"玄澹，指清高淡泊。

③攒意而取精：指力主达意而取精深。

④选言而取胜：指工于言辞而务求新巧。

⑤绮绣：本义指彩色的丝织品。在文中比喻语言华丽。

⑥冰纨：洁白的细绢。

⑦其致迥然异：指其情致差别很大。

⑧元气不完：指自然浑成之气不够完足。元气，精神，精气。

⑨体格卑而声气亦降：诗体格调卑微，气韵和气势也都有所下降。

【评析】

唐诗分期之"四唐"说萌发于严羽，中经宋元之际的方回，后至明人高棅始完善、定型。陆氏承袭了这一分法。在这里，陆氏对初唐、盛唐、中唐三个时期诗歌艺术的演变发展进行了较为深入的把握，体现了其独特的唐诗史观。

陆时雍认为初唐诗歌处在隋之后由六朝到唐音的过渡时期，即所谓"前华已谢，后秀未开"的中间状态，声律已开未开，诗意含蓄委婉，所以从整体风格看，具有隐约、幽微的美感特征。至盛唐"铺张已极，无可复加"，转入另一风调。《唐诗镜》卷一说："诗自梁、陈以来，烨烨春华，辉辉秋月，艳之一径不可复过。隋炀虽返古道，然华实并高。转入初唐，英华贯顿。盛唐别转风调，即意味愈漓矣。"所谓"别转风调，意味愈漓"，即与盛唐铺张的诗风相关。

物极而必反，诗歌发展亦然。陆氏对中唐"反盛之风"进行了重点剖判，首先集中在"收"、"敛"二字。从大的趋势看，中唐"反盛"亦即一"收"盛唐诗歌铺张已极之势，而在具体的艺术取向上则为"敛"。它表现在"境敛而实，语敛而精"，"攒意而取精，选言而取胜"。中唐对盛唐过于张扬的诗风的收煞，当然值得肯定。但由此也使中唐诗歌出现了"雕刻太甚，元气不完，体格卑而声气亦降"的弊病。

陆时雍从唐诗发展的大势出发，根据诗之艺术演变的内在理路把握和清理唐诗的历史逻辑脉络，虽在具体看法上不无可议之处，但在更大程度上具有深刻的启示意义，则是不容否定的。

　　刘长卿体物情深①，工于铸意②，其胜处有迥出盛唐者③。"黄叶减余年"④，的是庾信、王褒语气⑤。"老至居人下，春归在客先"⑥，"春归"句何减薛道衡《人日思归》语⑦？"寒鸟数移柯"⑧，与隋炀"鸟击初移树"同⑨，而风格欲逊。"鸟似五湖人"⑩，语冷而尖，巧还伤雅，中唐身手于此见矣。

【注释】

①刘长卿（？—790？）：字文房，宣州（今安徽宣城）人，郡望河间（今属河北）。天宝进士，曾任长洲县尉，因事下狱，两遭贬谪，量移睦州司马，官终随州刺史，世称刘随州。诗多身世之叹，也有反映离乱之作，善于描绘自然景物，风格简淡。长于五律，自称"五言长城"。有《刘随州诗集》。体物情深：描述事物情感深厚。

②工于铸意：谓注重锤炼诗意文思。

③迥出：远远超过。

④黄叶减余年：出自刘长卿《初到碧涧招明契上人》："渐老知身累，初寒

曝背眠。白云留永日，黄叶减余年。猿护窗前树，泉浇谷后田。沃洲能共隐，不用道林钱。"

⑤的是：实在是。的，实在。

⑥老至居人下，春归在客先：出自刘长卿《新年作》："乡心新岁切，天畔独潸然。老至居人下，春归在客先。岭猿同旦暮，江柳共风烟。已似长沙傅，从今又几年。"

⑦薛道衡（540—609）：字玄卿，河东汾阴（今山西万荣）人。历仕北齐、北周。隋朝建立后，任内史侍郎，加开府仪同三司。炀帝时，出为番州刺史，改任司隶大夫。他和卢思道齐名，在隋代诗人中艺术成就最高。明张溥辑有《薛司隶集》，在《汉魏六朝百三家集》中。《人日思归》："入春才七日，离家已二年。人归落雁后，思发在花前。"

⑧寒鸟数移柯：出自刘长卿《月下呈章秀才》："自古悲摇落，谁人奈此何。夜蛩偏傍枕，寒鸟数移柯。向老三年谪，当秋百感多。家贫惟好月，空愧子猷过。"

⑨鸟击初移树：出自隋炀帝《悲秋诗》："故年秋始去，今年秋复来。露浓山气冷，风急蝉声哀。鸟击初移树，鱼塞欲隐苔。断雾时通日，残云尚作雷。"

⑩鸟似五湖人：出自刘长卿《送侯侍御赴黔中充判官》："不识黔中路，今看遣使臣。猿啼万里客，鸟似五湖人。地远官无法，山深俗岂淳。须令荒徼外，亦解惧埋轮。"

【评析】

刘长卿在诗史上是由盛唐至中唐转变的一位重要人物，或者说他是大历时期（766—779）的一位优秀诗人。陆氏赞其“体物情深，工于铸意”，甚至称其高妙处超越盛唐，评价不可谓不高。在涉及具体诗句时，则细致辨析其好坏，表现出敏锐的悟性和精微的鉴赏力。

刘长卿的诗歌创作从总体看，近体诗优于古体。陆氏拈出的诗句，都出自刘长卿的五律。刘长卿《初到碧涧招明契上人》，写诗人初至碧涧，自伤老大年华易逝，而生归隐之念。“白云留永日，黄叶减余年”，为此诗的颔联。诗人流连秋天云白日长，叹枯叶飘零时节如流，淡淡感伤漫溢其中。物候惊心的感受用谐美的诗句出之，与南朝庾信、王褒实相类似。刘长卿被贬睦州时的《新年作》是一篇思乡伤怀之作。其“老至居人下，春归在客先”两句，说他老而被放逐天涯，春归而人难返乡的忧思。与薛道衡《人日思归》之“人归落雁后，思发在花前”，艺术表现相同而难分高下。刘长卿《月下呈章秀才》亦作于睦州，充满浓烈的草木摇落之悲。颔联“夜虫偏傍枕，寒鸟数移柯”，写蟋蟀偏偏在枕边哀吟，情何以堪；而以秋鸟绕树难栖，暗喻己身居无定所，屡屡迁徙，亦无可奈何。下句与隋炀帝“鸟击初移树”，或有前后相袭关系，而情实不同，“击”字富于动感力量，纯为景语；而鸟为“寒鸟”，又是“数移”，无法把捉的命运感见于言外。至于另首诗中之“鸟似五湖人”，以鸟喻人，写己身之飘泊无依之状，伤感已极。陆氏以为“语冷而尖，巧还伤雅，中唐身手于此见矣”，是大体不错的。但其实与前引诗句大体一样，刘长卿诗中衰飒、凄凉的意绪与其情深意长、有意造语琢句的技巧，都标示了盛唐与中唐诗风的不同。

绝去形容①，独标真素②，此诗家最上一乘③。本欲素而巧出之，此中唐人之所以病也。李端"园林带雪潜生草，桃李虽春未有花"④，此语清标绝胜⑤。李嘉祐"野棠自发空流水，江燕初归不见人"⑥，风味最佳。"野棠"句带琢，"江燕"句则真相自然矣⑦。罗隐"秋深雾露侵灯下，夜静鱼龙逼岸行"⑧，此言当与沈佺期王摩诘折证⑨。

【注释】

①绝去形容：去掉刻意描摹。

②独标真素：唯独标榜生性坦率，真诚无饰。

③最上一乘：最上品，最上等。

④李端（生卒年不详）：字正己，赵郡（今河北赵县）人。李嘉祐从侄。大历五年（770）登进士第，授秘书省校书郎。德宗建中年间授杭州司马。李端为大历十才子之一。工五言，兼擅七言歌行。有《李端集》三卷。园林带雪潜生草，桃李虽春未有花：出自李端《闲园即事赠考功王员外》："南陌晴云稍变霞，东风动柳水纹斜。园林带雪潜生草，桃李虽春未有花。幸接上宾登郑驿，羞为长女似黄家。今朝一望还成暮，欲别芳菲恋岁华。"

⑤清标绝胜：意谓非常清新脱俗。

⑥李嘉祐（生卒年不详）：字从一，赵州（今河北赵县）人。天宝七年（748）进士，授秘书省正字。以罪谪鄱阳，量移江阴令。上元中，迁为台州刺史。大历初入朝，历工部员外郎、司勋员外郎，后又出为袁州刺史。善为诗，

绮丽婉靡。在肃、代时期诗名颇著，与钱起、郎士元、刘长卿并称钱郎刘李。《新唐书·艺文志》著录《李嘉祐诗》一卷，《全唐诗》编为三卷。野棠自发空流水，江燕初归不见人：出自李嘉祐《自苏台至望亭驿人家尽空春物增思怅然有作因寄从弟纾》："南浦菰蒲覆白蘋，东吴黎庶逐黄巾。野棠自发空流水，江燕初归不见人。远岫依依如送客，平田渺渺独伤春。那堪回首长洲苑，烽火年年报房尘。"

⑦真相自然：指呈露本来面目，天然不加雕饰。

⑧罗隐（833—910）：本名横，字昭谏，杭州新城（今浙江富阳）人。举进士，十上不第，乃改名为隐。在咸通、乾符中，与罗邺、罗虬合称"三罗"。光启中，入镇海军节度使钱镠幕，后迁节度判官、给事中等职。其诗多怀才不遇之感，颇有讽刺现实之作。诗风浅易流畅，多用口语，故少数作品能流传于民间。有诗集《甲乙集》，清人辑有《罗昭谏集》。秋深雾露侵灯下，夜静鱼龙逼岸行：出自罗隐《中元夜泊淮口》："木叶回飘水面平，偶停孤棹已三更。秋凉雾露侵灯下，夜静鱼龙逼岸行。欹枕正牵题柱思，隔楼谁转绕梁声。锦帆天子狂魂魄，应过扬州看月明。"

⑨折证：对证。

【评析】

陆氏在这里提出了一个重要观点，即"绝去形容，独标真素"，认为这是诗家所应达致的最高境界。所以他指摘中唐诗人"本欲素而巧出之"的雕琢巧饰，并摘句评论其得失。

所谓"形容"，在这里与"巧出"密切相关。"巧出"即是"过求"，过求即违背了自然之趣，有伤真素，外相显而情韵失。而这正是中唐诗人的弊病。"真素"语出《世说新语·德行》，意谓生性坦率，真诚无饰。用在诗歌上，是指自然之美。李端《闲园即事赠考功王员外》一诗中，描写初春园林景致的前四句是："南陌晴云稍变霞，东风动柳水纹斜。园林带雪潜生草，桃李虽春未有花。"诗写天边云霞变幻多姿，春风拂柳，水面波纹淡淡。园林积雪未消，而小草已然萌发，桃李枝叶泛青尚未芳菲满目……后两句状初春园林景色，紧扣季节物候，似即目所见，却透出无限生机，清俊淡雅。陆氏所说"清标绝胜"，大抵就是这个意思。李嘉祐诗句，出自《自苏台至望亭驿人家尽空春物增思怅然有作因寄从弟纡》一诗。嘉祐此诗当作于宝应二年（763）。时袁晁作乱，联结郡县，拥有二十万人马，尽占领浙东之地，苏州遭到严重破坏。诗人感时伤乱而写下了这首诗。"野棠自发空临水，江燕初归不见人"两句，写诗人所见棠梨在春天里兀自生长开花而野水空流。江燕飞飞，画梁不知何处，旧时主人已不复得见。景外颇寓兴衰寥落之思，确实别具风味。陆氏觉上句"带琢"，大概是着眼于"自发"、"空临"的字句烹炼而言；下句则不见这种痕迹，故做到了"真相自然"。罗隐"秋深雾露侵灯下，夜静鱼龙逼岸行"两句是写其中元夜泊舟淮口所见所感，受到人们称道。俞陛云《诗境浅说》分析道："上句谓江乡卑湿之地，每多雾露，凉秋倚棹，觉窗前雾气，漾灯晕而迷濛；用一'侵'字，见雾露之深也。下句谓游鱼避舟楫往来，当昼潜伏，至夜静乃游泳岸边；用一'逼'字，见鱼龙之近也。"他还以自己的江行体验，说罗隐"写水窗之景，新而确也"。陆氏说这两句诗可以和沈佺期、王维当面对证，大概主要是就其写景的真切、生动而言。

深情浅趣，深则情，浅则趣矣。杜子美云："桃花一簇开无主，不爱深红爱浅红^①。"余以为深浅俱佳，惟是天然者可爱。

【注释】

①桃花一簇开无主，不爱深红爱浅红：出自杜甫《江畔独步寻花七绝句》其五："黄师塔前江水东，春光懒困倚微风。桃花一簇开无主，可爱深红爱浅红。"按：陆氏所引后句，"可爱"作"不爱"。

【评析】

陆时雍论诗标举"真素"，一方面主淡雅、质朴，另一方面亦不废浓艳，而以"真"字为核心。在这里他具体发挥了"深情浅趣"、"深浅俱佳"而"惟是天然者可爱"的诗之自然风格论。

陆氏首先强调"深情"，即所谓"深则情"。论诗主情自然不自陆氏始，而是源远流长。陆机《文赋》就提出了"诗缘情"说，即是指诗歌应以情感为纽带，情感是诗歌艺术的生命所在。至明代，诗派纷呈，其中李贽、袁宏道等论诗俱主情，并和"自然"联系起来。李贽说："盖声色之来，发乎情性，由乎自然，是可以牵合矫强而致乎？"认为"自然发乎性情"（《诗律肤说》）。袁宏道的"独抒性灵，不拘格套，非从自己胸臆中流出，不肯下笔"（《叙小修诗》）。所谓性灵，大抵指性情、情感、灵趣，要求"独抒"并自然流露出来，而要冲破陈规旧套。他们都以真为自然，但其末流不免流于俚俗浅率。陆氏之"深情浅趣"的说法，既包含一往情深的意思，也具备自然灵动的意趣。

将"情"与"趣"挽合一起，即是讲究情真自然的审美观的体现。他进而引杜甫诗句，借以说明诗如桃花的浓艳或浅淡，都呈露了自然之趣，所以都是好诗。由此看来，陆氏的诗学观较公安诸子有所不同，而更近于折中公允。

书有利涩①，诗有难易。难之奇，有曲涧层峦之致；易之妙，有舒云流水之情。王昌龄绝句，难中之难；李青莲歌行，易中之易。难而苦为长吉②，易而脱为乐天③，则无取焉。总之，人力不与，天致自成，难易两言，都可相忘耳。

【注释】

①书有利涩：指书法运笔之法。又作"疾涩"。利，用笔劲挺流畅。涩，用笔凝注浑重。《书法正传》："书有二法，一曰疾，二曰涩，得'疾'、'涩'二法，书妙矣。"

②难而苦：苦心雕琢而呕心沥血。长吉：即李贺（790—816），字长吉，福昌之昌谷（今河南宜阳）人，世称李昌谷。唐皇室远支。家世早已没落，生活困顿。曾官奉礼郎。父名晋肃，早卒。因避家讳，被迫不得应进士科考试。早岁即工诗，见知于韩愈、皇甫湜，并和沈亚之交善，死时仅二十七岁。其诗表现出自己政治上不得志的悲愤，多感时伤逝之情。善于熔铸词采，驰骋想象，冶瑰奇秾丽与幽峭凄清于一炉，创造出新奇瑰丽的诗境。作诗刻苦，语言过于雕琢。有《昌谷集》。

③易而脱：简易而流于轻率。

【评析】

诗歌的艺术创作或出之以难或出之以易，只要能够各极其妙，便是好诗。陆氏发挥这一说法，举王昌龄、李白、李贺、白居易等诸家为例，分正反两面一一评判，指归在于崇扬其自然、真素的诗学主张。

剖判诗之难易，陆氏重在创作过程和艺术表现效果。以艰难出之而臻于奇妙，就会使诗歌产生曲涧层峦般的蕴蓄曲折之美；以平易出之而臻于奇妙，就会使诗歌产生舒云流水般的自然畅达之美。王昌龄、李白就分别体现了诗之难易两方面，而各极其美。王昌龄以七言绝句创作擅胜，工于锤炼而内蕴层深。李白歌行出于自然，若一挥而就，无艰难劳苦之态。两人创作分别做到了"难之奇"、"易之妙"。相反，李贺刻苦作诗至于呕心沥血，白居易追求老妪能解而轻率挥毫，都不足取法。

陆氏对上述诗人的具体评判未必尽善，但其最终归结的"难易两忘"的创作心态，则逼近艺术创作的真谛。他强调诗歌创作的"天致自成"，反对过分用力用意，所以"难"、"易"都可忘却。"忘"这一说法来源于庄子，与文学创作相关的命题是"得意忘言"。后来文论家对之多有发挥，从创作论角度而言，大体意思在于不执著于语言文字等外在形式，而达致"但睹性情，不见文字"的超妙之境。陆氏拿来说诗歌创作之难易，意在破除过求的人为之迹，而使诗歌"天致自成"，所以从根本上而言二者都可忘掉。这些见解，逼近艺术的妙谛。然极力排除创作主体积极作用的倾向而一味强调自然天成，亦不免于一偏之失。

司空曙"蒹葭有新雁，云雨不离猿"①，"云雨"句，似不落思虑所得②。意何裒积？语何浑成？语云："已雕已琢，复归于朴③。""穷水云同穴，过僧虎共林"④，昔庾子山曾有"人禽或对巢"之句⑤，其奇趣同而庾较险也⑥。凡异想异境，其托胎处固已远矣⑦。老杜云："勋业频看镜，行藏独倚楼⑧。"语意徘徊。司空曙"相悲各问年"⑨，更自应手犀快⑩。风尘阅历，有此苦语。

【注释】

①司空曙（生卒年不详）：字文明，一作文初，广平（今河北永年）人。大历初登进士第，六、七年间任拾遗。后入剑南节度使韦皋幕府。官至虞部郎中。为"大历十才子"之一。其诗多写自然景色和乡情旅思，风格婉雅闲淡。有《司空文明诗集》。蒹葭有新雁，云雨不离猿：出自司空曙《送史申之峡州》："峡口巴江外，无风浪亦翻。蒹葭新有雁，云雨不离猿。行客思乡远，愁人赖酒昏。檀郎好联句，共滞谢家门。"按，陆氏引"蒹葭新有雁"作"蒹葭有新雁"。

②不落思虑：不经过考虑。不落，不须，不用。

③已雕已琢，复归于朴：出自《庄子·山木》："既雕既琢，复归于朴"。

④穷水云同穴，过僧虎共林：出自司空曙《送曹三同猗游山寺》："山蹋青芜尽，凉秋古寺深。何时得连策，此夜更闻琴。穷水云同穴，过僧虎共林。殷勤如念我，遗尔挂冠心。"

⑤人禽或对巢：出自庾信《园庭诗》："杖乡从物外，养学事闲郊。穷愁方汗简，无遇始观爻。谷寒已吹律，檐空更剪茅。樵隐恒同路，人禽或对巢。水蒲开晚结，风竹解寒苞。古槐时变火，枯枫乍落胶。倒屣迎悬榻，停琴听解嘲。香螺酌美酒，枯蚌藉兰肴。飞鱼时触钓，翳雉屡悬庖。但使相知厚，当能来结交。"

⑥奇趣：奇妙的情趣。险：险怪。

⑦托胎：脱胎。本道教用语。原指得道之人脱凡骨而成圣胎。这里比喻诗歌作法取法前人而自成机杼。

⑧勋业频看镜，行藏独倚楼：出自杜甫《江上》："江上日多雨，萧萧荆楚秋。高风下木叶，永夜揽貂裘。勋业频看镜，行藏独倚楼。时危思报主，衰谢不能休。"

⑨相悲各问年：出自司空曙《云阳馆与韩绅宿别》："故人江海别，几度隔山川。乍见翻疑梦，相悲各问年。孤灯寒照雨，深竹暗浮烟。更有明朝恨，离杯惜共传。"

⑩应手犀快：形容手法娴熟，犀利迅捷。

【评析】

司空曙是大历时期颇有才气的诗人，以五律成就最高。陆氏在此评赏其五律中一些佳句，认为不凭锻炼奇警刻意为之，而是以自然浑成擅胜。并在与庾信、杜甫的比较中，玩味其诗句的独特意趣和情感内涵。

司空曙的《送史申之峡州》为送别史申赴蜀之作，诗人想象史申坐船经过峡州之险，抒发浓重的离愁别绪。颔联"蒹葭新有雁，云雨不离猿"两句，既点明了秋天的季节气候特点，又在特定的景物描写中暗寓愁情。"云雨"两句，切合当地景况，雨云巫山、猿声凄切，只平平道出，似不经意而又意绪深浓，确具既经锤炼后的朴素自然之致。司空曙的《送曹三同猗游山寺》，亦是送别之作。"穷水云同穴，过僧虎共林"两句为此诗的颈联。上句化用王维"行到水穷处，坐看云起时"（《终南别业》）而状山寺所在之幽深。下句运用东晋庐山西林寺高僧慧永在岭上结茅屋，常有一虎相伴的典故，赞美寺僧得道之高，亦可作奇景来欣赏。陆氏认为此句与庾信之"人禽或对巢"，同样富有奇趣，而庾信之句则流于险怪，是大体不错的。司空曙诗句不仅脱胎于庾信，而以之写山寺高僧又其来有自，是合乎逻辑的联想，所以仅就这句而言，其艺术手段确乎高于庾信。

从杜甫与司空曙的诗句经营看，两者有明显不同。杜甫《江上》一诗是寓居夔州时所作，抒写客居悲秋及老臣忧国的一腔忠悃。"勋业频看镜，行藏独倚楼"两句，据说受到宋真宗的赞赏。老杜感功业未成而忧己身老大，是仕是隐

常常交战于心而无人可以计议。诗人复杂的心绪通过"频看镜"、"独倚楼"的动作刻画曲折写出,沉痛之情深隐纸背。陆氏所谓"语意徘徊",即是此意。而司空曙之"相悲各问年",写其与阔别的老友韩绅旅途偶遇,竟不知是真是梦。彼此各道身世互问年岁,人生悲慨亦自深重,但却似自然流出,不刻意雕琢,语意畅达。二人的风尘阅历、贫困潦倒是相似的,所以写出了这样沉痛的诗句。

　　余尝读骆义乌文①,绝爱其"风生曳鹭之涛,雨湿印龟之岸"②,谓其风味绝色。耿沣"小暑开鹏翼,新荑长鹭涛"③,其语翠色可摘。

【注释】

①骆义乌:指骆宾王。其为婺州义乌(今属浙江)人,故称。

②风生曳鹭之涛,雨湿印龟之岸:出自骆宾王《冒雨寻菊序》:"珠帘映

水，风生曳露之涛；锦石封泥，雨湿印龟之岸。"

③耿沣（生卒年不详）：蒲州（今山西永济）人。登宝应二年（763）进士第，授周至尉。约大历初入朝任左拾遗（一作右拾遗）。德宗贞元年间卒于许州司法参军。工诗，与钱起、卢纶、司空曙诸人齐名，号大历十才子。耿沣诗多近体，不事雕饰，而风格自胜。《全唐诗》编其诗二卷。小暑开鹏翼，新菰长鹭涛：出自耿沣《登沃州山》："沃州初望海，携手尽时髦。小暑开鹏翼，新菰长鹭涛。月如芳草远，身比夕阳高。羊祜伤风景，谁云异我曹。"

【评析】

陆氏从骆宾王骈文中的句子说到耿沣的诗句，除了表示难掩的喜爱之情外，更流露了对独特文学风味的领会和对耿诗物色新异美的妙赏。

骆宾王《冒雨寻菊序》写与友人顶着秋雨赏菊的雅兴，其中两句是"珠帘映水，风生曳鹭之涛；锦石封泥，雨湿印龟之岸"。上句化用枚乘《七发》之"其始起也，洪淋淋焉，若白鹭之下翔"。谓吴客以观涛之乐启发楚太子，说江潮初起时潮头掀腾在半空，然后从空中洒落如白鹭飞坠。骆宾王以"曳鹭之涛"涵括赋中的这几句描写，状屋外风声雨势之猛烈，有声有色。下句运用了晋人孔愉的典故。孔愉在吴兴余干亭遇见有人笼中装有一龟，买下放生，龟入水而似有顾盼之意，后封余干亭侯而铸一龟首印，结果三次铸造而龟首都奇怪地斜过来看他，他恍然悟出是被救之龟显灵。骆宾王以此写台阶雨湿，给人以想象的空间。两句确实造语巧妙而别具风味。

耿沣擅长五律，在语言上很见功力。其五律《登沃州山》写他与一时英俊登山望海，颔联"小暑开鹏翼，新菰长鹭涛"叙所见景色，境界宏阔。入夏时节，天空辽远，用一"开"字再接以"鹏翼"，天之空阔似可供大鹏任情翱翔。蓂荚刚刚生出，海上波涛翻滚，潮起潮落如白鹭翔舞。下句即承用了"曳鹭之涛"的句意，而凝炼为诗。两句写夏季临海所见，既具季节特点，又充满勃勃生机，所以陆氏赞为"翠色可摘"，眼光不差。

　　叙事议论，绝非诗家所需，以叙事则伤体①，议论则费词也②。然总贵不烦而至③，如《棠棣》不废议论④，《公刘》不无叙事⑤。如后人以文体行之，则非也。戎昱"社稷依明主，安危托妇人"⑥，"过因谗后重，恩合死前酬"⑦，此亦议论之佳者矣。

【注释】

①伤体：损伤了诗的体格。

②费词：词语繁琐多余。

③不烦而至：不繁琐而至妙。

④《棠棣》：出自《诗经·小雅》："棠棣之华，鄂不韡韡。凡今之人，莫如兄弟。死丧之威，兄弟孔怀，原隰裒矣，兄弟求矣。脊令在原，兄弟急难，每有良朋，况也永叹。兄弟阋于墙，外御其务，每有良朋，烝也无戎。丧乱既平，既安且宁，虽有兄弟，不如友生。傧尔笾豆，饮酒之饫，兄弟既具，和乐且孺。妻子好合，如鼓瑟琴，兄弟既翕，和乐且湛。宜尔室家，乐尔妻帑，是究是图，亶其然乎。"

⑤《公刘》：出自《诗经·大雅》："笃公刘，匪居匪康。乃埸乃疆，乃积乃仓；乃裹糇粮，于橐于囊。思辑用光，弓矢斯张；干戈戚扬，爰方启行。笃公刘，于胥斯原。既庶既繁，既顺乃宣，而无永叹。陟则在巘，复降在原。何以舟之？维玉及瑶，鞞琫容刀。笃公刘，逝彼百泉，瞻彼溥原；乃陟南冈，乃觏于京。京师之野，于时处处，于时庐旅，于时言言，于时语语。笃公刘，于京斯依。跄跄济济，俾筵俾几。既登乃依，乃造其曹。执豕于牢，酌之用匏。食之饮之，君之宗之。笃公刘，既溥既长，既景乃冈，相其阴阳，观其流泉。其军三单，度其隰原，彻田为粮。度其夕阳，豳居允荒。笃公刘，于豳斯馆。涉渭为乱，取厉取锻，止基乃理，爰众爰有。夹其皇涧，溯其过涧。止旅乃密，芮鞫之即。"

⑥戎昱（生卒年不详）：荆州（今湖北江陵）人，郡望扶风（今属陕西）。历官荆南节度从事，辰州刺史，虔州刺史。戎昱有诗名，宪宗尝赏叹其《咏史》诗。戎昱诗多伤乱述怀之作，风格沉郁。明人辑有《戎昱诗集》。社稷依明主，安危托妇人：出自戎昱《咏史》："汉家青史上，计拙是和亲。社稷依明主，安危托妇人。岂能将玉貌，便拟静胡尘。地下千年骨，谁为辅佐臣。"

⑦过因谗后重，恩合死前酬：出自戎昱《再赴桂州先寄李大夫》："玷玉甘长弃，朱门喜再游。过因谗后重，恩合死前酬。养骥须怜瘦，栽松莫厌秋。今朝两行泪，一半血和流。"

【评析】

中国古典诗歌形成了以抒情为主的传统，这一传统一旦生成又反过来制约诗歌的发展。陆氏论诗主情主韵，从尊体角度明确排斥诗之叙事、议论。但同时，陆氏从诗歌发展的实际出发，也肯定了《诗经》中的一些议论、叙事篇章，及唐诗中一些以议论见长的诗句。

陆氏认为叙事、议论不是诗家所需要的，因为叙事有伤诗体，而议论则显多余。这里说的体，应指诗之体格、体裁而言。与西方诗歌以史诗开场而形成的史诗传统不同，中国诗歌却是以抒情诗开场并形成了抒情诗传统。吉川幸次郎曾说过，西洋文学的源头为荷马史诗和希腊的悲剧、喜剧，主要表现英雄、神、妖怪等战争题材，史诗的内容不是凡俗日常生活而是超凡脱俗的天地。中国文学以《诗经》为源头，诗中很少出现英雄而多是凡俗日常生活及其喜怒哀乐。（《中国文学史一瞥》）这其中有哲学观念的差异所形成的因素。余光中先生就指出过："由于对超自然世界的观念互异，中国文学似乎敏于观察，富于感情，但在驰骋想象，运用思想两方面，似乎不及西方文学；是以中国古典文学长于短篇抒情诗和小品文，但除了少数的例外，并未产生若何宏大的史诗或叙事诗。"（《中西文学之比较》）与这些固有的思想观念牵连，中国诗歌往往通过个人经验把握现实世界，即凡而圣，由此形成了重意象、讲含蓄等传统。而最为直接的因素，是神韵诗学所秉持的美学原则与叙事、议论难以相容。所谓深情远韵，非赋体或议论可以表现。清王士禛明确说道："议论叙事，自别是一体。"（《渔洋问答》）陆氏排斥诗之叙事、议论，当与此相关。

陆氏认为诗歌即便要叙事、议论，也应做到简练、深刻，所以肯定了《诗经》中《棠棣》、《公刘》叙事、议论的得体。而对于"后人以文体行之"，即纯然以叙事或议论为诗，则又断然以为不可。关于诗中议论，大历诗人戎昱的一些佳句，获得了陆氏的好评。"社稷依明主，安危托妇人"，出于戎昱

《咏史》一诗。这首诗借汉朝和亲讽谕现实，措辞尖锐、辛辣。全诗以议论出之，认为和亲是拙劣的政策。国家的治理要实实在在依靠英明的皇帝，怎能将之托付给妇女，以求一时之安？据说唐宪宗时北狄侵扰边塞，朝臣多主和亲，宪宗便吟诵了戎昱的这首诗。诗之议论正大光明、意气激昂，具有发聋振聩的艺术效果。出于戎昱另首诗中的"过因谗后重，恩合死前酬"，亦以议论精警受到陆氏的称赞。

　　李益五古①，得太白之深，所不能者澹荡耳②。太白力有余闲，故游衍自得③。益将矻矻以为之④。《莲塘驿》、《游子吟》自出身手⑤，能以意胜，谓之善学太白可。

【注释】

①李益（748—827?）：字君虞，郑州（今属河南）人，郡望陇西姑臧（今甘肃武威）。大历四年（769）进士，初任郑县尉，久不得升迁。建中四年（783）登书判拔萃科。因仕途失意弃官，在燕赵一带漫游，后官至礼部尚书致仕。其诗题材广泛，以边塞诗最佳。有《李益集》。

②澹荡：淡泊闲适。

③游衍：从容自如，不受拘束

④矻（kū）矻：勤劳不懈的样子。

⑤《莲塘驿》："五月渡淮水，南行绕山陂。江村远鸡应，竹里闻缲丝。楚女肌发美，莲塘烟露滋。菱花覆碧渚，黄鸟双飞时。渺渺溯洄远，凭风托微

词。斜光动流睇，此意难自持。女歌本轻艳，客行多怨思。女萝蒙幽蔓，拟上青桐枝。"《游子吟》："女羞夫婿薄，客耻主人贱。遭遇同众流，低回愧相见。君非青铜镜，何事空照面。莫以衣上尘，不谓心如练。人生当荣盛，待士勿言倦。君看白日驰，何异弦上箭。"

【评析】

陆氏从诗歌继承角度探讨中唐李益五言古诗与盛唐李白的艺术渊源关系，并分别指出了两者才性的不同及艺术表现上的差异，在个案研判中贯注了其诗美观。

李益是大历时期诗歌艺术成就较高的一位诗人，除以边塞诗创作著称外，其反映现实及登临、逆旅、寄赠、闺情、宫怨之类诗篇亦不乏佳作。艺术风格以雄浑、深婉为主，兼有清奇、秀朗之致。按诸实际，李益对李白诗歌的学习和效法确实有迹可寻。其《登天坛夜见海》很像李白的《梦游天姥吟留别》，《长干行》（忆妾深闺里）因为像李白的诗而被后人误编入李白集中。由于时代与个性的差异，李白诗歌天才放逸而少拘检，如天马行空，去留无迹，一片神行；而李益刻苦为之，未免着迹。其《莲塘驿》写诗人经行盱眙（今属江苏）莲塘偶遇一位如仙的女子顾盼多情，惹动他一怀绮思，如梦似幻而难通款曲，似有寄托。诗风似乐府民歌，自然清新。《游子吟》取乐府旧题，抒写世态浮薄、感士不遇之情。诗人微贱遭受主人轻视，责其不能识人，多以比兴寄托怨意。"君非青铜镜，何时空照面。莫以衣上尘，不谓心如练"。意思是，你难道只是一面镜子吗？怎么只照见人的外表？不要看我尘土满衣，我心却如熟绢一样洁白。最后感叹盛衰有时以为劝诫。两首诗都具古诗风致却兼托文士幽怀怨抑，足以见出诗人手法的高超。陆氏赞许其"善学太白"，还是很有眼光的。但"能以意胜"一句，又似说他不似太白优游自然，刻意深入而非浅出了。

　　盛唐人工于缀景^①，惟杜子美长于言情。人情向外^②，见物易而自见难也。司空曙"乍见翻疑梦，相悲各问年"^③，李益"问姓惊初见，称名识旧容"^④，抚衷述愫^⑤，罄快极矣^⑥。因之思《三百篇》，情绪如丝，绎之不尽^⑦，汉人曾道只语不得。

【注释】

①缀景：描写景物。

②人情向外：意谓人的情感指向往往面向外界事物。

③乍见翻疑梦，相悲各问年：出自司空曙《云阳馆与韩绅宿》，全诗见191页注⑨。

④问姓惊初见，称名识旧容：出自李益《喜见外弟又言别》："十年离乱后，长大一相逢。问姓惊初见，称名忆旧容。别来沧海事，语罢暮天钟。明日巴陵道，秋山又几重。"按，陆氏所引后句，"忆"作"识"。

⑤抚衷述愫：诉说真实的内心情感。

⑥罄（qìn）快极矣：意谓给人以酣畅淋漓之感。

⑦情绪如丝，绎之不尽：缠绵的情意如丝缕一般，连绵不见尽头。

【评析】

陆氏论诗崇尚性情之真，而特别赞赏言情佳句。又认为诗歌写景与言情相较，后者要获得较好的艺术效果更为不易。由此他标举《诗经》，立为纯情的典范，而作为论诗的最终根据。

在盛唐诗歌中，陆氏认为在普遍"工于缀景"即善于写景中，只有杜甫长于言情。言情之不易在于，"见物易而自见难"，是说借助景物描写以寓情相对容易，而直接将一己之情写好实属不易。司空曙的"乍见翻疑梦，相悲各问年"，见于其《云阳馆与韩绅宿别》一诗。全诗写诗人与韩绅阔别多年，在驿馆偶然相逢，只能共宿一宵，第二天又要各奔东西。这两句是诗的颔联，以善写久别相逢之情著名。多年的老朋友了，又是多少年山川阻隔，世事乱离而不得晤面，没想到人在旅途，于驿馆中邂逅，由于意外，反倒疑真为梦。有多少往事，无限辛酸，我们怎能倾诉得尽？各悲身世，相与感叹，彼此音容都变得陌生了，你我的年龄究竟是多少了？两句写尽了久别乍见之情、世事沧桑之感，情真而意深。李益的"问姓惊初见，称名识（一作"忆"）旧容"，同样是善写聚散离合之情的名句。李益与外弟是"十年乱离后，长大一相逢"，所以是先问姓，疑心可能是亲戚。当对方说出了名字，才确认是外弟，慢慢认得或想起对方旧日的容颜，久别离乱之感，亦真切、宛然地呈现出来。宋人范晞文《对床夜语》卷五评这两组佳句："久别倏逢之意，宛然在目。想而味之，情融神会，殆如直述。前辈谓唐人行旅聚散之作，最能感动人意，信非虚语。"陆氏嘉赏这两例为"抚衷述素，罄快极矣"，是说其言情的真切宛然，淋漓尽致，颇中肯綮。

　　至于陆氏最终溯源《诗经》言情的绵长深厚，是大体不错的。但贬责"汉人曾道只语不得"，则显然只是个人的意见了。

　　石之有棱，水之有折，此处最为可观。人道谓之廉隅①，诗道谓之风格②，世衰道微③，恃此乃能有立④。东汉之末，节气辈生。唐之中叶，诗之骨干不顿⑤，此砥世维风之一事也⑥。

【注释】

①人道：为人之道。指一定社会中要求人们遵循的道德规范。廉隅：端正、不苟的品性。廉，比喻人的禀性方正，刚直。

②诗道：作诗的规律、主张和方法。皎然《诗式·重意诗例》："但见情性，不睹文字，盖诗道之极也。"风格：与泛指艺术总貌的特点不同，在这里是指一种优秀的风格。

③世衰道微：社会与道德风尚衰微。

④恃：依赖，仗着。

⑤骨干：喻指一种刚健、挺立的精神风貌。

⑥砥世维风：劝勉、激励世人以维护风教。

【评析】

诗歌风格与为人的关系是一个较为复杂的问题，陆氏表彰高尚的气节、操行，倡言与这种人格相统一的诗之优秀品格，并与砥砺品节、维持风教联系起来，具有一种文学道德论色彩。

　　一般而言，气节、操行是创作主体的精神境界的一种反映，即诗品出于人品。陆氏以"石之有棱，水之有折"为喻，赞赏一种廉正不阿的人品，崇尚与之相一致的诗之气骨。他毫不犹豫地断言，在世道衰微的时候，保持人格与诗格的挺立尤为重要，由此，他批评中唐诗人委顿不振的颓风。

　　在陆氏看来，东汉末年的士人气节值得大书特书，而唐之中叶则不然。在东汉末年外戚、宦官擅权的颓风衰政中，一批士大夫勇于担当，拯时济世。范滂为"清诏使"案察地方，"登车揽辔，慨然有澄清天下之志"（《后汉书·党锢列传》），陈蕃十五岁便发出"大丈夫处世，当扫除天下"（《后汉书·陈王列传》）的壮语，还有李膺、张俭更不必说。《后汉书》中的《党锢列传》，堪称一篇士人激浊扬清、慷慨赴难的英雄谱。而观于唐中叶，由于安史之乱的破坏和冲击，国力衰微，士风颓败，诗之骨力难以树立。这其中虽有诸如韩愈、柳宗元、白居易、元稹等出而力挽狂澜于既倒，但世道与诗道两衰毕竟难以振拔。

　　陆氏标举人格、骨力的看法，无疑是对孟子知人论世观的一种继承与阐发，表现了一位儒者文士的现实道德关怀，值得肯定。

　　专寻好意，不理声格①，此中晚唐绝句所以病也。诗不待意，即景自成。意不待寻，兴情即是。王昌龄多意而多用之，李太白寡意而寡用之。昌龄得之椎练，太白出于自然，然而昌龄之意象深矣。刘禹锡一往深情②，寄言无限，随物感兴，往往调笑而成。"南宫旧吏来相问，何处淹留白发

生"③？"旧人惟有何戡在，更与殷勤唱渭城④。"更有何意
索得？此所以有水到渠成之说也。

【注释】

①声格：指韵律格调。

②刘禹锡（772—842）：字梦得，洛阳（今属河南）人。贞元九年（793）
进士，又登博学宏辞科。十九年（803）授监察御史。因参加王叔文集团，贬
朗州司马，迁连州刺史。后以裴度力荐，任太子宾客，加检校礼部尚书，世称
刘宾客。与柳宗元友善，并称"刘柳"。又与白居易唱和，并称"刘白"。其
诗通俗清新，善用比兴手法寄托政治内容。《竹枝词》、《杨柳枝词》等民歌体
组诗，为唐诗中别开生面之作。有《刘梦得文集》。

③南宫旧吏来相问，何处淹留白发生：出自刘禹锡《征还京师见旧番官冯
叔达》："前者匆匆樸被行，十年憔悴到京城。南宫旧吏来相问，何处淹留白
发生。"

④旧人惟有何戡在，更与殷勤唱渭城：出自刘禹锡《与歌者何戡》："二十
余年别帝京，重闻天乐不胜情。旧人唯有何戡在，更与殷勤唱渭城。"

【评析】

陆氏反对有意为诗，对中晚唐绝句的刻意为之致以不满，由此正面倡导诗
歌之美在于无意求索，重在有意无意之间，即景兴情而意趣天成，自成佳构。
以李白、王昌龄为参照，陆氏对刘禹锡的七言绝句进行评点，赞其无刻意经
营，而具水到渠成之妙。

　　李白的律、绝成就很高，王世贞甚至认为其五、七言绝句"实唐三百年一人"（李攀龙《唐诗选序》）。由于性情豪放，李白绝句自成特色。胡应麟《诗薮·内编》卷六评道："（李白七绝）读之真有挥斥八极，凌厉九霄意。"沈德潜《唐诗别裁集》卷二十亦说李白七绝："只眼前景，口头语，而有弦外音，使人神远。"都揭示了诗人无意求工而意气淋漓、自然入妙的特点。陆氏将他作为"寡意而寡用之"的典范，是说其具备了不以深意是求、任凭自然流泻的挥洒之致。王昌龄似乎与之相反，是"多意而多用之"的典范，是说其善于锤炼而使意象深曲。但两人都非有意过求，是出于艺术个性的不同使然。可见陆氏并非一概反对诗之用意，而遵从基于创作主体差异的本真与其艺术表现相统一的审美尺度加以评判。

　　对刘禹锡的七绝，陆氏在总体上肯定了其情深意远、感兴自然的特点。所谓"调笑而成"，一方面是指刘禹锡具有民歌风味的清新活泼的一类诗作，另一方面也是指他那些"深于哀怨"并不失自然韵致、婉而多风的作品。刘禹锡《征还京师见旧番官冯叔达》一诗，当作于诗人参加王叔文集团被贬放朗州近十年后还京之时。十年前仓皇赶赴贬所，而今憔悴返还京师，不意见到了老熟人冯叔达。诗人已是白发丛生，惹得冯叔达不禁惊问：你淹留何处而弄成这般模样？远窜江湘、沉抑宦海的寂寞沧桑之感，尽于两句诗中表出。刘禹锡的《与歌者何戡》亦是发抒贬谪之感的诗作。离别帝京二十余年，老歌唱家的一曲宫中旧曲引发诗人多少难言的人生感慨。"旧人惟有何戡在，更与殷勤唱渭城"两句，是说人事凋零，而惟有旧人何戡尚存，诗人请求：还是为我尽心地歌唱一首《渭城曲》吧。悠悠二十余年旧梦，似于旧曲中得以重温，这深衷痛语承载着无尽的身世感怀。陆氏认为这些诗句都是诗人自然感兴、不费思索的结果，是大体不错的。

　　贪肉者，不贵味而贵臭①；闻乐者，不闻响而闻音②，凡一掇而有物者③，非其至者也。诗之所贵者，色与韵而已矣。韦苏州诗④，有色有韵，吐秀含芳，不必渊明之深情，康乐之灵悟，而已自佳矣。"白日淇上没，空闺生远愁。寸心不可限，淇水长悠悠⑤。""还应有恨谁能识，月白风清欲堕时。"此语可评其况⑥。

【注释】

①不贵味而贵臭：喻指诗歌贵有味外之味。臭，香气。

②不闻响而闻音：喻指诗歌贵有悠然不尽的情韵。音，指响之神。

③一掇而有物：指语言太过直露，不够含蓄。

④韦苏州：即韦应物（737?—?），京兆万年（今陕西西安）人。少年时以三卫郎事玄宗。后为滁州、江州、苏州刺史。故称韦江州或韦苏州。其诗题材广泛，以写田园风物著名。各体皆佳，尤长五言。有《韦苏州集》。

⑤"白日淇上没"四句：出自韦应物《拟古诗十二首》的最后一首："白日淇上没，空闺生远愁。寸心不可限，淇水长悠悠。芳树自妍芳，春禽自相求。徘徊东西厢，孤妾谁与俦。年华逐丝泪，一落俱不收。"

⑥还应有恨谁能识，月白风清欲堕时：出自陆龟蒙《和袭美木兰后池三

咏·白莲》："素花多蒙别艳欺，此花真合在瑶池。还应有恨无人觉，月晓风清欲堕时。"按，陆氏误作韦应物诗。陆氏引文中"无人觉"作"谁能识"，"月晓"作"月白"。

【评析】

辨味知音，是中国古代诗论的一个传统。陆氏以此论诗，认为"诗之所贵者，色与韵而已矣"，与其"色韶"、"韵长"的主张是一致的。

司空图主张"辨于味而后可以言诗也"，讲究"咸酸之外"的"味外之旨"、"韵外之致"（《与李生论诗书》），即在诗的语言文字之外要别有余味。陆氏亦以食肉为喻，不贵味之实而贵臭之虚。《毛诗序》有"情发于声，声成文谓之音"的说法，揭示了诗歌（《诗经》）与音乐的关系。陆氏以"闻乐"为喻，不贵其响之实，而能知其音之虚。两者相结合，强调了诗歌重在"韵味"的审美传统。陆氏由此提出了"诗之所贵者，色与韵而已矣"的观点。

白居易《与元九书》评韦应物说："近岁韦苏州歌行，才丽之外，颇近兴讽。其五言诗又高雅闲淡，自成一家之体，今之秉笔者谁能及之？"此后韦应物"高雅闲淡"而"自成一家"的风格特点成为定评。而对其艺术渊源的评价则历来有多种说法：宋代沈明远说其"有正始之风"（《韦刺史补传》）；元代顾璘谓其"得汉魏之质"（《三体唐诗》）；明代何良俊说："韦左司性情简远，最近风雅，其恬淡之趣，亦不减陶靖节；唐人中五言古诗有陶、谢遗韵者，独左司一人。"（《四友斋丛说》）

陆氏不同于上述诸说，认为韦应物诗"不必渊明之深情，康乐之灵悟"，而以其"有色有韵，吐秀含芳"，做到了"自佳"。韦应物《拟古诗十二首》

中的"白日淇上没"一首，写闺人念远之情。前四句说独守空闺的妇人在日落淇水的傍晚时分格外孤寂惆怅，对远人的思念之情如淇水一样绵长。这里没有绮丽雕琢，而是以"日落"、"淇水"、"空闺"、"寸心"这些常见的意象词汇，自自然然地写景寄情，却别具绵渺不尽的韵味。《唐诗镜》卷三十评道："起四语澹而远，气味极佳。"大抵是说，色彩淡雅而又富于深厚的情蕴。这大概就是陆氏所说的"有色有韵，吐秀含芳"的意思。

陆氏强调韦应物诗歌的独特个性，不无启示意义。但一概否定其对前人的取法，则是不符合实际的。

盈盈秋水①，淡淡春山，将韦诗陈对其间②，自觉形神无间③。

【注释】

①盈盈：形容清澈。

②陈对其间：指摆放于秋水、春山之间。

③形神无间：指外在山水和诗人的内在精神浑合为一。

【评析】

韦应物在中国诗史上是一个重要而特别的人物。历来有陶韦、王孟韦柳等说法，而韦诗的"高雅闲淡"作为古典诗歌的一种审美理想，获得了后人尤其是神韵派的极度推崇。陆氏以独特的审美感悟把握韦诗的艺术品格，正是这一风尚的体现。

在韦应物过世二十几年后，白居易《与元九书》评韦应物五言诗"高雅闲淡，自成一家之体"。"自成一家之体"的说法得到了后世的广泛认同，严羽《沧浪诗话·诗体》就列有"韦苏州体"。与此相应，后人论韦也多重其高雅闲淡的一面。韦应物仕隐交替的人生经历，使其既追慕精神的自由高蹈，又未忘情尘世功名之念和社会责任。在诗歌创作上，他学习陶渊明、谢灵运，而在精神上更近于陶，有拟陶诗多首，"它们是真正透彻了陶诗精神、而又发自内心体验的作品，无论在精神气质上还是语言风格上都脱离了低层次的形似而达到了高层次的神似之境"（蒋寅《大历诗人研究》）。由于既希隐又留恋世情，他学陶而不失其对生活的眷恋情意，所以他笔下的风景明朗、清新而富于生机。陆氏以"盈盈秋水"状其澄澈清明，以"淡淡春山"状其隐含的生机，就很好地把握了韦诗的风格神韵。

　　诗贵真，诗之真趣，又在意似之间①。认真则又死矣②。柳子厚过于真③，所以多直而寡委也④。《三百篇》赋物陈情，皆其然而不必然之词⑤，所以意广象圆⑥，机灵而感捷也⑦。

【注释】

①意似之间：有意无意、似与不似之间。

②认真：这里指拘于实相。

③柳子厚：指柳宗元（773—819），字子厚，河东（今山西运城）人，世称柳河东。贞元九年（793）进士，授校书郎，调蓝田尉，升监察御史里行。因参加王叔文集团，被贬为永州司马。后迁柳州刺史，故又称柳柳州。与韩愈

皆倡导古文运动，并称"韩柳"，同被列入"唐宋古文八大家"。其诗多贬官后所作，风格清峭。有《河东先生集》。

④寡委：缺少屈曲变化的韵致。委，弯曲，屈曲。

⑤然而不必然之词：指自然感发而不拘执。

⑥意广象圆：意味丰厚而含浑融的象外之意。

⑦机灵：机趣灵动。感捷：感应迅速。

【评析】

陆氏重视诗之真趣，而真趣在于"意似之间"，所以反对意之太真、太实。他举示柳宗元以为反面例证，而赞赏《诗经》的真趣流动。实际这意似也是诗之神韵所以生成的一种方式。

魏晋六朝文学深刻地影响了柳宗元的生活和艺术创作。柳诗主要取法谢灵运和陶渊明，谢诗的工妙和陶诗的恬淡都是其追摹的高标。明代李东阳《怀麓堂诗话》说："陶诗质厚近古，愈读而愈见其妙。……柳子厚则过于精刻。"柳诗的精刻，大抵即源自谢灵运。清代何焯《义门读书记》举柳诗《游南亭夜还叙志七十韵》中"木落寒山静，江空秋月高"一联，谓谢诗已有"野旷沙岸净，天高秋月明"（《初去郡诗》）一联在先，就显示了柳与谢的渊源关系。不过，如柳诗之"壁空残月曙，门掩候虫秋"（《酬娄秀才寓居开元寺早秋月夜病中见寄》），则精刻有余而自然不足。柳宗元的一些学陶之作亦未能做到"质厚近古"，而乏超妙之趣。陆氏说柳宗元"过于真"，即相当于李东阳说的"过于精刻"，从其学谢中可见一斑。至于说柳"直而寡委"，大抵是指其意境的孤寂、幽峭太过着迹而言吧。

　　陆氏尚诗之真趣在意似之间，不要以意为主，太真、太实，从而推赞《诗经》赋物陈情的高超。所谓"然而不必然之词"，是指《诗经》自然感发而不拘执的特点，所以获得了意味丰厚而蕴含浑圆的象外之象，机趣灵动而又感兴活泼的艺术效果。

　　读柳子厚诗，知其人无与偶①。读韩昌黎诗，知其世莫能容。

【注释】
　　①人无与偶：谓没有谁能与其共处。指与世乖违。
【评析】
　　柳宗元、韩愈不唯在古文创作方面成就卓著，而且在诗歌创作上亦别具特色。陆氏从读其诗而知其人的视角综观二人性情与命运，指出了其共有的与世乖违的一面。

　　柳宗元素抱远大之志，因参加王叔文集团改革而屡遭贬谪，壮怀难申。初贬邵州刺史，未及到任，再贬永州司马，后又出为柳州刺史。一生沦落不偶，发而为诗，故多忧愤之情。"投迹山水地，放情咏离骚"（《游南亭夜还叙志七十韵》），是其诗歌的主要情感内容。那些直接抒发迁谪之悲的自不必说，而柳诗中由失意不幸的人物与萧瑟凄怆的景物组合成的境界，诸如天地寂灭中寒江独钓的渔翁，十足的孤傲不可掩抑。柳诗即便涉笔恬淡山水，亦终带排遣之意。

　　韩愈生当中唐之世，以自觉的意识铁肩担道、妙手著文。由于直言敢谏，一生多次遭贬。复兴儒家之道，拯时济世，是其主要的人生目标，所以把写诗视为"余事"。欧阳修《六一诗话》说："退之笔力，无施不可，而尝以诗为文章末事，故其诗曰'多情怀酒伴，余事作诗人'也。然其资谈笑，助谐谑，叙人情，状物态，一寓于诗，而曲尽其妙。"从他的一些诗作中亦可见出他的为人。韩愈关怀国计民生，屡遭贬谪而情志不衰。譬如因谏宪宗迎佛骨而被放潮州，"一封朝奏九重天，夕贬潮州路八千"，获罪之速始料未及。但"欲为圣明除弊事，肯将衰朽惜残年"，自信为国除弊，何计一身得失？满腔忠悃可昭日月了。

　　韩、柳二人在具体思想和行事上虽有所不同，但其遭际的不幸则是相同的。陆氏由诗观人，所见不差。

　　刘梦得七言绝，柳子厚五言古，俱深于哀怨，谓骚之余派可①。刘婉多风②，柳直损致③，世称韦柳④，则以本色见长耳。

【注释】

①骚：指骚体作品。南朝梁刘勰《文心雕龙·通变》："楚之骚文，矩式周人；汉之赋颂，影写楚世。"

②风：韵致。

③致：意态，情趣。

④韦柳：指韦应物和柳宗元。

【评析】

刘禹锡、柳宗元的诗歌创作在中唐都取得了不俗的成就。陆氏就其七言绝句和五言古诗分别加以评说，既指认了他们的共同特色，也进行了风格上的辨析，并兼及韦应物，肯定了以本色见长的创作取向。

刘禹锡的诗歌众体皆备，都有佳作名篇，尤以七言律绝擅胜。宋代严羽说大历以后诗人，"刘梦得之绝句，张籍、王建之乐府，吾所深取耳"（《沧浪诗话·诗评》）。刘禹锡之七言绝句，除《竹枝词》等颇具民歌风味而独具特色外，其《金陵五题》、《自朗州至京，戏看花诸君子》、《再游玄都观》等，或议论、讽刺，或抒慨，确乎深于哀乐、婉而多风。柳宗元的五言古诗刻峭、峻洁，而总归以清峭取胜。二人性情高雅，仕途多艰，发之于诗，故多具楚骚的余韵。不同的是，刘诗托诸比兴而婉曲蕴藉，柳诗峭直而有损韵致。韦、柳并称，韦应物以闲婉、淡雅取胜，都是一本于性情之真，所以值得称道。

实际内欲其意象玲珑，虚涵中欲其神色毕著。

【评析】

从诗歌创作角度而言，陆氏提出了"实"与"虚"的关系问题。

在创作中，首先要将现实的情事化为流动的意象，即变为意中之象。这与苏轼《文与可画筼筜谷偃竹记》所说画竹的原理颇为相似：要"胸有成竹"，"意在笔先"，做到"见竹不见人"、"身与竹化"的境界；主观感情与客观事物融为一体，不拘限于外在物象，摄取竹之魂，而表现出心中的竹子，那么竹子就从现实的变为艺术的。（参看臧克家《真相与真魂》）从诗歌创作来说，就是化实为虚的过程，亦即"转意象于虚圆之中"。

另一方面，化实为虚的"虚"并不是空无所有，而是达到一种艺术之真，所谓"虚涵中欲其神色毕著"。化虚的目的在于"神色毕著"，是为了更完足地表现事物的情态，这也正如阙名《静居绪言》所说"涵之以完其神，虚之以生其韵"的意思。

陆氏在这里非常精彩地概括了诗之神韵的创生过程及艺术表现的原则，具有重要的启示意义。

　　材大者声色不动，指顾自如，不则意气立见。李太白所以妙于神行，韩昌黎不免有蹶张之病也①。气安而静，材敛而开。张子房破楚椎秦，貌如处子②；诸葛孔明陈师对垒，气若书生③。以此观其际矣④。陶、谢诗以性运⑤，不以才使。凡好大、好高、好雄、好辩，皆才为之累也⑥。善用才者，常留其不尽。

【注释】

①蹶（jué）张：原意为以手足支撑物体的意思，此处引申为勉力支拄。

②张子房破楚椎秦，貌如处子：张良攻破楚军椎击秦皇，相貌却如处子一般。张子房，张良（约前250—前186）字子房，传为汉初城父人，即今安徽

亳州市城父镇（一说河南宝丰）人。汉高祖刘邦的谋臣，秦末汉初时期杰出的军事家、政治家，汉王朝的开国元勋之一，"汉初三杰"（张良、韩信、萧何）之一。以出色的智谋，协助汉高祖刘邦在楚汉之争中最终夺得天下。待大功告成之后，张良及时功成身退，避免了韩信、彭越等鸟尽弓藏的下场。貌如处子，《史记·留侯世家》太史公曰："吾以为其人计魁梧奇伟，至见其图，状貌如妇人好女。"

③诸葛孔明陈师对垒，气若书生：诸葛亮排兵布阵对垒敌军，气定神闲如一介书生。程大昌《演繁露》引《语林》："诸葛武侯与晋宣帝战于渭滨，乘素车，着葛中，挥白羽扇，指挥三军。"

④际：边际。这里指境界而言。

⑤陶、谢诗：指陶渊明和谢灵运的诗。以性运：指以性情行文。

⑥皆才为之累：指过于逞才使气反而损害了诗之美。

【评析】

诗人的才性与其艺术表现的关系是陆氏论诗的一个关键性问题。在这里，他就如何善于"用才"而臻于艺术表现的完美，提出了一些颇具启发性的命题。

每位诗人的才性有所不同，才气横溢自然是好事，如李白与韩愈都是颇富才具的。但二人的诗歌风貌却有所不同，李白诗歌飘逸挥洒，一片神行而不着人工之迹，韩愈诗歌就特别用力而有逞才之弊。由此陆氏提出，"材大者声色不动，指顾自如，不则意气立见。"大意是，才气大者要做到淡定自如，而不是一意使才，否则就必然意气逞露而乏节制。于是他主张"气安而静，材敛而开"，即意气要使之安适而趋于淡定，才气要有意收敛才能充分发挥出来。这富于辩证意味的说法，实质道出了艺术创作的某种真谛。陆氏举张良与诸葛亮两人的事例，进而说明这一道理。张良不可谓无才，他辅佐刘邦建立帝业自不必说，亦曾在博浪沙椎击秦始皇，更是英风烈烈。但就是这样一位豪杰，其相貌却状若好女（漂亮女子）。诸葛亮当然是人杰，但每当与敌人战阵对垒，却如文弱书生，儒雅已极。这两人都达到了有大才而又气安材敛的大境界，并从而很好地发挥了他们的绝世才华。陆氏又举陶渊明、谢灵运为例，说明"诗以性运，不以才使"的道理，即诗歌靠的是性情之真，出之自然，而不能逞才而使其韵味有所损害。所以他反对诸如"好大、好高、好雄、好辩"的逞才之举，乃皆为诗之艺术之累。最后陆氏断言，"善用才者，常留其不尽"，即不要竭尽其才发扬暴露，而在有所克制中方能充分裕如地展现其真正的艺术才情。

　　陆氏在具体评价某些诗人时不免有他一己的偏好或偏见，但在阐发诗之一般艺术原理上而言，到底不同于一般论者，而多有独到之处。

　　青莲居士，文中常有诗意。韩昌黎伯，诗中常有文情。知其所长在此。

【评析】

　　文情与诗意的互渗确实在李白和韩愈的创作中表现得十分明显。李白文中常含诗意，韩愈诗中常有文情，诗与文的界划在大家的笔底并非截然对垒而能做到很好的贯通。

　　李白飞扬浪漫、奇崛不凡的诗人气质在他的文中时时沛然以出，如《天门山铭》一段文字:"惟海有若,唯川有神。牛渚怪物,目围车轮。光射岛屿,气凌星辰。卷沙扬涛,溺马杀人。国泰呈瑞,时讹返珍。开则九江纳锡,闭则五岳飞尘。天险之地,无德匪亲。"这与其《横江词》对大江奇险风貌的夸饰性描写如出一辙。

　　韩愈生当中唐之世,以古文大家写作诗歌,在古体诗创作上运用古文的句法与章法,标志着唐诗的一大变化。如其《山石》诗,写诗人黄昏入荒山古寺至第二天天明的情景,按先后顺序一一叙写,实在是一篇用诗作的游记,具备了游记详尽描绘的特点。而"嗟哉吾党二三子",则是古文的句法。此外,有些篇章以议论入诗、尚赋法铺排,也是其诗有文情的鲜明体现。

　　"陇上壮士有陈安,躯干虽小腹中宽。骢骢父马铁锻鞍,七尺大刀奋如湍。丈八蛇矛左右盘,十荡五决无当前"①。此言可评昌黎七古。

【注释】

①"陇上壮士有陈安"六句：出自《陇上为陈安歌》（又名《陇上壮士歌》、
《陇上歌》）："陇上壮士有陈安，躯干虽小腹中宽，爱养将士同心肝。骢骢父
马铁锻鞍，七尺大刀奋如湍，丈八蛇矛左右盘。十荡十决无当前，百骑俱出
如云浮，追者千万骑悠悠。战始三交失蛇矛，十骑俱荡九骑留，弃我骢骢窜岩
幽。天大降雨追者休，为我外援而悬头，西流之水东流河。一去不还奈子何，
阿呼呜呼奈子何，呜呼阿呼奈子何。"按，陆氏摘引此诗，略去中间一句。"十
荡十决无当前"，作"十荡五决无当前"。

【评析】

韩愈长于七古，气雄笔健。陆氏摘取古乐府《陇上歌》中的诗句为评，大
抵揭示了这一风格特色。

前赵的匈奴族首领刘曜于晋明帝太守元年（323）出兵进攻陇城，作为晋
南阳王司马保旧部的陈安奋力抗击，兵败被杀，人们作《陇上歌》追怀这位英
雄。陆氏引的这几句诗，赞美陈安战阵中的杰出表现：他身材虽小却气概不
凡，堪称陇上壮士。驱策铁马，挥舞大刀，奋迅如湍急的流水；或执丈八蛇矛
左奔右突，纵横决荡所向无敌，其英雄气概于此见出。

陆氏认为"此言可评昌黎七古"，即着眼于其自由奔放的雄健气势而言。
后人概括韩愈"以文为诗"，对之褒贬不一。但总的来说，其好铺叙、好议论、
语言与章法的散化，都使其诗歌创作力图从传统的作风中解放出来，极富个性
而独具一格。这种胆识与取向，使其诗在总体上呈现出"狠重奇险"的境界和
形式上的"非诗之诗"的特点，韩愈七古的气雄笔健即与此相关。诗人驱使字

宙万象、经史百家，浑灏铺张，宏伟奇诡。如勇士赴敌场，韩愈能将一切以强力纳入诗中，辟出新境。如《利剑》诗："利剑光耿耿，佩之使我无邪心。故人念我寡徒侣，持用赠我比知音。我心如冰剑如雪，不能刺谗夫，使我心腐剑锋折。决云中断开青天，噫！剑与我俱变化归黄泉。"诗人刺谗夫、决浮云的抱负难以实现，一腔激愤喷薄而出。诗风上凌《楚辞》，直接《诗经》，而又富于奇伟变化。韩愈七古大多如此，陆氏的点评是很恰切的。

　　人情物态不可言者最多，必尽言之，则俚矣。知能言之为佳，而不知不言之为妙，此张籍、王建所以病也①。张籍小人之诗也②，俚而俳。王建款情熟语③，其儿女子之所为乎？诗不入雅，虽美何观矣！

【注释】

①张籍（766?—830?）：字文昌，吴郡（今江苏苏州）人。少时侨寓和州乌江（今安徽和县乌江镇）。贞元十五年（799）进士。历任太常寺太祝、水部员外郎、国子司业等职，故世称张司业或张水部。其乐府诗勇于揭露现实黑暗，风格质朴自然。和王建齐名，世称"张王"。有《张司业集》。王建（766?—?）：字仲初，颍川（今河南许昌）人。贞元中历左淄青、幽州、岭南节度幕，元和初复佐荆南、魏博幕。曾任昭应丞、渭南尉。后出为陕州司马。尤长乐府、宫词，与张籍并称"张王"。有《王司马集》。

②小人之诗：指平民百姓的诗歌，不高雅。

③款情熟语：指有关男女欢情的常用话语。

【评析】

语言是有局限性的，所谓"言不尽意"就是古人对语言局限性的一种自觉认识。陆氏感觉到人情物态不可言传者很多，如果言之太尽而不留余地则流于俚，难合雅正之道。他由此批评张籍、王建诗歌的言之过尽而不知不言之妙，缺乏蕴藉之美。

张、王并称，都长于乐府，从总的方面看，他们的诗歌虽然现实性很强，也有一些成功之作，但不免言之过尽，缺乏深永的意味。所谓张籍为"小人之诗"，"俚而佻"，指其乐府诗多为下层俚俗、轻佻之辞；而王建"款情熟语"、"儿女子之所为"，也是就其俚气而言。《唐诗镜》卷四十一说张、王的七言古诗："俱作猥情软语，真际虽多，雅道尽丧矣。"在王建《铜雀台》下亦评道："张、王七古喑哑逼侧，每到真处，一如儿啼女哭所为。故诗以清远为佳，不以苦刻为贵。"由此可见，刻画描写过于逼真，就乏"不言之妙"，就失于雅，就无足观，所以陆氏对张、王诗歌多有指摘。

　　张籍、王建诗有三病：言之尽也，意之丑也，韵之瘁也。言穷则尽，意亵则丑，韵软则瘁。杜少陵《丽人行》、李太白《杨叛儿》①，一以雅道行之，故君子言有则也。

【注释】

①《丽人行》："三月三日天气新，长安水边多丽人。态浓意远淑且真，

肌理细腻骨肉匀。绣罗衣裳照暮春，蹙金孔雀银麒麟。头上何所有？翠为匄叶垂鬓唇。背后何所见？珠压腰衱稳称身。就中云幕椒房亲，赐名大国虢与秦。紫驼之峰出翠釜，水精之盘行素鳞。犀箸厌饫久未下，鸾刀缕切空纷纶。黄门飞鞚不动尘，御厨络绎送八珍。箫鼓哀吟感鬼神，宾从杂遝实要津。后来鞍马何逡巡，当轩下马入锦茵。杨花雪落覆白蘋，青鸟飞去衔红巾。炙手可热势绝伦，慎莫近前丞相嗔！"《杨叛儿》："君歌杨叛儿，妾劝新丰酒。何许最关人？乌啼白门柳。乌啼隐杨花，君醉留妾家。博山炉中沉香火，双烟一气凌紫霞。"

【评析】

与上则相关联，陆氏从言、意、韵三方面指出了张、王诗歌的毛病，并拈出杜甫、李白的名作进行比照，发挥其论诗崇雅的观点。

陆氏说张籍、王建的诗歌在言之太尽、意思不庄重、韵之不畅达，虽不完全客观，但在一定程度上富于某种洞见，更主要的是亮明了自己的论诗观。与张、王不同的是，陆氏认为杜甫的《丽人行》、李白的《杨叛儿》却符合诗之雅正美。《丽人行》作于杜甫困守长安时期，意在讽刺杨国忠兄妹的荒淫奢侈。诗人从三月三日曲江春游丽人如云写起；中间转入杨氏姊妹，写她们饮宴的精美丰盛，箫管动人，权贵满座，十分排场；最后归结到杨国忠的淫乱与炙手可热的威势。全诗以描绘为主，而讥刺见于言外。清代浦起龙《读杜心解》卷二说此诗："无一刺讥语，描摹处，语语刺讥。无一慨叹声，点逗处，声声慨叹。"《丽人行》确实深得《诗经》、汉魏乐府之遗意，铺陈得体，气脉条畅，色古而厚。即便"杨花雪落覆白蘋，青鸟飞去衔红巾"二句，揭露

杨国忠和从妹虢国夫人通奸的丑事，却采用双关和历史典实而暗讽隐指，也是不着痕迹的。李白《杨叛儿》由南朝乐府《杨叛儿》（其二）发展而来。《乐府诗集》中《杨叛儿》今存八首，其二云："暂出白门前，杨柳可藏乌。欢作沉水香，侬作博山炉。"写性爱的欢乐，大胆无邪。杨柳藏"乌"，暗指家中藏着心爱的"男人"，而"沉水香"和"博山炉"是男女生殖器的象征语（参看曹旭《古诗十九首与乐府诗选评》）。大概正是从此着眼，《唐诗镜》卷十八评李白《杨叛儿》说："《杨叛儿》本词昵亵，此调转入高华"。陆氏目乐府《杨叛儿》为淫秽下流，自是他的局限，而李白同题之作确实自出手眼而别具特色。李白用乐府诗意加以衍展，一开始从浓浓的场面入手，写男的深情地唱《杨叛儿》，女的则以新丰美酒相劝。先是"何许最关人"一问，接以"乌啼白门柳"一句作答，代指最让人难忘的过往的一切。"乌啼隐杨花，君醉留妾家"，在比兴中包含多少欢爱与沉醉之美。结尾两句在古乐府的词句上加入了几许渲染成分：上句隐括古乐府的后两句，下句就香火化为缭绕飞腾的烟气直冲云霄作夸饰性的虚化描写，在形象的暗示中使这男女之爱得到升华。陆氏以为"高华"，是大体不错的。此外，节奏之收放得宜，音调之流

畅可歌，亦增强了此诗的美感效果。

陆氏论诗最终归于雅道，即君子言有则的正统诗学观。除内容的"净化"外，艺术上的比兴隐微，也是杜甫、李白这两首诗的高妙之处，这大抵是陆氏所以赞赏的主要根据。

　　孟郊诗之穷也①，思不成伦②，语不成响③，有一二语总稿衷之沥血矣④。自古诗人，未有拙于郊者。独创成家，非高才大力，谁能办此？郊之所以益重其穷也⑤。贾岛衲气终身不除⑥，语虽佳，其气韵自枯寂耳。余尝谓读孟郊诗如嚼木瓜⑦，齿缺舌敝，不知味之所在。贾岛诗如寒齑⑧，味虽不和，时有余酸荐齿⑨。

【注释】

　　①孟郊（751—814）：字东野，湖州武康（今浙江德清）人。少隐嵩山，称处士。近五十岁才中进士，任溧阳县尉。与韩愈交谊颇深。其诗以五言古诗

为主，多愤世嫉俗之语和寒苦之音。用字造句力避平庸、浅率，追求生新瘦硬之美，与贾岛齐名，有"郊寒岛瘦"之称。有《孟东野诗集》。

②思不成伦：指诗思不合条理。

③语不成响：语句音调不畅。

④稿衷之沥血：指作诗刻苦经营到极端的程度。沥血，滴血。即"呕心沥血"的意思。《唐诗选脉会通评林》引周珽评孟郊"山中人自正，路险心亦平"诗句说："语极神峻，岂稿衷沥血耶。"

⑤益重其穷：指更加重诗歌中"穷"的特点。

⑥贾岛（779—843）：字浪仙，一作阆仙。幽州（今北京）人。初落拓为僧，法名无本，后还俗，屡举进士不第。曾任长江主簿，人称贾长江。其诗多酬赠之作，喜写荒凉、枯寂之境，诗境狭小，风格奇僻，颇多寒苦之辞。以五律见长，注重词句锤炼，刻苦求工。有《长江集》。

⑦木瓜：落叶灌木或小乔木，叶长椭圆形，春末夏初开花，花红色或白色。果实长椭圆形，色黄而香，味酸涩，经蒸煮或蜜渍后供食用，可入药。

⑧寒齑（jī）：腌菜。

⑨余酸荐齿：余剩下来的酸味到达牙齿，指其诗依然可以一读。荐，至，达到。

【评析】

　　孟郊和贾岛是中唐时期著名诗人，并称"郊岛"；由于与韩愈关系密切，且二人皆好奇思硬语，诗风相近，故一般又称其为"韩派诗人"。陆氏比较评析两人诗歌优劣，表现出一定的抑郊扬岛倾向。

　　诗至中唐，开辟为难，求新求变的诉求愈益强烈，元白与韩孟两大诗派双峰并峙，异趋而同步地展现了这一诗坛景观。仅就韩孟诗派中的韩愈而言，其诗史地位诚如叶燮所说："唐诗为八代以来一大变，韩愈为唐诗之一大变，其力大，其思雄，崛起特为鼻祖。宋之苏、梅、欧、苏、王、黄，皆愈为之发其端，可谓极盛。"（《原诗·内篇上》）

　　孟郊命运坎坷，仕途淹蹇，大概在四十一岁左右往长安应进士试时，始与韩愈结识、定交。《旧唐书》本传说他"性孤僻寡合，韩愈一见以为忘形之契"。孟郊比韩愈年长十七岁，反得韩愈揄扬而享诗名。与韩愈的力大才雄不同，孟郊以苦吟著称。其《夜感自遣》诗说："夜学晓不休，苦吟神鬼愁。如何不自闲，心与身为仇？死辱片时痛，生辱长年羞。清桂无直枝，碧江思旧游。"自身遭际的不幸与困顿，刻苦经营发为苦吟，诗与生命本身融成一片了。他的诗歌多为穷愁之音，如《借车》之"借车载家具，家具少于车"；《答友人赠炭》之"吹霞弄日光不定，暖得曲身成直身"。其穷困不堪之状，非亲身体验断难写得如此真切。又因其"万俗皆走圆，一身犹学方"（《上达奚舍人》）的与世乖违的耿介操守，注定潦倒穷愁而发为不平之鸣，甚而骂世。如"今人表似人，兽心安可测"（《择友》），愤愤口气一无掩饰。在艺术上，他力求造语生新，硬语盘空，不避险怪。其《老恨》一诗云："无子抄文字，老吟多飘零。有时吐向床，枕席不解听。"一腔苦恼无处倾诉，惟有"吐"向枕席，无奈枕席无情谁人能解？"吐"字奇警。他的《游终南山》诗，与韩愈《南山》长篇同一题材。洪亮吉《北江诗话》卷六说："他若昌黎《南山》诗，可云奇警极矣。而东野以二语敌之曰：'南山塞天地，日月石上生。'宜昌黎一生低首也。"

洪亮吉说的孟郊诗句为其《游终南山》开头两句，状终南山之高大，"塞"字、"生"字的运用确实奇险。但总的看，韩愈恣肆豪雄而孟诗拘迫寒苦，陆氏认为孟之"思不成伦，语不成响"，全凭刻苦锻炼，缺乏才力，大抵是与韩相比较而言的。

贾岛由僧还俗，与结识韩愈有关。《新唐书》本传说韩"教其为文，遂去浮屠，举进士"。但贾岛终生不第，穷困潦倒的命运与孟郊相近。他与孟郊一样，也是苦吟成癖。"独行潭底影，数息树边身"（《送无可上人》）一联即是他呕心所得，他说是："二句三年得，一吟双泪流。知音如不赏，归卧故山秋。"与孟郊不同的是，他作诗似纯为诗艺本身的经营与品赏，所谓"一日不作诗，心源如废井"（《戏赠友人》），即是师心独造的自白。他写穷苦亦别出心裁，如"鬓边虽有丝，不堪织寒衣"（《客喜》），要用鬓发织衣御寒而不得，亏他能想得出来。论者说他爱静，爱瘦，爱深夜过于黄昏，爱冬过于秋，等等，在风格上确有孤峭、瘦硬的一面。又由于早年一度为僧，佛教思想影响了他的一生。王夫之《薑斋诗话》卷下就说他的诗终是衲子本色，"古今上下，哀乐了不相关，即令揣度言之，亦粤人咏雪，但言白冷而已"。陆氏所言"贾岛衲气终身不除"，而诗风枯寂，是大体符合实际的。

陆氏从自己的审美经验出发，认为孟郊诗缺乏诗味，而贾岛诗酸苦尚可吟赏，是颇有见地的。《唐诗镜》卷四十说："孟郊语好创造，然多生强，不成章趣。人谓郊寒岛瘦，余谓郊拙岛苦。"如果将"拙"理解为性格拙直而颇有激切、耿介的性情，将"苦"理解为苦吟入禅，从两人主体诗风看，还是不无道理的。

妖怪惑人①，藏其本相，异声异色，极伎俩以为之，照入法眼②，自立破耳。然则李贺其妖乎③？非妖何以惑人？故鬼之有才者能妖，物之有灵者能妖。贺有异才，而不入于大道，惜乎其所之之迷也④。

【注释】

①妖怪：旧谓草木、动物等变成的精灵。惑人：原作"感人"，据文渊阁《四库全书》本改。

②照入法眼：指被敏锐、精深的眼力所看破。法眼，指敏锐、精深的眼力。明代屠隆《彩毫记·预识汾阳》："李先生人天法眼，说此人奇伟必是不凡。"

③李贺（790—816）：字长吉。郡望陇西（今属甘肃），福昌（今河南宜阳）人。唐皇室远支，家世早已没落。因避家讳，被迫不得应进士科考试。曾官奉礼部。其诗想象新奇、瑰奇、浓丽而又幽峭、凄清。有《昌谷集》。

④所之之迷：指所选择的道路是一条迷途。

【评析】

李贺是中唐时期著名诗人，其诗独具一格而被后人称为"长吉体"。严羽以"瑰诡"二字加以概括，指出了李贺诗歌瑰奇、诡异的风格特色，并言："人言太白仙才，长吉鬼才，不然。太白天仙之词，长吉鬼仙之词耳。"（《沧浪诗话·诗评》）历来对"鬼才"李贺有褒有贬，评价不一，至陆氏则对之鄙薄已甚。他认为李贺为"妖"而以"异声异色"惑人，难入诗之"大道"，即走上了诗之歧途，迷而不返。

　　李贺短暂的一生备受压抑，壮怀难展，刻苦作诗至于惨淡呕心，苦吟之际不但求得诗艺的独出匠心，还在于将一腔苦闷托之牛鬼蛇神、幽冥天上。所谓鬼才，首先是指其以鬼怪题材入诗。如"百年老鸮称木魅，笑声碧火巢中起"（《神弦曲》）、"月午树立影，一山惟白晓。漆炬迎新人，幽圹萤扰扰"（《感讽其三》），写木怪、鬼火、坟地，阴森恐怖，鬼气袭人。其次，还指其险怪的艺术风貌。李贺注重艺术创新，而趋奇入怪。如用"冷红泣露娇啼色"（《南山田中行》），写深秋田野景色；用"洞庭雨脚来吹笙，酒酣喝月使倒行"（《秦王饮酒》），写宴饮作乐的豪兴淋漓；用"忆君清泪如铅水"（《金铜仙人辞汉歌》），写铜像悲伤落泪，泪水如铅。这些都做到了新奇不凡、出奇制胜。

　　当然，李贺诗歌也有过分逐奇炫怪的弊病。陆氏将李贺视之为"妖"，责其"异声异色"惑人，恐怕就是着眼于此的。《唐诗镜》卷四十七说："世传李贺为诗中之鬼，非也。鬼之能诗文者亦多矣，其言清而哀。贺乃魔耳，魔能眯闷迷人。"由此可见陆氏对李贺诗歌的评价之低。所谓诗中之妖或魔，大抵就是严羽所说的瑰诡。这与陆氏崇尚真素的主张相背离，因此被他严加贬斥，认为贺诗非诗之正宗大道，已然误入迷途。但从另一方面看，这也正是李贺诗歌独特的个性特色与艺术魅力之所在，虽然不无缺陷，但也不可一概否定。

　　元白以潦倒成家①，意必尽言，言必尽兴，然其力足以达之。微之多深着色，乐天多浅着趣。趣近自然，而色亦非貌取也。总皆降格为之②，凡意欲其近③，体欲其轻，色欲其妍，声欲其脆，此数者格之所由降也。元白偷快意④，则纵肆为之矣。

【注释】

①元白：中唐诗人元稹、白居易的并称。

②降格：降低标准、要求。

③近：浅近，容易理解。

④偷快意：贪图恣意所欲。偷，苟且。

【评析】

元白并称，其诗歌创作有同有异。陆氏从其遭际、才力与艺术表现诸方面评论两人诗歌创作，结论大多切中肯綮。

元白之间友谊深厚持久，在个人性情抱负、创作思想和艺术风格上多相接近。两人同倡新乐府运动，共创长庆体，相互切磋推挽，在诗歌创作上取得了很大成就。陆氏说元白"以潦倒成家"，只是就其人生遭际而言。其实志在兼济的有所作为、诗歌新变的历史需要，都促使他们别求新路而开浅切一派。清代毛奇龄说："盖其时丁开、宝全盛之后，贞元诸君皆怯于旧法，思降为通侻之习，而乐天创之，微之、梦得并起效之。"（《西河合集·诗话》）是说唐诗到开元、天宝年间已达到全盛，与白居易同时的诗人为之却步只守旧法，独白居易勇于开新，"降为通侻之习"，即降低要求，走简易通俗之路，元稹、刘禹锡起而效仿。这大概就是陆氏所说的"降格为之"。在陆氏看来，元白是"意必尽言，言必尽兴"，即意切言激，言其所欲言，而他们的才能足以实现这一意图。从创作主体看，即"偷快意，则纵肆为之"，只图痛快淋漓言志抒情，无所拘忌。具体表现在诗歌追求上，意思力求明白，风格取其通俗，色彩求其鲜艳，音调必要响亮。

元白诗歌又各有不同特色。陆氏认为元稹"多深着色"，讲究雕绘或不失精工；白居易则"多浅着趣"，即多浅俗之趣而近于自然。关于这一点，历代诗论家多有涉及而意见大体相近。清代贺裳《载酒园诗话又编》则作了全面分析："诗至元白，实又一大变。两人虽并称，亦各有不同。选语之工，白不如元；波澜之阔，元不如白。白苍莽中间存古调，元精工处亦杂新声。既由风气转移，亦自材质有限。"

大体说来，历来对元白诗歌评价有褒有贬。一般是白褒多于贬而元贬多于褒。但对两人的讽谕之作，则多持肯定意见。陆氏对元白褒贬大体适当，较为难得。

元白之韵平以和，张王之韵瘁以急①。其好尽则同，而元白犹未伤雅也。虽然，元白好尽言耳，张王好尽意也。尽言特烦②，尽意则亵矣③。

【注释】

①张王：指张籍、王建。

②特烦：只是繁杂。

③亵：亲近而不庄重。

【评析】

这一则可与上一则对读。陆氏在这里将元稹、白居易与张籍、王建进行了总体性对比分析，指点其同异，总的倾向是褒元白而贬张王。

从尚雅的标准出发，陆氏指出元白、张王虽然"好尽则同"，但比较而言，前者具有平和雅正之音，后者则韵调低下而急促。所以元白之诗还是雅正的。具体说，元白只是将话说得浅切明白，而张王则将意旨说尽了；将话说得浅切明白不过流于烦琐，而将意旨说尽就有失庄重。

陆氏在另一处曾说到张王诗的毛病在"言之尽也，意之丑也，韵之痹也。言穷则尽，意亵则丑，韵软则痹。"由此看来，元白只是言尽而烦，而张王则意亵韵软，且流于下品了。其实就乐府创作而言，元白与张王一脉相承，而各呈异彩。张王乐府风格相近，俱宗汉魏，多白描，善用口语，而具有质朴通俗、自然通畅的特色。与元白相较，张王乐府多用七言歌行和七言绝句。七言转韵较多，节奏急促，多在结尾重笔转韵突出主题，往往用人物独白或事实点明题旨。这与元白的卒章显志，主观议论，实同中有异。所以，对张王未可贬抑太过。

李商隐丽色闲情①，雅道虽漓②，亦一时之胜。温飞卿有词无情③，如飞絮飘扬，莫知指适④。《湖阴词》后云⑤："吴波不动楚山晓，花压栏干春昼长。"余直不知所谓。余于温李诗，收之最宽，从时尚耳。

【注释】

①李商隐（813?—858）：字义山，号玉谿生，怀州河内（今河南沁阳）人。开成年间进士，曾任县尉、秘书郎和东川节度使判官等职。因受牛李党争牵连，被人排挤，终生仕途坎坷。所作咏史诗多托古以讽，颇有激愤之作；《无题》诗以爱情为题材，或有所寄寓。其诗精于用典，色彩瑰丽，寄托遥深。有《李义山诗集》。

②漓：同“离”。背离，丧失。

③温飞卿：即温庭筠（812?—870?），本名岐，字飞卿，太原祁县（今属山西）人。每入试，押官韵作赋，八叉手而成八韵，时号温八叉。仕途不得意，官止国子助教，故后人又称“温助教”。其诗辞藻华艳，为晚唐华艳诗风代表。与李商隐齐名，号“温李”。原有集，已散佚。后人辑有《温庭筠诗集》、《金奁集》。

④指适：犹“指归”。

⑤《湖阴词》：“祖龙黄须珊瑚鞭，铁骢金面青连钱。虎髯拔剑欲成梦，日压贼营如血鲜。海旗风急惊眠起，甲重光摇照湖水。苍黄追骑尘外归，森索妖星陈前死。五陵愁碧春萋萋，霸川玉马空中嘶。羽书如电入青琐，雪腕如槌催画鼙。白虹天子金锽锵，高临帝座回龙章。吴波不动楚山晓，花压栏干春昼长。”

【评析】

李商隐是晚唐著名诗人，与温庭筠合称“温李”。二人皆工近体，诗风绮丽，后人乃至以温李代指晚唐绮丽诗风。陆氏比较点评两人诗歌，对李商隐有所肯定，而对温庭筠则多所批评指摘。

李商隐所生活的时代及其个人遭际，在很大程度上决定了他的诗歌内容与美学品格。末世的衰飒，使他吟出"夕阳无限好，只是近黄昏"（《乐游原》）的诗句；而处于党争夹缝的逼仄，爱情追求的无望和执著，又多于其无题诗中寄托失志无奈之感或抒写热烈又沉郁的绮抱幽怀。在外在艺术表现形式上，则风华绮丽。陆氏所说的"丽色闲情"，既点出了李商隐的"丽色"又包括了"闲情"，主要是就其无题诗一类而言的。在批评其有乖诗之"雅道"的同时，也肯定了其艺术上的高超。陆氏从其一贯的主张出发固然不免一偏之见，但还是看到了李商隐的独绝之处。

温庭筠富有才华而于科举仕途却坎坷不遇，为人生性傲岸、放荡不羁。《旧唐书·文苑传》说他"士行尘杂，不修边幅"，"与新进少年狂游

狭邪"，足见其不受拘检的性情。他的诗歌辞藻华艳，除近体诗外，尤擅长乐府，浮艳轻靡，缺乏深厚的思想性情。陆氏批评他"有词无情"，大抵就是指此而言。又说他"如飞絮飘扬，莫知指适"，此与《唐诗镜》卷五十一所说"庭筠诗如浪蕊浮花，初无根蒂，丽而浮者，伤其质矣"，可以互参，意在说明其诗重外在形式而伤害内容的根本缺陷。

　　陆氏特意拿出温庭筠《湖阴词》的末尾两句为例，责其不知用意所在。这首诗铺叙东晋明帝平定王敦之乱的过程，逐次写了乱前武帝至于湖私自察访王敦部伍险遭不测终得逃归，中间追叙乱离状况及征发诸路刺史还卫京师，最后写平定叛乱明帝还宫重庆太平。全诗以铺陈为主，词采华艳。结尾"吴波不动楚山晓，花压栏杆春昼长"两句，以景语作结，陆氏觉得突兀而不可解，大概是从全诗着眼，难以明了其主旨所在。其写景不过是说乱平后的一切复归于平静而已。如果与李商隐相比较，温庭筠的这类诗歌确实徒具藻丽而缺乏深厚的内蕴，不免给人以浮泛之感。

　　总的来看，历来大都认为李商隐诗兴寄深婉，沉博绝丽，为晚唐大家，温则稍逊于李。陆氏对二人评价有所保留，说《唐诗镜》中选温李诗是遵从时尚放宽了标准，不过是拘于一己的诗学观罢了。

　　李商隐七言律，气韵香甘。唐季得此①，所谓枇杷晚翠②。

【注释】

①唐季：指唐朝晚期。

②枇杷晚翠：枇杷到了岁晚还是苍翠欲滴，指李商隐诗给晚唐诗坛依旧注入了一丝活力。

【评析】

与上则相关，陆氏在这里单就李商隐的七言律诗加以评说，从其独特诗风及置于唐末诗史语境中加以考量，在一定程度上肯定了李商隐的七律成就。

李商隐的诗歌体裁多样，古近体都有佳作。但尤以七言律绝成就显著，获得后世普遍推赏。陆氏说其七律"气韵香甘"，大体是指艺术上的讲究藻丽及典实、比兴的运用，而又以极其主观化的意绪营造凄美芬芳的诗境而言；另一方面则主要指李商隐的艳情诗，或假情诗形式别有寓托之作。诗人的绮才艳骨，集中表现在无题各章中，而创造出哀感沉绵、朦胧幽渺的唯美境界。在他的无题诗中，既有"春蚕到死丝方尽，蜡炬成灰泪始干"的执著悲情，又有"曾是寂寥金烬暗，断无消息石榴红"的寂寞心曲；既有"风波不信菱枝弱，月露谁教桂叶香"的郁勃愤慨，又有"梦为远别啼难唤，书被催成墨未浓"的怅恍迷离。这深婉精丽、幽约细美及富于象征、暗示的朦胧意绪，辟出玉谿要眇的新境界而于晚唐诗坛放出异彩。

至于李商隐对后世影响的深远，仅从晚唐至北宋而言即充分凸显出来。但大都得其一偏，而难有创辟。"当然有很多人也看出了李商隐诗设色秾丽用词新颖的语言特色，但只会'抖扯'他表面华丽的衣衫掩饰平乏的内容，把诗写得像戏彩娱亲的丑角，不但没有去掉诗坛上平直浅陋的弊病反而自己也掉进了五颜六色的染缸弄得一身斑斓"（葛兆光《唐诗选注》）。这当然失掉了李商隐"气韵香甘"的诗味，却不能完全由诗人李商隐承担这身后的是非。

　　五言古非神韵绵绵，定当捉衿露肘①。刘驾、曹邺以意撑持②，虽不迨古③，亦所谓"铁中铮铮，庸中佼佼"矣④。善用意者，使有意如无，隐然不见。造无为有，化有为无，自非神力不能。以少陵之才，能使其有而不能使其无耳。

【注释】

　　①捉衿露肘：又作"捉衿见肘"，衿，同"襟"。谓整一整衣襟就露出了手肘。后以"捉衿见肘"形容衣衫褴褛。引申为顾此失彼，处境困难。这里喻指才短事多而难，应付不过来。

　　②刘驾（822—?）：字司南，江东人。大中六年（852）进士，官国子博士。其诗颇多表现民生疾苦，反映社会现实之作。与曹邺为诗友，时称"曹刘"。《全唐诗》存其诗一卷。曹邺（生卒年不详）：字邺之，一作业之，桂州阳朔（今属广西）人。大中四年（850）进士，官祠部郎中、洋州刺史、吏部郎中等，乾符间卒。其诗多愁苦之音，刺时愤世之作。与刘驾为诗友，俱工古体，时称"曹刘"。原有集，已散佚。明人辑有《曹祠部集》。

　　③迨（dài）：达到。

　　④铁中铮铮，庸中佼佼：出自《后汉书·刘盆子传》："卿所谓铁中铮铮，佣中佼佼者也。"形容非常出色。佼佼，谓胜过一般的人，出众。

【评析】

　　晚唐诗人刘驾、曹邺在时人争趋近体浮艳、巧饰的主流诗风外，有意学古，致力于五古的创作，表现出一定的特色。陆氏从神韵主张及诗之用意的艺术标准出发，肯定了二人五言古诗的艺术成就，并进而发挥其"善用意"的诗学观点。

汉魏古诗含蓄醇厚的作风为这一诗体奠定了最初的范型，陆氏所谓"五言古非神韵绵绵，定当捉衿露肘"的看法即是对这一传统的秉持。他在指出刘驾、曹邺有意为诗追求深刻意蕴的未尽之处时，也历史地估价了其五古的优长不凡。刘、曹二人友谊深厚，遭际的不幸和对诗艺的共同追求，使得他们都注目于社会现实，诗风亦相近。刘驾明确意识到"学古以求闻，有如石上耕"（《山中有招》），不求诗之以外的所得，而直面现实，揭露时弊，关心民瘼，继承和发展了《诗经》和汉乐府民歌"感于哀乐，缘事而发"的精神。在

将"意"即思想内容的表达作为首位的同时，亦注重艺术表现效果。其《早行》诗中"马上续残梦"，被后人许为"绝唱"，颇富情致。曹邺诗歌浑朴而不尚华丽，远承《诗经》、汉魏乐府，又兼融白居易的通俗与孟郊的寒僻于一炉，在"嘲云戏月，刻翠粘红"（辛文房《唐才子传·于濆传》）的风气下别立一格，其五言古诗言简、词苦、意深。大概正是从这些方面着眼，陆氏对刘、曹五古的"以意撑持"致以不满。

从"神韵绵绵"出发，陆氏并非一般地反对"用意"，即思想情感或艺术表现的着意追求，而要做到有无之间不着痕迹、自然天成，这当然又归于其神韵主张了。而他屡次剖击杜甫的用力刻意，亦与此相关。

　　有韵则生，无韵则死；有韵则雅，无韵则俗；有韵则响，无韵则沉；有韵则远，无韵则局。物色在于点染，意态在于转折，情事在于犹夷①，风致在于绰约②，语气在于吞吐，体势在于游行③，此则韵之所由生矣。陆龟蒙、皮日休知用实而不知运实之妙④，所以短也。

【注释】

①犹夷：同"夷犹"。谓不定之貌。引申为从容不迫的意思。

②绰约：柔婉、美好的样子。

③游行：流利不拘。清代袁枚《随园诗话》卷十六："至于'酒瓶在手六国印，花露上身一品衣'，则失之雕刻，无游行自在之意。"

④陆龟蒙（?—881?）：字鲁望，苏州吴县（今属江苏）人。曾任苏、湖二州从事。咸通中举进士不第，不复应试，遂隐居甫里。自号江湖散人、甫里先生，又号天随子。与皮日休齐名，人称"皮陆"。其古诗受韩愈影响较大，以铺张奇崛为主；小诗亦有平淡真切之作。有《甫里集》。皮日休（834?—883?）：字逸少，后改袭美，襄阳竟陵（今湖北天门）人。初隐鹿门山，自号鹿门子、间气布衣等。咸通八年（867）进士，曾任太常博士。后参加黄巢起义军，任翰林学士。旧史说他因故为巢所杀；一说巢兵败后为唐室所害。或谓巢败后流落江南病死。皮日休与陆龟蒙齐名，世称"皮陆"。其诗多暴露时弊，反映民生状况，其中尤以《正乐府》十篇与《三羞诗》为著名。有《皮子文薮》。

【评析】

这是陆氏集中谈"韵"的一段重要文字。从诗之有韵、无韵的价值评判，到韵之如何生成，最后再举陆龟蒙、皮日休为例，较为具体深入地发挥了这一极为核心的诗学观点。

韵之有无，决定着诗之品格的高下。陆氏认为，有韵之诗则富有活泼、清雅、响亮、高远的美质；相反，无韵之诗则必表现为僵死、卑俗、沉抑、拘谨的病态。这实际上是对诗之总体境界的把握，而摆脱了一般诗法论者的琐屑之局。对于如何经营诗之韵，陆氏从六个层面对之具体阐发。所谓"物色在于点染"，指不求物象堆垛、全备的摹写，应是略施点染，不局局于物态而传写其神。所谓"意态在于转折"，指诗歌意旨的转折层深，不要平直一气。所谓"情事在于犹夷"，指诗歌内容表现的纤徐尽致，不要紧张促迫。所谓"风致在于绰约"，指风格、韵致的柔婉美好。所谓"语气在于吞吐"，指语言声气的内敛掩抑。所谓"体势在于游行",指体态、气势的流动变化。陆氏从上述层面描述了韵之产生的过程和方式,而落脚到诗之"用实"与"运实"问题。

陆龟蒙、皮日休是晚唐著名诗人。皮、陆交接深厚,历来并称。二人诗歌内容、特点乃至于疵瑕也大体相同。他们都不乏直面现实、关心民瘼之作,但大多缺少蕴藉含蓄之致。两人唱和往还诗,亦多流于平庸。大概是着眼于此,陆氏说他们"知用实而不知运实之妙",即不能运用上述诸法,将诗料化而为虚灵的诗境,使之产生悠然不尽的韵味。